心ふさがれて

Mon cœur à l'étroit

Marie NDiaye

マリー・ンディアイ

笠間直穂子＝訳

インスクリプト

INSCRIPT Inc.

目次

心ふさがれて

1　いつはじまったのか

ときどき白い目で見られている気がしたのが、はじまりだった。ほんとうに私が恨みを買っているのだろうか？

夕食のとき、思いきってアンジュにこの異変について打ち明けると、気が引けたのか困惑したのか少し口をつぐんでから、実は自分の周りでも同じことが起きているのだと答える。そしてこちらをじっと見つめながら問いかけてくる、教え子たちは自分になにか非があると言いたいのだろうか、それとも自分は身代わりで、ほんとうのところは妻の私を槍玉に挙げようとしているのだろうか、と。

そう訊かれて私はうろたえる。私がだれに、なにをしたというのだろう？

アンジュは私のことが心配でたまらないという目をしている。彼の受け持つ子どもたちの険しい目つきは彼一人に向けられ、私のクラスの子どもたちが私に向けるまなざしもやはり彼のほうへ放たれたものだと、そう私に言ってほしいように見える。

とはいえ、アンジュだって、だれに、なにをしたというのだろう？　評判のよい小学校教師なのに、控えめでどこから見ても信頼できる人物なのに。

私たちは黙りこくって食事を済ませる、目の前の相手が不安に胸を掻き乱されていることはお互いひしひしと感じているけれど、はっきり口に出す決心はつかない、二人は平穏な、息の合った、周りののどんなことでも即座に話が通じる暮らしを送ってきたので、言ってみれば自分たちが怖気づいていること自体、なにか場違いなものが割りこんできたようで、我慢ならないのだ。

2　わからない

私が校門に着くと、母親たちは顔を真っ赤にしたわが子を腹の辺りにぎゅっと抱き寄せる。いやがってぐずぐずしている子どもたちの様子に私は心を痛める。この子たちは、いったいどんな悪口をいきなり真に受ける羽目になったのだろう、と思う、あれほど仲良しだった私と目を合わせようともしないなんて？

私は胸を騒がせて、自問する――なにを吹きこまれたのだろう？

私は常日ごろ、他人に悪い評判が立つ場合は多かれ少なかれ自業自得なのだと考えていた、その怪しげな噂への反応がときに割に合わないほど激しかったり、馬鹿げていたり、質（たち）が悪かったりするのは確かだとしても、噂に根拠があることは否みがたいのだと。

なにか咎められれば、人はそんなことはやっていないと言い張るものなのだ、と私は思っていた。実際はやったとしても。いまや私は、自分がいかに驕慢で愚かだったかを思い知って、額をかっと火照らせながら、こう白状しないわけにはいかない――アンジュと私が学校でつまはじきにされる理由など、露ほども思い当たらない。

どうしても無理だ。私は考えに考えぬき、アンジュのほうも、夜中じゅう思いあぐねては寝返りを打つばかりでまんじりともしない、粘り強く、疲れを知らず、職務に忠実であらねばならないわれわれ教師にとって、充分な睡眠は必須であり当然の権利でもあるのに。アンジュも私と同様、思い当たる節はひとつもないようだと私は察しているけれど、この問題についてはあれきり二度と話題にしない、言葉にすることで現実に摑みかかられるのが怖いから。

自分たちに罪はない、そう思っているのに、うしろめたい。

3　あの良き日々

私たちは十五年前からこの学校に勤めている。朝、まだ他にだれもいないとき、廊下に漂う匂いが二人とも好きで、きちんと整頓された各々の教室に入れば、黒板はまっさら、床はぴかぴか、使いこまれた頑丈な用具の数々が慎ましく控え、そうしたいつも変わらぬ穏やかなたたずまいが、言わば、目に飛びこんできて、私たちがどのような職を奉じる人間であるかを親しく思い起こさせてくれる。私たちは十五年前からここに勤めている、はじめはただの同僚として、それから夫と妻として、つまりアンジュは夫で、妻は私、ナディア。

隣どうしのクラスを受け持つ二人はごく自然に一緒になった、早すぎることはなかったけれど、いずれそうなるほかないとわかった以上あえて引き延ばすそぶりを見せることもしなかった。私たちは二人ともこの学校を深く愛していて、その情熱をわかってくれるのは、同じ教師仲間でもほんのわずかに違いない。この熱意はもしや、と私は考える、表向きは献身的だけれど、実はかなり鼻持ちならないのではないだろうか？　むしろ戒められ、抑えつけられて、仕事に対する単なる愛着といった程度に収められるべきものではないのか？

もしかするとそのせいかしらと自信のないままに私は考える、子どもたち、保護者たち、校長先生、近所の人々がアンジュと私に向かって剝き出しの反感をぶつけてくるようになったのは。私たちには節度が足りなかったのだ。よりよく務めようと思うあまり、周囲が見えなくなってしまったのだ。

でも、そのことが、そこまで大きな過ちと言えるだろうか？

4　耐えるより仕方ない

歩道の端をのろのろと歩いている小柄な男を、私は気にも留めずに追い越す。

「ナディア！」と弱々しく男は呼びかけてくる。

アンジュだ、夫だ。教員の書類鞄を、横腹に押しつけるように片腕できつく抱きしめている。連れだってエスプリ＝デ＝ロワ通りのわが家へと向かうけれど、ゆっくり歩かないとアンジュが遅れがちになることに気づく。どちらも口を開かない。学校で一日うまくいったかどうか尋ね合うこともできなくなってしまった、そんなわけがないのはわかりきっている。だから私たちは話もせず、うつむいて地面を見つめながら歩き、傷つけられたり困らされたりするものが周りにあったとしても目に入らないようにする、どんな侮辱を受けようとこちらは苦しい沈黙で応じるしかないのはわかっていて、そんな言葉を二人で聞くのは一人のときよりなおさら身にこたえるはずだ。

寒い。急ぎなさいよ、とアンジュに言いたい、けれども私は黙っている。寒いのに彼はジャケットのボタンを開けっ放しにしている。シャツの首まわりのボタンも嵌めていない。夫のアンジュはいつもは身なりも動きもこんなにだらしなくはない。それでも私はなにも言わない、辺りの注意を惹きたくないから。

ここ数週間というもの、周囲の人々の態度は丁寧で思いやりあふれるものから侮蔑に満ちた嫌悪へと急激に変わり、こうした態度がさまざまなかたちをとって表面化するきっかけに関して、私はある程度、勘が働くようになった。たとえば、道を歩いているとき、黙っていれば私たちはどうやら無事でいられる。とはいえ刺々しい視線を臆面もなくじっと向けてくる者はいる、まるで目に映っただけで憎々しさを覚えるほど醜い野良犬を見るように。だがそれ以上のことは起きない。私たちは薄汚い犬と同様に、疎ましいものと見做され、決めつけられる。

私は振り返って、アンジュに小声で言う。

「急ぎなさいよ、寒いじゃないの」

彼ははあはあと喘いでいる。こんなに寒いのに、額は汗だくだ。鞄をしっかりと抱きしめ、顔を歪めるだけで、足を速める様子はない。

「取られると思って怖がってるわけ?」私は鞄のほうを顎で示して言う。

向かいから来た背の高い若い男が、私の声を耳に留める。どこから見ても感じのよい、人好きのする顔だちをしているので、警戒心がとっさには起きない。それどころかなんとなく微笑みらしきものを浮かべてしまう、目だけは合わせないようにするけれど。いまとなっては私が真正面から見つめ合える人はアンジュしかいないのだが、それすら滅多にできなくなってきた、というのも怯えきった互いのまなざしを前にするとどうしていいかわからなくなって、怖れにとらわれた一人の姿がもう一人の目にちらちらと映りこむと私たちは慰め合う術を見失い、そんな言葉を発する手だても、受けとめる力もなくなってしまうのだ。幼い教え子たちのことも私はまっすぐに見つめられず、耳や首の辺りを見ながら言葉をかけている。

若者は私の目の前で立ち止まる。両手で腿をこすり出し、それから吠えたてるように言う、

「なんだよ?　なんなんだよ?」

「なんでもありません」と私は言う。

冷たい空気が襟元から流れこんでくる。背筋に沿って寒けが降りてきて、自分が目を細めるのがわかる。急に尿意を催して、下腹が張る。相手は言いつのる。

「俺を見ただろ？　笑っただろ？　なんの権利があって俺に向かって笑ってるんだよ、クズ」

切れ長のきれいな目の中に不安のようなものを読みとって、私は意表を衝かれる。それでほっとしたというわけではない。逆に私の恐怖はいっそう強くなる。

「わかりません」と私は言う。「すみません、すみません。ほんとに」と続ける、「わからないんです」

「わからないじゃねえよ」と彼は言う。

私のほうへ半歩、にじり寄る。唇が寒さと怒りで青くなっている。そこからふうっと吐き出された生温かい息が顔にかかる。相手は首をそり返らせてから、ぐいと元へ戻すと私の額に唾を吐く。私は前髪があるので、唾で髪の毛が濡れる。なんでもない、と私は思う、髪がちょっと濡れただけ、なんでもない。

両脚をぎゅっと閉じて、青年の胸元へ目をやると、赤いぴったりしたセーターを纏ったその胸が盛りあがったりへこんだりして、私とほとんど変わらないくらい猛烈な恐怖心に揺らいでいるのがわかる。この人はなにが怖いんだろう、と私は考える、いったいなにが？　胸はゆっくりと後ずさり、ついで遠のき、私の視界から消える。

後ろから夫のアンジュが重い足どりで歩き出すのが聞こえてくる。ということは、と私は思う、アンジュはいったん立ち止まっていたのだ。待っていたんだ、と思う、いまの揉めごとが終わるのを、いや揉めごとと言っても原因は私にはまるでわからなくて、結果だけがこの額の冷たい感触に残っているのだけれど、相手となった青年はごく素朴な作りの赤い手編みのセーターを着ていて、私もかつて同じようなセーターを息子のために、息子の小さな胸を愛情のこもった赤い厚手のウールで温めるために編んだことがあった。アンジュが近寄らなかったのは正しい判断だ、と私は思う。怒り肩で手が早い若者たちの激怒と恐怖にわざわざ歯向かったところで甲斐はない。

辱めを受けたことはお互いわかっているから、私は振り返らずに歩いていく。寒い。アンジュが寒いのにジャケットのボタンもシャツの襟元のボタンも留めていなかったことがふと思い浮かぶ。

私たちが住んでいる通りは静かで、住人は引退した教師がとりわけ多いのだが、アンジュと私は普段からその人たちをいささか見下すような気持ちを抱いている、それは私たちが教師の務めに心昂ぶるものを感じているからで、その務めを退いたあとも安閑として生きつづけられる人がいようとは、まったく驚いてしまうし、どうも信用が置けない。

「お気の毒に、お気の毒に」と、わが家の建物の前まで来たとき、一階に住む男が窓辺からささやきかけてくる。

この人物は今朝、アンジュと私が仕事に出かける際にも同じ言葉をひそひそと告げたのだった。私は立ち止まって言う。

「なんのご用?」

さらにつづけて、

「一体全体どうして私たちがあなたにそんなことを言われなきゃならないんですか?」

私たちにとって尊敬にも値しないこの隣人が、作りこんだ同情をべっとりと纏わりつかせてくるのが煩わしい。けれども私はどうすればいいかわからず、寒いのにそこに立ったまま、相手の頰の辺りをきっと見据える。アンジュが追いついてきた。ぜいぜいと息をついている。

私は言う。

「この人、なんだって私たちのことを気の毒がるんだか言おうとしないの、朝晩いちいち、頭にくる」

「いいよ、気にするな」とアンジュは息を切らせて言う。

老人はアンジュを見て勝手に憐れみを募らせたあげく涙まで流すので、アンジュは背筋を伸ばし、厳粛な面もちで口を結ぶ。

「おお、お気の毒に」と繰り返す相手は、アンジュのほうがなんとか感情を押さえこもうと必死になるのを見てますます情に駆られるらしい。

会釈もせず、私は建物の扉を開けて自分たちの住む三階まで階段を昇る。ずっと後ろのほうから、アンジュの荒い、苦しげな呼吸が聞こえてきて初めて、ちゃんと彼が追いつくのを待って書類鞄を代わりに持ち、腕を支えて昇ってくるべきだったと思うけれど、アンジュほどいつでも頑健なはずの男を急にこれほど衰弱させたものが果たしてなんなのか、それを知ってしまうのが怖くて、私は降りていって彼に手を貸すことができない。

私は思う。アンジュは助けなんか要らない。こんなに寒いのにジャケットやシャツのボタンを留める手間さえ省くのも、と私は思う、不屈というくらい体が丈夫にできているからなのだ。

洒落たわが家のあちこちの部屋を、用があるふりをして行ったり来たりして、ようやくアンジュが入ってきても私は見向きもしない。ただ彼の呼吸がとてつもなく速く、鼾をかく者が時おり洩らすようなひゅうひゅうという音を立てているのが聞こえる。アンジュは肘掛け椅子に倒れこむ。鞄がカーペットに滑りおちる。両腕を垂らすと、ゆっくりと頭を背もたれに預ける。

「ちょっと」と怯えて私は言う、「どうしたのよ?」――なにが起きているのか、私たちを襲うこの不幸がどういった性質のものなのかぼんやりと理解しかけながらも、質問や身ぶりをいくつも重ねることで（私は、どうしたのよ、とふたたび口にしながらゆっくりと両手を自分の頬へもっていく）、もはや知らないふり、わからないふりができなくなる瞬間をどうにかして先へ延ばそうとする。

血まみれの穴が、おおよそ肝臓の辺りに、アンジュのシャツを引き裂いて穿たれている。

「あなた」と私は言う、「あなた（モン・シェリ）」

普段の自分は、感情を表に出さずむっつりと黙っているような性格なので、アンジュのことを私の大事な人（モン・シェリ）などとは呼ばない。けれどもさらにつづけて、

「あなた、あなた」と何度も言いながら私は両手で自分の頬をぎゅっと押さえつけ、近づこうとしながら足を動かすこともできずに、いつもは言わない言葉を繰り返すのが精一杯なのだ――アンジュ、ああ、私の大事なあなた。

5　どうして私は事情に疎いのか

「来てちょうだい」と私は言う。

するとたちまち二人はやってくる、事務的で、有能で、二人とも背が高く、肥満しているのはアンジュと同じだけれど動きは素早く、次から次へと繰り出される動作はじゃらじゃら鳴る飾りのついた

インド製ロングスカートが左右へ揺れるリズムによって生じるように思われるのだが、そのスカートを二人は若いころからずっと、流行におかまいなく履きつづけている。顔が似ていて、私はよく二人の名前を取り違える。

二人は父親の足下にひざまずき、気を張りつめて心配そうにしているけれども驚いたり茫然としたりしている気配は皆無で、まるで、と私は戸惑う、この状況に直面することを前々から念頭に置いていたばかりか、すでに検討を重ねておいたように見える。いま起きている事態を受けとめる訓練にこの二人はあらかじめいそしんできたに違いないと私は思う。でもなにひとつ知らず、なにも理解できずにいる私には、そんなことはできるわけがない。

私は小声で、アンジュが病院へ行くのを拒んでいると告げる――だから二人を呼んだのだ。

「無茶だわ」まごついて軽く肩をすくめながら私は言う。

「とんでもない、行くほうが無茶よ」と言うのは、たぶんグラディスという名前のほうだ。

「病院に行くなんて問題外よ」ともう片方が言う、こちらがプリシラのはず。

彼女は呆れたような、ほんの少し憤慨も混じった目つきで私を一瞥する。

「だって、病院に入れたらさんざんいやな目に遭わされるじゃないの」

「いやな目って？」と私はうっかり訊いてしまう。

だが、いますぐ答えを知りたいとは思っていない。

「どうすればいいの」口早に私は言う。

アンジュの二人娘はまめまめしく、てきぱきと、アンジュが黙って用心しつつ体を預けている肘掛け椅子の傍で動きまわる。アンジュは私たちの話を聞きながらじろじろとこちらを眺めており、自分の意向を口にするだけの体力がないふりをしようともしない。なにも言わないのには別の理由があるのだ。

私は何歩か離れたところにいて、グラディスとプリシラがアンジュに対して施そうとしている惜しみない手当てに自分も加わるのは当然であり、そうすべきだと思いながら、動かない。腹の辺りで両手の指を互い違いにきつく結んでいる。私のすることと言えば、アンジュと目が合うたびに微笑みかけるだけ。アンジュが返してくれる微笑は苦痛に引きつる。

彼の味わっている屈辱が、私自身の屈辱と同じくらいはっきりと感じとれる、その思いは潮のように私たちを同時にさらっては何秒かのあいだ引いていき、また二人を一緒くたに襲うのだが、かといって私たちが互いに触れたり抱きしめ合ったりするようなことにはならない。足下からかすかに階下の住人たちの立てるいつもの物音が聞こえてくる。

「ごはんの時間だわ」と私は言う。

「ぬるま湯とガーゼと消毒用のアルコールを持ってきて」とグラディスが言う。

「えっ、どうしましょう、確かガーゼは切らしてるの」と私。

目から涙がどっとあふれる。

「薬局へひとっ走りして買ってきて」とプリシラ。

「隣の奥さんに訊いてみようかしら」と私。

「そんな場合じゃない」グラディスだかプリシラだかが言う、「だれかになにか訊いてみるなんて。

早く行って、買ってきて」

コートを羽織って、寒い上に暗くなった戸外へ出る。薬局へ小走りに駆けながら、つまづき、ぶつぶつとわけのわからないことを口走る。耳に馴染んだ鐘の音が聞こえてくる、七時を告げる軽やかな組鐘(カリヨン)の調べ、ほんの少し前までその音はただ素直に、愛おしげに、明日の授業の準備を終わりにしてちょっと出かけて一杯、その日最初のワインを少しずつおいしくいただく時間が来たことを知らせてくれたのに(そんなときアンジュは、一日で最高の時間だね、と言うのだが、そこに思わせぶりな調子がこもっているのを私は感じたたし意味もわかったたし気に入ってもいた、というのも私たちの平日の一日はどこを取っても最高の時間で、その中から一番を選ぶなんてできっこないことは二人とも承知していたのだから)、なのにいま親しい友のようなその鐘が鳴るなか、私は凍てついた歩道に足をとられ、うつむいたまま、私たちどうなるの、どうなってるの、と抑えきれずつぶやいている、もう自分がまったく見知らぬ他人になりかけている気がして、私たちのふたつの姿のうちどちらが本物なのかわからなくなる、一方には良心になんの咎めもなく安らかに日々の食前酒を堪能するアンジュと私、他方には今夜、災厄と混乱に見舞われて離ればなれにされたアンジュと私の姿があって、そのふたつの状況が同じひとつの現実に収まりきるとはとても考えられない。

立ち止まって鐘の音に聴きいり、息を整える。通りに人けはなく、北風が吹き抜けていく。風はごうごうと唸って、鐘の音を掻き消してしまい、たぶんもう鐘は鳴りやんでいるのに、私にはまだ聞こえる気がしている。

あらためて私は駆け出す。こわばった顔に当たる眼鏡のフレームが肌を切るように冷たい。通りの端まで来てランタンダンス大通りに入るが、相変わらず人っ子一人いないのに私は目を伏せたままだ、それが早くも癖になってしまっている。眼鏡がずり落ちてくる。何度も指で押しあげて鼻の付け根に戻し、そのたびに金属フレームの冷たい触感が伝わり、曇ったレンズが涙に濡れた睫毛をかすめる。

6　薬局の女将ははぐらかす

「どうかお願いします、大判のガーゼを一箱」と私はまるで自分の金が受けとってもらえるとは限らないような言い方をする。

　札を見せようと、財布を大きく開いて、レジのほうへ傾ける。

「安心なさって」と女は優しい声で言う。

　私は相手を一瞥する。彼女とは顔見知りだ。客は私一人で、蜂蜜飴や乳液の香り、知恵と几帳面さを感じさせる好もしい匂いが漂う暖かい空気につつまれて私は少しだけ警戒を解く。昔のように、まっすぐ相手を見る。この人の子どもを何年か前に教えたけれど、男の子だったかしら、女の子だったかしら？　**愛らしくひたむきな無数の顔、完璧に子どもらしい数多の面影が私の記憶の中で溶け合い、ただひとつの灰色めいた、おとなしい抽象的な顔だちとなる。**

　それで、この母親はこちらに合わせてくれるほうだったかしら、それとも扱いに手こずるほうだったかしら？　相手は濃い色の目で私の目つきをうかがっている。私に対して心苦しい憂鬱な気持ちでいるらしく、そのせいで、瞳の色がなおさら黒く見える。

「なにが起こったかは存じています、私はよくないことだと思っています」と彼女は言う。

彼女は動こうとしない、いまは私の用に応えるよりも話しかけるべき時だと思っているように。外では突風が吹き荒れているが、薬局の中でカウンターに寄りかかっている私には風の音は聞こえず、ただショーウィンドウの向こうに枯れ葉や紙の切れ端がどれも同じ方向へくるくると舞うのが見える。アンジュと二人の娘は私を待っていて、私が出会ったころにはもう大人になっていたあの娘たちのほうは、たぶん父親の脇腹から流れる血を拭おうと無駄な努力をつづけながら、もしかすると私がいまだにガーゼを持って帰ってこないことを意外に思い、あるいは心配しているかもしれない。

なのに彼女は動こうとせず、どっしりと力強く、おごそかに構えている。私への共感と、釈明して自分の潔白を証明したいという思いのあまり、彼女は私の前で苦痛と安堵がない交ぜになったまま凍りついてしまっている。私に会うのを予想していたんだ、と居心地の悪い気分で私は思う、でも同時に、会えないかもしれないと気を揉んでもいたらしい。

「あの人たちがしたことについては聞きました」と彼女は言う。「ああ、ほんとうに、あんなこと、私は反対です。どうなると言うのでしょう、ねえ、先生にまで、あなたやご主人のような、よい先生にまで……」

怒りと同情にとらわれて声音が乱れる。私から目を逸らす。彼女は、やや不安げにガラス扉のほうへ目を凝らすが、扉の向こうには荒涼とした並木道が見え、そこへ一定の間隔を置いて、シュッという音とともに、皓々とあかりの点いた真新しい路面電車がほとんど空のまま走りすぎていく。落ち着いて話そうと努めながら私は言う。

「義理の娘たちは病院に運ばないほうがいいと言うので、それでガーゼの大箱が要るんです」

「もちろんいけません、病院に行くなんて」彼女は恐怖に顔を歪めて言う。「病院になんか連れて行ったら、次に会うときご主人がどんな状態になっているかわかったものじゃありません、第一もう二度と会えないかもしれませんよ、処置の途中で急死してすぐに火葬する必要があったなんて言われて、それが明らかに嘘だとわかっていても、どうにもできない、どうにもならないんです。病院はいけません。ひどい扱いを受けますよ」

「もう帰って夫の手当てをしないと」と私は言う。

また涙が目からこぼれてくる。

「ガーゼですけど」と私、「いただけないのでしょうか?」

「いえ」と彼女は言う、「お分けします、だって私はあんなことにはまったく賛同できませんから。売るべきじゃないんでしょうけど私は売ります、納得していないことを示すため、そしてあなたの本来の人となりを少なくとも私は忘れていないことを、直接あなたに伝えるために」

片手をカウンターの下に突っこむと、私の目の前にガーゼの箱を置く。同じような箱が彼女の背後にずらりと並んでいるところを見ると、この箱は私が来店する場合に備えてあらかじめ用意してあったのだろう、と私は思う。でもなぜ、こうして私がやってきてこれを求めると目星をつけられたのだろう?

私はくるりと背を向ける、それは一刻も早くアンジュの許へ戻るためでもあるけれど、この女になにも訊かずに済ませるためでもあって、口いっぱいに溜まっている疑問の数々を、私は発したくないのだが、でも、ほんとうは訊かなくてはならないのだということもわかっている。あともうちょっとだけ霧が濃くなり、頭がぼんやりしてくれれば、と私は思う、もうちょっとだけ、理解できないこと、推定するしかないことが増えてくれれば、そうすれば私は少しずつ、人が私たちのなにを非難しているのか、これほど覚えのない、直截な、まったき憎悪の理由がどこにあるのかを教わることに耐えられるようになるだろう。慌てて知ろうとしても仕方がない、いずれにせよその理由を作りあげているものは自分たちでは変えようのないなにかに決まっているのだから——急いだって仕方ない、どうせ空しく抗議を重ねて、自分の弱さを思い知るだけなのだから。

しかし、扉の把手に手をかけたちょうどその瞬間、路面電車が音もなく高速で近づいて薬局の前へ差しかかり、先頭の車両に一人の女性、わが校の校長先生がぽつんと座って、車内の強烈な照明にさらされて麻痺状態に陥ったかに見える冷静で厳めしく真っ白な顔を窓のほうへ向けている。その硬くこわばった純白の相貌が突如として崩れ、ぎょっとした、嫌悪と怯えの表情に取って代わったのは、二枚のガラスを隔てて私と目が合ったときだ。校長先生は路面電車が通りの角を曲がりきるまでずっと私を目で追いながら、激しい恐怖にとらわれた面もちを変えなかったが、いままでどんなときでも彼女がそんな顔つきをするのを見たことはなかった。

真っ暗なショーウィンドウに沿って風が唸る。突然、堰を切ったように雨が降り出して薬局の扉を叩きつけ、私は把手から手を離して女のほうへ振り返る、自分の顔が校長先生の顔にあたえた反応に動揺したまま——それとも原因は私の容貌とは別のなにかだったのだろうか？　私がこの時間、この場所にいたこと？　それとも、脅迫、憤怒、反抗といった表情を、私が自分では意識せずに示していたから？

　私はそこで、問わずにおきたかったことを訊く。

「夫はなにをされたんですか？」

　彼女はゆっくりと片手を口へもっていく。一瞬、顔面に震えが走ったのを見て、この人も、あの校長先生と同じ大理石像のような顔、あの極端な、大仰な、亡霊のような、嫌悪の寓意（アレゴリー）のような形相へと豹変するのかと思う。けれども彼女は口許を手で覆ってコホンと咳払いするに留めた。見あげた自制心だこと、と私は思う、というのも彼女は、背中を見せて去ろうとしていた私の顔が急にふたたび現れたので、叫び声か、少なくとも唸り声くらいは上げるつもりだったはずだから。予期していなかったのだ、と私は思う、面と向かって私のことを見つづける努力をさらに引き延ばさねばならなくなる事態など、だから集中力も、自分のふるまいに神経を配る態勢も解いてしまっていたのだ。

「夫はなにをされたんですか？」責め苦を味わう思いで、私は言う。

「ご存じないのですか？」と彼女は言う、「お知りになりたいと？」

「知りたくないけれど知りたいと思わなくてはならないような気がするんです」

「ええ」と彼女、「ええ、わかります」

　ねばつく同情がここでまた流れ広がる、ただれた心臓の膿溜まりに突いた穴から流れるように。言わば正道へ、慈悲の道へと向き直った彼女のまなざしが、温かく、滑らかに、満ち足りた善意で私をつつむ。

彼女は口を開けるものの、なにも言わず、迷って、おろおろしている。

思い出した。何年か前に保護者会の役員だった人だ、血気盛んな母親で、がっしりした腰つきをして、喧嘩早くて、文句が多かった。思い出した、私が企画した遠足に彼女は激怒したのだ、理由は訪れた美術館にあった数枚の写真が、絡み合う肉体を、白く冷たい腿を、青い静脈の浮いた足に押しつけられた白い冷たい尻を撮影したものだからだった。**いまは必死の面もち、まるで私のことを好きだったのに、今後二度と私に会うことはかなわず、自分にはなにもできないというように。**この馴れなれしい態度、さらけ出された同情心に私は困惑する。

「それでしたら、ええ、そうですね、お話ししましょう」と彼女は言う。

「もう時間がないので」と私は言いながら、ガーゼの箱の入った袋を力をこめて握りしめる。

けれど立ち去りたいのに私は去らず、昂ぶってうるんだ彼女の瞳、芝居がかった間の延ばし方やためらい方に引き留められてしまう。いまこの瞬間、語られるべきこと、私が聞きたいと無理やり自分に思わせるべきことを彼女が話すのを押しとどめるものはもうなにもない、たとえ幻覚を見たかのごとく血の気の失せた校長先生の顔がいきなり窓ガラスに貼りついてきたとしても、たとえ他の客たちがやってきて、彼女が私に語りかけているところを見たとしても状況は変わらない、彼女が身をかがめている相手の顔、すなわち私の顔を見れば、おそらくだれしも黙っているほかないだろうから。一瞬、狼狽の極に達して私はグラディスとプリシラがなんとか出血を抑えようと苦心していることを思い、アンジュがいつまでも戻らない私を心配するあまり残り少ない体力をいまにも使い果たそうとしているのではないかとその姿を思い描く。

なのに彼女のほうは、なにがなんでも私に語ろうとしている。

「だれのせいでもないのです」と、荒い息をつきながら彼女は言う、「でも、みんなのせいでもあるのです。娘から聞きました。娘はなにもしたわけではありません、見ていただけです、といっても気分を害したりはしなかったようです、例の質の悪い考え方に娘も染まっていますから、いまではもう純真な子どもたちまですっかり染まっているのです、私がどうにかわからせようとしても……いけないことだと……よくないことだと。ああ、よくないことだとわからせるのは難しくて……。そうでしょう、先生?」

「でも、まさにその場合、よくないというのはなんのことなのでしょうか? よいこととはなんのこと?」と私は言う。少し間を置いて、「まだなんのことをおっしゃっているのか、私にはわかりません」と言う私は、先生と呼ばれたことで少し頭がくらくらしている。

そう呼ばれなくなってからどれくらいの時が経つだろう? 敬称は追放されて、人はいつも私を苗字で呼び捨てにするか、でなければ「おい」とぞんざいに呼びつけるだけ。

「あんなにひどいことをいろいろされて」と彼女は言う、「まるでお二人が罪を負っていて、しかも法的に罰することはできない、だからそれぞれ自分なりに報復しようとしているみたいで」

彼女は人が来るのを怖れて非常に早口で喋るのだが、気がかりの種は私に話しているのを見られることではなく、終わりまで話し切れないことにあるらしい。この人はほんとうのことを言っていない、と私は思う。知らないのだ。子どもはなにかを報告したけれど、それについて、母親のほうは、なにも知らないままなのだ。

「ほんとうのことおっしゃってないわ」と私は思わず口に出してしまう。耳鳴りがする。

相手は驚き、少しむっとした様子で、

「ほんとうですとも」

私はガーゼの箱をさらに強く握りしめ、ボール紙がぐしゃっと潰れる。急に、怒りが、憎しみに近い憤激がこみあげて、顎がぶるぶる震えてくる。

「知らないなら黙ってなさいよ」と私は怒気をこめてささやく。「いま喋ったことにはなんの意味もないじゃない、そんな話を聞かせて私にどうしろと言うのよ？　そんなのが夫のことだなんてありえない」と私は言う、「ただ単純に、ありえない、それだけよ」

彼女は後ろへ跳びすさり、表情を殺して尋ねる。

「どうして？」

「どうして？」鸚鵡返しに言いながら、私は行き場を失う。**それは、思いやりがあっていつも丁重な人、なんの罪もない人をあんなおぞましい目に遭わせるのはおかしいからよ。常識の問題よ、それだけで充分だわ、そんな汚らしい話が聞くに堪えないのは当たり前でしょう？**

私はなにも言わない。肩をすくめる。絶えずひゅうひゅうと鳴りつづける風のせいで頭がどんよりしてくる。彼女はさらに、穏やかというか、穏和に中庸を保とうとする調子で言う。

「それでは、ああいうことが起きたとして、それは絶対にご主人とは別の方の話だとお思いになるわけですか？」

「そうです」と私は言う。

声はかぼそい。彼女は物珍しそうに私をじっと見つめる。

「そうです」もう一度私は言う。

「ですけど」と彼女は言う（そのぬらぬらした口の端に白っぽい滓がこびりついているのを見て私は自分の口を荒っぽい手つきで拭う、相手の息の酸っぱい臭いが、いまごろになって鼻につんときて、私は保護者会の会合での興奮して殺気立った彼女の顔つきを思い出す、譴責やら苦情やらを尽きることなく繰り出していたあの女が、こうして私を憐れみ、助けてくれようとしていると思うとぞっとする）、「ですけど、あなたがご主人の身に起きたと信じようとはなさらないことを、ご主人と別の方、ある程度の年齢に達した、なかなか自分の身は自分で守るというわけにもいかない男の方が、人からされるいわれがあるでしょうか？　この街の男の方があんなことをされるいわれがないのは、ご主人もほかの方も変わりありませんわ！」

彼女は取り乱している。首を横に振って私の手を取ろうとする。そして思い直す。彼女の両手が素早く引っこむ。さらに言う。

「わかっていただきたいのはそこのところなのです、ああ、どうか、わかってください、つまり……あなたとご主人に特段なにかがあるわけではないのです。お二人が、ほかでもないあなた方が、あの恥ずべき行いの的にされているわけではないのです、そもそもお二人のことを知っている人なんてここにいます？　私のような何人かを除いたら……。違うの、あなた方ご自身ではないのです、それは……どう言えばいいかしら……お二人の寄りつきにくい感じというか……融通が利かなくて潔癖なところ、お二人の様子、生活の仕方、ああ、どう言えば……」

「私たちはあなた方と同じです」と私は言う。

「そうお思いになっているでしょうけど」と彼女は言う、「ああ、おわかりにならないのね、いったいどういう言い方なら……。あなた方はほかとは違うのです、根底から……釣り合いが取れていないのです、それをご自分では理解していらっしゃらないか、それとも、もしかしたら、知らずにいようとされているのかもしれない、といっても、念のため繰り返しますが、ありのままのあなた方ご自身のことを言っているわけではないのですけど……それであなた方を嫌ったり敵と見做したりする人たち、もちろん私は違いますけどね、そういう人たちが感じることをあなた方はご自分ではお感じにならない、少なくとも今のところは……。ごめんなさい、どう言えばいいか難しくて……。あなた方のお顔には見ていて我慢できない部分があって……ほかの人にはまったくないものがあって……実際、吐き気がするようなものなんです、私は感じませんよ、ええ、いまはまだ、でも……そのうちにそうなるかもしれません、周りの言い分に、ひっそりと迫ってくる空気に抵抗できるかどうか……。難しいことですわ、娘にしたって、あれだけ担任の先生を、あなたのことを慕っておいて、それがまあ、家に帰ってくるなりあなたとご主人について気違いじみた悪口を並べ立てるものだから、私はあんなに気の弱い優しい娘が別人になってしまった気がして、なにも言わず娘に背を向けて、震えが止まらなくなって、外に出ました、家になにかの悪魔が取り憑いたのだと思ったものですから、それ以上巻きこまれないようにと家を出たんです、でも、そうではなかった、この世ならぬものでもなんでもなくて、ただ誰もかれもがあなたとご主人のような方々に恨みを積もらせて忌み嫌うようになったということだったの、そしてそれがどんどん広がって、そうですとも、大変なことなんです、抵抗するのはとても大変……」

「おっしゃりたいのはつまり」と私は言う、「一種の流行りだということですか?」

「そんなものじゃありません」と彼女は言う、「猖獗を極めているのです!」

そして笑い出す、残忍で神経質な、唇がめくれあがり歯茎が剝き出しになる笑い方に私は心覚えがあると思うと同時にいやな感じがしてびくっと震えるが、その笑いはかつて私が保護者会の会合で誠意をもって異議を申し立てたときの反応と同じで、そのときこの女は薬剤師らしい申し分なく健康な歯で私の意見をずたずたに嚙みちぎったのだった。

あんなことがあったのに、と私は反射的に思う、なのに、あんな敵が、援助だとか、友情だとか! この人はもしかして忘れているのだろうか?

「しばらく経てば元に戻るとでも思ってらっしゃるの?」と彼女は言う。「ほんとうに、いま起きているのがどんなに重大なことか、まるでおわかりになっていないのね。ここまで来れば、さすがに……ええと、そうね、自覚されていいころかと思いますけど」

一陣の湿った風が背中を打つ。それまで気づかないほどかすかだった路面電車のざわめきが、びゅうびゅうと鳴る突風の中でだんだん遠ざかっていくのがはっきりと聞こえてくる。

彼女は熱に浮かされたような手つきでカウンターの上を撫でる、自分と私の間にあるつながりの痕をおしなべてきれいに消し去ろうというように。ついで男が後ろ手に扉を閉めると、風音はふっと止む。

私は首を少し縮める。うなじのあたりが火照ってくる。**すると彼は、例の片割れ、あの不幸な教師の血がまだべっとりとついた斧を振りかざし、一撃で残る一人の頭を……。**

彼女は言う。

「いらっしゃいませ」

こっそりと三本の指を私に向けてささっと振る。**お行きなさい。**目つきは、商売上の愛想のよさで和らいではいるが、不安げだ。

私はゆっくりと向きを変える。それから、目を伏せたまま慌てて外へ出るとき、ぐっという唸り声が喉から洩れてしまったのに自分でも驚き、恥ずかしくなる。**なぜなら彼は斧など手にしてはおらず、いかなる流血の事態とも関わりなく、だれの頭を断ち割るつもりもなかったのだから。**

7　いいえけっこう、友だちは要りません

扉の向こうからあの二人の、たっぷりしたインド製スカートのじゃらじゃら鳴る衣ずれの音が聞こえてくる。

家を出てからどれくらい時間が経ったのか、見当もつかない。帰り道はずっと急いできたが、途中でまたも、今度は先ほどと逆方向へ行く八番線の路面電車に遭遇し、車内には、相変わらずというか新たにというか、校長先生の姿があり、血の気のない顔をわざとまっすぐ運転手の背中のほうへ向けて、意志によってかそれとも恐怖のせいなのか、窓の外を眺めることだけは決してできずにいるように見えた。けれども、実際は、彼女の顔つきに、私がとりわけて落ち着かない気分にさせられるよ

うなものを読みとることもないままに、路面電車は数秒のうちに音もなく私の体をかすめて通りすぎ(線路を渡ろうとしていた私は後ろへ跳びのいた)、車体が放つ白い光は私をきつく照らし、強く、鋭く、連なる車両の左右に月光にも似た輝きを遠くまで投げかけた。

私は心躍ると言っていいくらいの気分でいる。**不条理で陽気な私の心！　忌まわしいことはなにも起きはしなかった、いかなる斧も私の額を割りはしなかった、いかなる拳も私の胸を砕きはしなかった、いかなる悪罵も……。**

冷たい雨が降っている。通りは無人で、仄暗いあかりが点々と灯る。それでも私の心は躍る。**今回は、いかなる見知らぬ人も、私に危害を加えようとはしなかった。**

二人の深刻な、思いつめた表情が、扉を開けた私を迎える。うち一人は瞼が赤くなっている、普段は超然として真意を汲みとりがたい女なのに。

「ガーゼ、あるわ」私はうわずった声で言う。

「もういまさら、ガーゼなんて」とグラディスが言う。

「あったってしょうがない」とプリシラが言う。

二人に附いて寝室に入る。入りたくないと全身が訴えるけれど、無理やり両脚に言うことを聞かせてグラディスの後から入っていく、この小さな部屋でアンジュと私は毎晩寝ていて、たぶん、この家に住むようになっていらい私たちのほかはだれも入ったことがなかったはずだ。枕許のスタンドが、いつも私が寝る側にだけ点いている。

だれかが喧しい声をあげる。

「ほら、奥さまがお帰りですよ」

「この人がここでなにしてるの？」私はぎょっとして跳びあがる。

プリシラは振り返って私の苛立ちを見てとる。そして言う、

「一階からいらしたのよ、なにかお役に立ちたいって」

「パンとハムを持ってまいりました」と老人は言う。

「どうして家に上がらせたのよ」かっとなって私は言う。「まったく、こんな……こんな惨めったらしい人！」

彼はさらに言う。

「それにワインも少々持ってまいりました、私の田舎のおいしいワインです、というのも私はですね、パンもワインもハムも、あなた方と進んで分かち合おうとする、そういう者だからです。この建物じゅうで私一人、ただ一人ですよ、こういった温かい感情をあなた方に抱いているのは、しかしそれは、おそらくご想像に反して、あなた方と同じ職業に私もかつて就いていたという理由のみによるものではありません、私がその職に携わる喜びを得たのはかれこれ……」

「すみません、申し訳ありませんけど」と私は言う、「これ以上聞く気はありません、出ていってください、いますぐ。うちにこのお爺さんがいるなんて許せないわ」とプリシラに言う。「私たちだってまだそこまで落ちぶれては……」

「失敬ながら」と彼は言う、「あなた方は実のところ、これまで一人として行き着いたこともないほどの落魄の極みにおられます、ですがそれは問題ではない、と言いますのも、あらゆる点に鑑みまし

て、私は犠牲の精神やらといった怪しげな快楽のためではなく、むしろ……」

「だって、律儀な方よ、なかなかいないわ」とプリシラは言いながら、辛そうな、憤慨したような目で私を見る。

「お願いですから、出ていってください」と私は言う。「お願いですから。プリス、連れて行って。ほんとに、ほんとに屈辱だわ」と私は言う。

「黙ってよ、いい加減にして！」とグラディスが大声をあげる。「父を見てよ、死にかけてるのよ！」

私はすぐさま手で耳をふさぐ。近所の人の前で、どうしてこの子はこんな口を利けるのかしら？

「すべてに抗ってあなた方を支えねばならないと私は考えるにいたったのです」と彼が言ったとき、私の頭の中では小さな声が、慌てふためく小鳥のようにくるくる回りながらあなた方はもうおしまいですと説き、そもそも私たちのような献身的な教員、全身全霊を教職に捧げてきた者はこんな日々に立ち向かえるようにはできていない、まったくできていないのだと私はあらためて思う。「もしも私自身がこれほど痛ましい状態に陥ったならば」と、憐れむような、自己満足に浸った、抑揚のない声で彼は言う、「私ならやはり身も心もぼろぼろになってしまったかもしれません、ただ私は幸運にも、ある種の女性と結婚しなかったために事なきを得たわけでして、ある種の女性とはつまり……」

「いいえ、あなたが思うほど状況は悪くはありませんから」と私は言う。

「二人ともやめてください」とグラディスが訴える。「父がかわいそう、父を苦しめるつもりなの？」

「だからこの人に出ていってもらわないと」と私は言う。

ベッド脇の低い椅子に腰かけた老人は、小刻みに震える顎が痩せこけた膝に届きそうな座り方をして、疑い深げでありながら貪欲そうでもある。見ていると座面の両端をこっそり握って、腰をちょっと奥へ詰め、そこをどくまいと決意を固めているらしい。苦々しい、挑発するような目でちらりと私を見る。**出ていくときは自分で判断する。あなたが決めることではない。自らの義務を、私は最後まで果たす。**服は見すぼらしく、汚く、あちこち破れている。長い灰色の顎髭は毛が固まってぺったりと平たくくっついている。

この人が教師だったことはない、と私は急にひらめく。嘘をついて、私たちに近づこうとしているのだ。

「どちらの学校にいらしたんですか?」と私は尋ねる。

「そんなこと、どうでもいいじゃないの!」とプリシラが言う。

「ルイ＝ビノ通りのヴォルテール中学校です」と言いながら、彼はどうにか風格のあるところを見せようとする。「歴史と地理を教えていました」

「当時の校長はどなた?」と私は言うが、知らないので訊いても意味はない。

「そのころは……どなたでしたか……ベルナール女史でしたかな?」と彼は言う。

「ああ」と私は弱気になって、「そうだったかもしれません」

私は胸の辺りで両の手のひらを合わせて、ぶつぶつと繰り返す。

「まあね、そうだったかもしれないわ」

娘たちはベッドの両側にそれぞれ立ったまま、緊張に身を固くして、なにをやっているのかと難詰するようにじっとしている。**この二人の娘は、私を慕ってくれたことはなかった。お父さんが元の**

お母さんと一緒でいればよかったのにと思っているのだ、自分たちは毎年のように男を変えるくせに——でもいまとなっては、私にはどうでもいい。どうだっていい、なにもかも。

耳鳴りがするのを感じながら、ベッドのほうへ近づいていく。甘ったるい血のいやな臭いが鼻腔を満たす。

アンジュは、娘たちが仄めかしたよりは遥かにしっかりした様子で、私のほうへ目をあげると、自分がなにをされたのか私が知っているのを一目で理解し、それが私にも伝わって、またも面目を潰されたという思い、私たちにとってすでに馴染み深いこの恥辱の思いに二人ともとらわれる、発端は不明ながら、ともかく下品きわまりないやり方でほかの人々と区別されてしまったと認めざるをえないという屈辱感。

彼はすぐに目を伏せる。顔の皮膚が黄ばんで、てらてらと光っている。奇妙に思えるほど大量に汗をかいている。血がついたシーツの上に置かれた彼の手をそっと取る。

「あなた」と、私はうんと声を抑えて言う。

彼の指が私の指を握る。息が苦しいらしく、喘いでいるが、それでもなんとか控えめに留めようとしているのが察せられて、それはいままでの彼と変わりない。

私はささやく。

「あなた」

それから、聞きとろうと首を伸ばすあまり、汚らしい髭をシーツにこすりつけている老人のほうへ振り向く。

「帰ってください」と私は言う、「いますぐ行くならお金をあげるわ」

「私はお金など要りません」傷ついたように彼は言う。

「放っておけよ」アンジュがつぶやく。

「これまでに一度ならず遺産を受け取っていますから」と彼。

「悪意のない人に失礼な態度をとるのはやめたらどうなの」とグラディス。

「まったくもう」と私は言う、「耐えがたいわ」

　私はベッドの傍に膝をつく。燃えるように熱い顔をマットレスにうずめ、アンジュの手を握って、額に、髪の毛に押し当てる。

「ねえ、わかるでしょう」と私はできるかぎり声を落として、錆びついたような、しおれたような声になって言う、「私たちは、おお大事なあなた、敬う気持ちを重んじる人間で、実際、そう、自分たちを的にする数々の侮辱に対してさえもある種の敬意を払わずにはいられなかった、そうよ、表に出ない弱々しい敬意とでも言ったものだけれど、私たちを目の敵にする人々に対してもこうした敬意を抱いていた、というのも私たちは、一般社会に通用する掟を目にすれば、たとえそれが見かけだけのものかもしれなくても、そう、たちどころにそれを敬うからよ、その掟らしきものが自分たちの邪魔になる場合、自分たちを攻撃したり不愉快にしたりする場合であっても、自分たちにこう言い聞かせるの、掟というものは必ずしも全員を間違いなく満足させるとはかぎらないと、掟も、掟らしきものも、われわれを、つまり具体的に私たち自身を、満足させるためにあるわけではないと、それにほかへ目を転じてみれば、自分たちに見合った、都合のよい掟がすでにたくさんあるのだからと。あなた、愛しいあなた、傷口を鞄で隠そうとしながら私の後ろを歩いていたときにあなたが考えていたのもそういうことだったんでしょう、大方こんなふうに考えていたんでしょう——結局、人はぼくのことをぼく自身の価値にきっちり対応した態度で扱ってぼくを喜ばせてやろうとする義務を負うわけじゃない、自分にはなぜかわからなくても世の中のためになるのなら、自分にふさわしくない扱いを甘んじて受け容れねばならないときだってきっとあるんだろう、と。そうよ、そうですとも、そんなふうに思ったんだわ、誇り高くあろうとして、でもそれはよくないことよ、ちっともよくないことなの……」

「あなたがどこのだれでも敬うというのなら私のことも同様に敬うべきですな」と、してやったりと言わんばかりの声。

奴はティッシュペーパーでブーと洟をかむと、その紙をまるめて床へ投げ、ベッドの下へ蹴り入れる。「煙草を吸ってよろしいですか?」と尋ねるときには、ふたたび謙虚な調子に戻っているところが、いかにも損得ずくだ。

「灰皿をお持ちします」とプリシラが言う。

「うちに灰皿はありません」と私はつぶやく、「私たちは吸いませんので。とんでもない。うちで煙草なんてもってのほかです」

私は顔をあげる。眼鏡のフレームで鼻の付け根の皮が剥けてしまった、マットレスに突っ伏す前に眼鏡を外しておかなかったから。

「だいたい、どうしてあなたたちはこんな人にあれこれ気を遣うの?」と私はアンジュの二人娘に向かって言う。

「放っておけ、いいから」とアンジュは我慢も限界といった口調でささやく。

　私が両手で握っていた手をそっけなく引き抜くと、ベッドの向こう側へ寝返りを打つ。

「眠りたい」と呻く。

「私、診てあげないと……傷を」と私は言う。

　眼鏡は曲がり、肌は真っ赤にのぼせ、髪の毛もばさばさなのが自分でもわかる。グラディスが、心細げにしていながらも、ふと笑みを浮かべる。**なんと意地の悪い微笑みだろう、この微笑の源にあるのは、これまで隠されていた彼女の魂そのものの意地の悪さだ、なんという残酷な性分がこの肉体に秘められていることだろう、にもかかわらずこの娘たちはアンジュを愛しアンジュに愛される実の娘たちで、この下劣な二人の娘のためなら彼は必要とあれば、生をも、全生命をもなげうつのだ。**

　プリシラはいったん姿を消し、寝室へ戻ってくると、床の上、老人の両脚の間に、異様なまでにうやうやしい身ぶりで、ジャムの瓶の蓋を置く。

「灰皿代わりにどうぞ」と言う。

　相手は娘の手にキスをする。目がうるんでいる。

　もしかしてこの子たちではないだろうか、と私は不意に思いつく、この隣人を家へ上げるよう画策したのは、となるとそこにはどんな意味があるのだろう、どういう結論を私は引き出すべきなのだろう？

　どんな答えも、さっぱり思い浮かばない。混乱し、怖気づき、まごつくばかりだ。アンジュの胸元まで覆っているシーツを持ちあげようと手を伸ばすと、彼はううっと唸ってシーツを引きあげ、顎の辺りまでかぶって両手でしっかりと握りしめる。

「診させて」と私は優しく言う。

「触ってほしくないんですって」とグラディスが言う、それくらいは言うとおりにしてもらう権利がある、傷口に触れるな、具合を調べるのも駄目だと言い張るらしい。

グラディスは首を横に振り、力になれずに悲しそうではあるが、どこか上の空で、奇妙に消極的だ。

「それならお医者さんを呼びましょう」私はきっぱりと言う。

アンジュは痛みに顔を引きつらせながら身をよじる。苦痛のせいで見分けがつかないくらい顔がやつれ、絶えず怒り狂ったような表情をしているが、それは私といるときには一度も目にしたことのない、目にする日がやってくるとは思いもよらなかった顔つきで、それほど普段の彼はどこまでも寛容で辛抱強く、ときには気弱とも映るくらいだった。

「駄目だ！」彼は嗄れた声を張りあげる。「駄目だ！　わかったか？」

ううぅと引き延ばされた呻き声に私は体じゅう震えあがる。苦悶と同じくらい激しい憤怒と狼狽をその声に聞きとったのだ。

「どうすればいいの？」と私は訴える。「お願い、アンジュ、どうすればいいの？」

彼は姿勢を変えて、私たちに背中を向ける。シーツにしがみついたままで、まるで私が力まかせに引きはがすかもしれないと思っているようだ。それから目を閉じると、瞼をぴくぴくと痙攣させつつ、小さく唸っている。

「それであなたたちはなによ、見てるばかりで！　ええ、そうよ、どうすればいいか言ってみたら？」

私はアンジュの二人娘に言う。

プリシラは老人の足下に膝をつく。長い髪を後ろへ跳ねあげると、老人はその髪を手早く、とはいえあえて隠そうともせずに撫でる。私は驚愕のあまり、うっと喉を鳴らしてしまう。

「ちょっと、さすがにどうなの！　新事実だらけね」と私は言う。

「たいしたことじゃないわ」グラディスがすかさず言う。

急に眩暈に襲われて、ベッドの端、アンジュのすぐ横に座ると、彼の熱と震えが腰に伝わってくる。

熱があるんだわ、だから私に対して変な態度をとるのかもしれない。

眼鏡を外す。両目を手で覆って何分かそのまま、沈思黙考の態勢をとるものの実は論理を追って意味を成すように考えをつなげていくことができない。噛み合わない言葉が奔流のように頭の中をぐるぐる駆けめぐる。気が散って、どこか別の場所へ行ってしまったような、と同時に自分がどこまでも無に帰してしまったような感じがする。思考の種はまとめようとすればするほど頭から逃れていって、やっと捕まえたかと思うと、なんの価値もない瑣末なものばかり、なのでそれらを漂うに任せて私はまたもや自分にも理解できない放心状態の中へ潜っていく。

私の背後にいるアンジュは、すっかり寝静まった。私はほっとひと息つく。**卑しい安堵だ、ここでもっとも苦しむ者、痛みを逃れ休息する必要に迫られているのはいったいだれだというのか？**　私は顔から手を離して、斜めになった眼鏡をかけ直す。老人と目が合う。心配そうに見えるが、心配なふうを装っているのかもしれない。そばにひざまずくプリシラが、身の毛もよだつような容貌に向かって上げた目は、期待にあふれている。

「わかりませんよ」と彼は言う、「わかりませんけれども、思うに……」

「なんでしょう？」とグラディスはうながす。

「拝見するに、あなた方の父上、私が非常に敬愛する方、といっても挨拶のひとつもいただいたことはありません、私が言いたいのは誠意と友情をこめた挨拶ということですが、ともかくこの方は、どうも、まるで何事も起こらなかったかのように振るまおうとしているような……」

「と言いますと？」

グラディスが決定的な解決をこんな奴から得られると思っているらしいのはどうしてなのだろう、アンジュも私も暗黙の了解で、いつも完璧な能なしと見做していた人物なのに。

なにかの機会に自分たちの軽蔑の念をはっきりと表したことがあったかどうか思い出そうとしてみる。巧妙に、残酷に、故意に、一階にある彼の部屋の前を通りすぎながら窓辺にいる彼に触れるくらい近づいておいて姿に気づかないふりをする、挨拶を耳にしてびっくりしたふりをし、それから一定の間を置いてわざと仕方なさそうに応じる、それから彼がなにやらつけ加えたいと思ったとしても聞かずに済むよう急ぎ足で去る――でもそれは、それほど意地悪なことだろうか？　それほど特殊なことだろうか？　建物の住人でただ一人、私の孫娘の誕生を祝う会に招待しなかった――でも、人はだれもかれもを好きでいなくてはいけないものだろうか？

いや、特にこれといったことはなにも起きていない。人となりのすべてが私たちをうんざりさせるし胸をむかつかせるというだけのことだ。

彼はそれきりなにも言わない。プリシラは我慢強く待ちながらスカートの飾りを弄んでいる。時おり彼がプリシラのつやつやした髪に指を一本のばして、悪びれるでもなく挑発するでもなくそっと触れると、彼女はおとなしく微笑むが、まるでそうされるのを光栄に感じているような反応とさえ見える。グラディスのほうは、老人から目を離さずに部屋の中を行ったり来たりしている。

彼はコホンと謙虚な咳払いをする。

「父上はつねに私のことを凡庸な人物と受けとっておいででした」と彼は言う、「いやむしろ、あらゆる人間の中でもっとも蔑むべき者と判断していたと言ったところでしょうが、それはもしも父上がなにかのはずみで私のことをどう思うか自らに問うてみる気を起こしたとしたならばの話でして、実際には私について考えるのに時間を割いたことなど一秒たりとなかったのですから、事実として私は父上にとって存在しないも同然でした」

「まあ、信じられませんわ」とグラディスが言う。

気づまりと心痛と戸惑いで、まだらな赤みが彼女の顔にのぼる。憎悪らしきものをこめて私を見つめる、まるで私が影響をあたえたせいで父親がかくも傲慢な男になってしまったと責め立てるように。私は肩をすくめる。アンジュは眠っている。彼が自分についてなにが語られているかも知らず、無心に軽い鼾を立てていることを考えると、いまあの男が話している内容はどこか卑しい、憂慮すべき響きを帯びる、と私は思う。

「どこへ話をもっていくつもりなの?」不安でたまらなくなって、私は言う。

「高飛車な言い方をしないで」とグラディスが懇願する。

彼女は怯えて、両手で頬を覆っている。それで私は、男が黙ってしまうことを彼女が怖れているのだとわかる、それほど娘たちは彼の言葉を激しく待ち望んでいるのだ。

「なんの話がしたいのよ?」私はもう一度、不機嫌に言う。

けれども彼は私をまったく相手にしない。私のほうは一顧だにせず、アンジュの二人娘に語りかけるが、その二人の若い女は、父親に似て恰幅がよく、豪奢なまでに豊かな頭髪に恵まれていて、ついでに言えば二人とも人の親で、騒がしい子どもの群を一緒に育てつつ、そこへいたる道中に何人もの夫を不満だと言っては置き去りにしてきた。

「ですから」と彼は言う、「私が父上のことをこれ以上ありえないほどによく存じあげているのだとお聞きになれば、さぞかし驚かれることでしょう」

「いいえ、ちっとも驚かないと思います」とプリシラが言う。

「さっき、あなたが部屋に入っていらっしゃるのを見て喜んでいたくらいですから」とグラディスが言う。

「またも新事実ね」私は毒々しい笑いを浮かべて言う。「ところで」とつづける、「子どもたちは元気なの?」

「ともかく」と男は取りなすように、得々と言う、「私がここ何年もの間ずっと父上を見守ってきたのだとは夢にも思っていらっしゃらないでしょう、私は、よろしいですか、いかなる留保とも無縁の親愛の情、それに激越な、と申しあげてよいほどの賛嘆の念をこの方のお仕事に抱きつつ……」

「ええ」と私の口調は和らぐ、「お仕事ね」

「お仕事って?」とプリシラが訊く。

「アンジュはいつも……」

「多種多様な論考を」と老人がさえぎる、「父上は教育全般、および最新の初等教育法を専門に扱うすぐれた雑誌の数々に発表されていまして、私はすべて読んで大切に保管してありますが、それらの論考はあなた方の父上が知性と教養に長けた人物であるばかりか、ご自分の職業に関する真の思想家であることをも証していています、そしてその職業というのが、また私自身のものでも……」

「嘘つき」と私は言う。「詐欺師」

「そんな口を利く権利はないでしょう！」とグラディスが叫ぶ。

「この方は罵詈雑言は巧みですが立証というものの用法をまるでご存じありませんな」と、聖職者のような揺るぎのない穏やかな声で彼は言う。

「もうたくさん」と私、「あなたとはなんの関わりも持ちたくありません。私の家から出て行ってください」

間髪入れず彼は椅子の両端をつかんでしがみつく。目が合うと、その黒いまなざしは冷たく、狡がしこく、しかしそこに和解への望みを切々と訴えるようなものがわずかに混じっているのを見てとって私は瞬間的に逆上する。ひと息に立ちあがると、アンジュの苦しい眠りを支えるマットレスがブルンと揺れる。老人の肩を引っつかんでやろう、必要とあれば椅子からひっくり返してやろうと進み出る、けれども私たちが彼の体にいつも抱いてきた嫌悪感、痩せていると同時に締まりがなく、部位によって奇怪な具合に脂肪がついていたりかさかさに乾いていたりして、のらりくらりとしたところが追従の裏でなにか企んでいる感じばかりか性的な曖昧さまでも体現しているような体つきの気味悪さ

（というのも彼は髭があるのに変に女っぽいところもある）、アンジュと私にとっては漠とした快楽を共有する元ともなったその嫌悪感に阻まれて、私は腕をおろす。

彼の正面に立ったまま、私は怒りに身をこわばらせ、こちらが後ずさりしたのを相手に気づかれたとしても、せめて怖れをなしたからだとは勘違いしないでほしいと願う。**退職後の生活が強いる耐えがたい無為、アンジュと私にとって事実上、唯一の生き甲斐である仕事から公的に引き離されて長い陰鬱な暮らしを送ること、これがつまり私たちの唾棄するものであり、私たちがかくも貪欲に彼を忌み嫌う理由なのだ。追放された者、これこそが彼の正体、それを自覚していればこそ私たちの温情や共感にあずかろうと躍起になる。そんなに乞い求めてどうする。働かぬ者に、もはや生きる価値はない。**

彼は洟をすする。プリシラがティッシュペーパーを渡す。ブッとかむと、またもや、まるめた鼻紙を迅速かつ無駄のない身ぶりでベッドの下に投げこむ。親指と人差し指で、鼻の穴を拭う。

「私は予感しておりました」と彼は言う、「父上がいま犯しつつある過ちをいずれ犯すだろうということを、したがって、確かに私はご説明したとおり、この方に愛情と尊敬を抱いてはおりますが、同時にこの方にはある欠点、すなわち自惚れというものがあることも存じておりました、とはいえ、これは認めざるをえないところですが、その欠点もあってこそ父上はご承知のとおりの比類ない人物になりおおせたわけです」

「アンジュは自惚れ屋じゃないわ。馬鹿ばかしい」と私は言う。「ああ、でもあなたとは議論したくない」

「ほら」グラディスがいきり立つ、「黙って話を聞きなさい」

「ここは私の部屋よ」と私は言う。「どうして言われるままに黙ってなくちゃならないの?」

「状況が変わったのよ」とプリシラが言う。

「あなた方を助けてさしあげようという一心なのです」と彼が言う。「屈辱と感じることなどないでしょう? 屈辱的なことなどそもそも存在しない、と言ってもいいくらいです」

「そこまで切羽詰まってません。二人で立ち向かえます」と私は言う。

途端に自分の顔が真っ赤になるのがわかる。アンジュの背中に体を寄せてゆっくりと腰をおろす。シーツからはみ出た灰色の髪がぼうぼうと逆立っていて、普段なら絶対にそんな髪をしているところを人に見せはしない、妻である私さえ見たことがない、というのも、彼はいつでも私より前に起き出して、真っ先に整髪料できれいに髪を撫でつけるのが日課なのだ。ところがいま私の目には、点々と茶色い染みのついた地肌が、ぼさぼさになった頭髪の隙間から見える。髪をならしてあげようと彼のほうへ身をかがめて、できるかぎりそっと手を近づける。けれども触れるやいなや彼は眠ったままびくっと震えて、もごもごとなにか口走る。そこで、もし彼が急に聞きとれる言葉を発してそれがこのような人々の集う場で知られてはならない何事かを暴くことになってはまずいと思い、私は手を引っこめる。アンジュはたちまち安らかになる。

例の男は、慎ましさを装いながら、長広舌をふるう。

「そしてこの自惚れは、すでに述べましたように、それ自体として断罪に値するわけではありませんし、私はそれを断罪したことはありません、たとえ、いやとりわけと言い換えてもよいでしょう、この自惚れの命ずるままに、偏見にとらわれたあなた方の親愛なる父上が紛れもない死刑宣告を哀れな私の身に対して下したときにもです、と言いますのも、先に言及しましたとおり、父上は私の存在を完全に無視していたのですから。にもかかわらず、おわかりですか、私は恨みを抱いたりはしませんでした。それではなぜ、まさしくこの並はずれた自惚れのせいで父上はご自分の身になにかが出来したということを認めようとしないのだと、私は断定できるのでしょうか？　わかるのです、感じるのです。奇跡が舞い降りてあっという間に傷口がふさがり、傷があったかどうかなどということ自体が問題にならなくなればよいと考えておいでなのです。職場に戻ればだれもなにも言わない、そうであってほしいと。さて、このような精神の構えは、現在の状況にあっては最悪のものです、おわかりですか、ですから私はここへ参りました、私は父上が、言うなれば、傷口のことを忘れてはならないのだと説得を試みるために参上したのです、ご理解いただけますか？　いかなる理由によっても傷のことを忘れてはならないということです、たとえ仕事であれ自己愛であれほかのなんであろうと口実にしてはなりません。なぜならば、よろしいですか、もしも悪い癖が再発すれば、もしもそれほど重大な危機的状態に陥っていないふりを頑なにつづけようとすれば、そうです、そうなれば事態はますます悪くなります、いまよりもずっと悪くなるのです」

私は質の悪い熱意を少々こめてにやにや笑う。

「彼の状態が危機に陥ったとして、あなたになんの関係があるっていうの？」

「ノジェです」と彼はほんのわずか頭をさげて言う、「リシャール・ヴィクトール・ノジェ」

「なにも訊いてやしないわ」と私は言う、「あなたの名前なんかまっぴらよ。あら、もう忘れちゃった」

「有名な名前よ」とプリシラがつぶやく。

「もし父が起きていて、この名前を聞いたとしたら、仰天するはずだわ」とグラディスが言う。

「私はそんな名前は知らないし、知りたいとも思いません」と私は言う。

彼は残念そうな一瞥をよこすが、その目つきには私に対する無神経な皮肉も垣間見えて、不愉快きわまりない。私は決め手となる反撃の言葉を探す。ところが、これぞという辛辣な文句を口にのぼせかけたとき、代わりに涙が、目から口からほとばしる。

「もうくたびれ果てたわ」と私は言う。「明日は……また学校があるし。どうか、休ませて」

「学校に行くのはお勧めしません」と彼は心配そうに言う。

「私は、ほんとうに、あなたの勧めなんてご免こうむります」と言いながら、ひくひくと癇にさわる情けない嗚咽をどうにかこらえようとする。

「帰るわ、明日また来るから」とプリシラが言う。

いやいやながらというように、のっそりと立ちあがる。アンジュの二人娘が私に対して癒やしようのない怨恨を含んでいるのが伝わってきて、この恨みは年月を経て鎮まっていたのに、私がこの隣人に、誠実さも、影響力も、私たちと知的な面でなにかしらの縁がある可能性も認めなかったことで、新たに掻き立てられたのだ。

つづいてノジェが、プリシラと同じような躊躇を見せて立ちあがる。**まるで三人とも自分たちがいなくなればアンジュの状態が急激に悪化するとでも思っているかのように、まるで自分たちの深刻ぶった態度、出来事を誇張して悲壮なドラマに仕立てるやり方こそがアンジュを崖っぷちで支えていて、自分たちが踵を返すやいなや先の見通しも利かず遠慮も知らない私が彼を崖の底に突き落とすの**

だとでも思っているように、あるいは私が品位を欠いた、ないし危険な行為に出るかもしれないと考えているように、たとえば傷をいじくりまわそうとしてアンジュと取っ組み合うとか……。

三人を玄関まで送る。

ノジェは実に背が低くてよぼよぼで腰が曲がっているので、頭頂に脂ぎった髪の毛が数えるほどの筋になって寂しく並んでいるのがよく見える。

生活に困っているのだろうか、と考えると一瞬気持ちが窮屈になる、というのも、もし貧乏だとすれば、そのことで私は否応なく気圧されてしまいそうだから。

「しかしですね、まさに学校でだったのですよ、ご主人が……あんなことをされたのは」と、戸口で立ち止まって私のほうへ振り向いた彼は、気にかかって仕方ない様子で言う。

「私のことに口出ししないでください」と私はつっけんどんに言う。

「問題はあなたではありません。言うなれば、一般原則なのです」と彼は言う。「学校へ行くべきではないでしょう」

「教え子たちを見放すわけにはいきません」と私は言う。

「教え子たち、とおっしゃいますが、その教え子たちが今度のことに関係していないと本気でお思いですか？　少なくとも精神というか、意思というか、あるいは、なんと言えばいいか、欲望の面で、子どもたちもあの件に加わっていたと全然思われないのですか？　明言したにせよ秘密裡にせよいっせいに願ったとは思われないのですか、あのような……そうですね……力、とでも言いますか、そうしたものの発現を」

「そんな子たちではありません」と、憤慨して私は言う。「確かに変わりはしました、おそらく親たちから汚らわしい話を聞かされつづけたせいでしょう、でも憎悪に燃えているというよりは戸惑っているのです。認めたがらないようで申し訳ありませんけど」とさらに言う、「もしもあなたが間違いなく元教師だというのなら、私の立場がわかるはずです、明日の朝にはいつもどおり教室へ行って役目を果たすほかやりようがないのは当然だと感じるはずです。わかるはずです」と言う、「教職とはなにか、万一あなたがご存じなら」

「許してやってください」とグラディスが言う。「ちょっと、恥ずかしいと思わないの」

片手を口へもっていって親指の肉を噛みながら、顔じゅう真っ赤にしている。

「父ならこんな話し方はしません」とプリシラが言う。「ナディアよりずっと教養がありますし、あなたのお名前もわかるはずですから」

「父上は一度として……」と、彼は少し夢想にふけるような口ぶりで言いかける。

大きく開けた扉に手をかけて、私はやきもきしながら三人が出ていくのを待っている。

この人たちのうちのだれとも二度と会わないこと。私たちをそっとしておいてほしい、私たちが死なねばならないというのなら、死ぬまで放っておいてほしい。

プリシラは大きく息をついている。決心つきかねている明るい色の目に、思いやりの心がうっすらと影を差したのが見てとれる。私は極度に疲労している上に、孤独の辛さも手伝って、すべてに対してあくまで抵抗しようとする意志が萎えていくのを感じる。

「ほんとのことを言うと」とプリシラは言う、「私たちが来たのは父の手当てをするためだけじゃなくて、なるべく早いうちに家を出たほうがいいとあなたに助言するためでもあったの、もしお父さんが動けるなら一緒に、もし無理そうなら一人で発って、お父さんが快復したら落ち合うことにすればいいから」

「それがもっとも賢明でしょうな」とノジェが言う。

「実際、ほかに選択肢はないわ」とグラディスは取りなすように言う。

私は犬が甲高く吠えるような鋭い笑い声を一瞬洩らす。そしてじっと黙りこむ。

「たとえばの話、あなたの息子のところに行くとか」とグラディスが用心深く言う。

私はまた、にやつく。激怒に頭じゅうが耐えがたいほど熱くなる。するとプリシラが私の手をさっとつかみ、私が後ずさるのもかまわず、その手を胸に押しつける。

「私たちみんなのために、そうしてちょうだい」と熱心に言う。

「あなたがもしも、こうした忠告にもかかわらず、もしも」とノジェ、「居残ると決断されるならば、先ほども申しあげたとおりそれは誤ちを犯すことになりますが、もしそれでもあくまで誤った行為をつづけようとおっしゃるなら……私はここに、あなた方の傍にいると、こう申しあげておきます、いかなる条件および状況のもとにあろうとも」

「息子、いたでしょ?」とグラディスが言う。

「あなたたち二人がここに残ったら、私たちまで竜巻にさらわれることになるのよ」とプリシラが沈鬱な、疲れた声で言う。

「私はいつまでもあなた方の傍にいます」と彼が言う。

私はなにも言わず、口をぎゅっと結んで、憤怒に充たされながら、なのに同時にプリシラの胸に身をゆだねて全部任せるからあなたがどうにかしてと頼みこみたいという苦しい欲求に似たものも体いっぱいに感じている。けれどもこの老人が、私の弱みにつけこんで、自分のところに避難の場を求めるよう申し出るなんて（実際、彼がぶつぶつと言おうとしているのは、場合によっては私たちを家に泊めてもいいということではないか？）それだけはどうしても聞くに堪えない。私を見つめる彼のまなざしは、もはや冷たくも皮肉めいてもいないけれど、期待にぬらぬらと光っていて、こんな期待をかけられてはアンジュと自分の名誉に傷がつくと私は思う。

「竜巻ですって？」と私は口をほとんど閉じたまま、アンジュの娘たちに向かってささやく。「なに言ってるのよ、なにもかもうまくいってるじゃない。あなたたちは私たちとは違うわ。どうして」と私は言う、「私たちのことがそちらにまで影響するのよ？　私たちが襲われたり罵られたりする理由があるとして、あなたたちにはちっともないじゃない、そうでしょ？」

「理由っていうのはなに？」と、挑むようにグラディスが言う。

躊躇してから、私は言う。

「言葉にはできないわ。どう呼べばいいか、どう説明すればいいかもわからない。もし言えるとしても」と私は言う、「言いはしないわ、言えば卑しいかたちで降参することになるから」

「あなたは降参しないでしょうな」と彼が言う、「しかしながら、時には、ほんの少しばかり……」

「聞く耳もちません」と私は言う。「ほら、もう聞かないわよ、絶対聞かない、二度と聞かない！」

寝室に戻るとアンジュはまだ眠っている。家じゅうが闇につつまれている——あかりはベッドの脇の小卓に置かれた小さなスタンドだけ。居間に、台所に、慣れ親しんだ家具の輪郭が見分けられて、それなのに、知らない住居の中へ、私が道を踏み外したせいでなにか悲劇的な出来事が起きてしまった家の中へ潜りこんでいるような気がする。

自分の住まいには気を遣うほうで、いつも愛情をいっぱい注いで手入れしてきた。電気を点けようとしたとき、ふと不安に駆られて動きを止める。**もしも家具や調度の一つひとつが、自分で選んだ馴染みのものと違っていたらどうしよう、もし、いやな笑みを湛えた生き物たちが、私とは、私たちとは不思議に相容れない、思いもよらない生命を宿してそこにいたらどうしよう。そうでないという保証があるだろうか?**

風がふたたび唸り出す。窓がカタカタと鳴る。近づいていってカーテンを引き、引いてから、また開ける。**もしなにか起きたとき、せめて向かいの住人たちには、私が意図して引き起こしたことではないのだと自分たちの目で確かめてもらえるようにしておこう。**

とはいえ通りは真っ暗で、あかりの点いた窓はひとつとしてない。ぽつぽつと間遠に灯る街灯の銀色がかった弱い光が、その光の暈の中でだけようやく目に留まるほど粒の細かい霧雨をおぼろげに照らしている。

普段、と私は自問する、夜の九時にうちの建物はこんなに静かだったかしら、静かだったとしてもこんな、なにかを待っているような気味の悪い静けさだったかしら、まるで、と逆上しかけながら私は独りごちる、静寂そのものが敵に回ろうと機をうかがっているみたいだ。

それにあの二人娘、まったく、なんて悪がしこいんだろう。わざわざ来たのは私たちをここから追い立てるため、それだけが目的だったんだわ。

小さな声で言ったのに、自分の声音に私はぎょっとする。

かすかな物音がする、玄関の扉をかりかりと引っ掻くような。私は走っていって、鍵をかける（かけていなかったのだ、と思い、愕然として震えあがる）、それから扉に体全体をぴったりとくっつけ、開いた手のひらを、耳を押し当てる。はじめはなにも聞こえない――とく、とく、と遠くこもった音――うろたえた自分の心臓の音だけ、それから、とうとう聞こえてくる、あの声、甘ったるい、しつこい声、友好的ではあるけれどその好意はべとべととして、わざとらしい。先ほどからずっと戸口に佇んでいたのだろうか？　それとも様子を探ろうとこっそり戻ってきたのか？

「入れてください」と彼は言う。「お教えしなければならないことがまだたくさんあります」

「休みたいんです。さっき言ったでしょう」

落ち着いた、感情のない声を保とうと努める。

「帰ってください」と私は言う。「そんな寒いところに立っていたってしょうがないでしょう？」

恐怖で手が汗ばんでくる。眩暈がして、目を閉じる。扉に凭れたまますずるずると倒れてしまったりしてはいけない、そうなれば彼は、どうやってかはわからないけれど、家に侵入しようとするだろう。

ゆっくりと扉を開けることで動かぬ私の体を押しやり、とうとう現場に忍びこんで、勝ち誇ったよ

うな不気味な身のこなしで寝室へ歩を進め、ベッドにいるアンジュの傍らに寝そべって、さらにはもしかすると、治療と称して、傷口の縁をぐいと広げて汚い手の黴菌を感染させながら、まわりくどい言葉を並べてアンジュの虚栄心なるものを掻き立てようとする……。ああ、どうしてもここで挫けるわけにはいかない。

「開けてください、ほんの一瞬でかまいません、知っておかれたほうがいいことをお伝えして、済めばおとなしく帰ります。私はですね」と彼は言う(甘い、とろけそうなほどの口ぶり)、「ご存じのとおり元は教師です、その点さえ含んでいただければ私に対する先入観は消えて、私がただあなた方を守ろうとしているのだと申しあげるのも信じていただけるはずなのです。さあ、開けてください」と、最後の一言はそれまでよりもきっぱりと言う。

「いやです……お願いです……」

「ノジェです」と彼は言う。

「お願いです、ノジェさん、明日にしてください」巧みにすり寄ってくる甘い調子に加えて歌うような抑揚までつけ出した相手の声に、思わず気が弱くなって言う。

「明日また来ればいいのですね? おとなしく開けてくれますね?」

「あの……」

「明日また来ます。名前で呼んでくださってとても嬉しく思います。この名前をご主人の前で口に出してごらんなさい、とても、とても感動するはずですよ」

そしてふたたび静寂、重たい、目の詰まった静寂、食器のかち合う音も、テレビのぼそぼそいう音も、それに、そういえば、自宅に帰るのに階段を降りていくはずのノジェ氏の足音さえしない。いきなり耳が聞こえなくなったかのよう。

あるいは彼はそこにいるのだ、扉の向こうに、これからはいつもここにいるという約束を文字どおりに果たすつもりで、そして誰であれなんであれ彼を立ちのかせることはできず、私たちは彼の間近で不愉快な日々を送ることを余儀なくされる、皮膚に生じた潰瘍のように、いずれ慣れるより仕方ないものとして。

私は暗い居間へと後ずさる。見張られているような気がして、足どりがぎこちない。カーテンを一気に閉める。汗をびっしょりかいている。雨脚が強くなって、窓ガラスにぱらぱらと打ちつけているのを耳に留めたような気がする——とはいえ、雨粒は、見えるけれども聞こえはせず、頭の中であの聞き慣れた音と結びつけてはいるものの、音そのものは感知できない、まるで家が突然、完全な遮音装置に覆われてしまったかのように。相変わらず照明を点ける勇気も出ないし、怖ろしいながらもはっきりしない考えが意識をかすめるのを突きつめてみる勇気もない、それは私がまるで見当もつけられずにいるということを認めるよう迫るのだ、これからなにが起きるのか、居間のあかりを灯したときになにが目に入るのか、私の家具、愛しい素敵な、高価な家具、それらはもしかすると、私を欺く喜びに浸りながら、不安を誘う見知らぬ者、攻撃の機を待つ番人を背後に隠しているかもしれない。あの隣人は、と私は思う、もしかすると私の注意を逸らすためだけに送りこまれたのであって、ほんとうになにかが仕組まれているのはまさにここ、私にとっては疑う気にもなれないはずのわが家の居間なのだろうか。

私は身動きとれず、石のように固まっている。四方を綿に囲まれているような感じだけれど、それでもじっと耳を澄ますと、呼吸の音が聞こえてくる気がする。私の呼吸かしら？　いや、違う、もっと遠くから聞こえる。力をこめて両腕を組む、でないと手を頰へもっていってしまって、ますます恐怖が募りそうだから。そろりそろりと後ろ歩きで寝室へ向かう。するとアンジュが息をするのがはっきり聞こえる——聞こえたのはこの人の呼吸だったのかしら？　この人と私の両方？

寝室に入ると、扉を閉めて小型の錠をかける。ぐったりして、アンジュを起こさないようにそうっとベッドに腰をおろす。しかしそれにしても、そろそろ目が覚めてもいいころではないのだろうか？　こんなふうに眠りつづけるのは普通のこと、いいことなのか？　まだ起こしたくはない、という思いが自分の心の奥底から湧いてくる、以前とは似ても似つかない彼に奇妙な口の利き方をされるのが怖いし、それにあの正体不明の居間のせいで恐慌に陥ったような自分のこんな状態を見られるのも困る。しだいに気持ちが落ち着いてくると、先ほどの自分の想念を疑う気持ちが芽生えてくる。立って、あの部屋へ戻れ、照明を残らず灯せ、と私は自らに言う、なにもかも前と変わらないと確かめろ。

それでも私は立ちあがらない。暗闇がのしかかる。アンジュがここにいることさえ、得体の知れない危機を、脅威を孕んでいるように思える。彼が眠っているかぎり、危険は先延ばしになる。だから、彼のほう、あれほど仲睦まじかった夫のほうを見ることも避けたまま、私は立ちあがらない。扉の小さな錠をじっと見据える。この錠が向こうの居間から扉のほうへぐいぐい押してくるなにものかのせいでカタカタと動き、ついにパキンと壊れたりすれば、確かに私は本物の恐怖にとらわれるだろう、けれども私はそのときが絶対にやってくると確信しているから、なにも起きないのがかえって苛立たしいとまで感じる。せめて、と私は思う、闘う相手がだれなのか、なんなのか知らせてほしい。でも果たして私にわかるだろうか、扉が勢いよく打ち破られたとして？　目の前に現れたものを理解するだけの能力が私には備わっているだろうか？　そもそも、目の前になにかが現れたりするのだろうか？　こうした疑念に、私は悶々とする。

寝室のひとつきりの窓から見える中庭に風が吹きこんで絶えずびゅうびゅうと唸っている。私はベッドから身を乗り出して窓ガラスごしに外を見る。ずっと下のほうで、禿頭を雨にさらして、ノジェがコンテナにゴミをあけているのが視界に映る。彼の姿を見おろした瞬間、向こうが目をあげて、私たちの目が合う。彼は微笑らしきものを浮かべつつ、ぺろりぺろりと唇を舐めまわす。あれほど謙虚に、なんとしても和解を図ろうとこちらの胸が悪くなるほど食いさがっていた態度は忽然と消え去り——跡形もなく消えた代わりに、解き放たれて露わになった表情は、ある明瞭な、自信に満ちたひとつの意志を告げている。**捕まえてやる。いまに思い知らせてやる。私はおまえを捕まえ、そして私たちは……友だちになろうか？**

すぐさま私は、憎悪と復讐心に燃えて、窓から顔をそむける。アンジュと私に対して、この先なにを企んでいるのだろう？　その計画の中で、と自問する、アンジュの二人の娘はどういう役割を担っているのだろう？　アンジュ自身はどうなのだろう、眠っているのが嘘だとしたら？　いや、さすがにアンジュはこんな傷を負って演技などできるはずがない、それに性格からしてもありえない。けれど、その性格自体、どうなってしまったのだろう？　状況がこれだけ特殊で、そもそもアンジュの性格と根っから正反対の、凶暴な状況なのだ。わからない、と私は意気沮喪してつぶやく。わからない。

この時ふと頭をもたげた欲望を、私はいましがたノジェの貪欲なまなざしを目にさえしていなければなんとか押し戻そうとしたはずだし、アンジュが眠ったふりをしているという考えが頭を過ぎりさえしていなければ全力をあげて押し返そうとしたはずだ——いや、でも眠ったふりじゃない、と私は思う、この人はほんとうに眠っている、責め苦を受けた哀れな獣が、試練と試練との合間に、半ば意識を保ったままで、むしろ疲れを増幅するだけの眠りに就くように。この欲望に、私は逆らわない、気後れしたりもしない、たとえそういう気持ちがあったとしてもその抵抗は弱すぎて、指も動かさず体をぴんと伸ばしてマットレスに横たわった姿勢を維持できるほどではない。

　私はベッドに膝をつき、片手で小ぶりの電気スタンドをつかむと、残る片手でアンジュの顎の辺りまで覆っているシーツをめくる。現れたものに怖れをなして、私は思わずうっと声をあげる。

　アンジュは目を覚まさない。スタンドが私の手のなかでぐらぐら揺れる。スイッチ代わりの細い鎖が脚の部分にあたってカチン、カチンと音を立てる。**どうしようどうしようどうしよう。**手に力をこめようとしても、力が入らず、鎖は私の震えと同じリズムで鳴りつづける。**どうしよう、おお全能の神よ。**シーツを元どおり被せたい、けれど、血に汚れた布地を握る指は硬直して、くしゃくしゃといつまでも布をこするばかりで、引きあげる動作に移ってくれない。**見たかったんだろう。見ろ、見ればいい。**

　アンジュが枕に載せた頭を右へ左へと振りはじめる、スタンドの脚に鎖があたる小さな音にひどく痛めつけられているのだというように。**さあ、よく見ろ、きみがぼくを愛しているなら、そして、見たものを、決して忘れるな。**

私はささやく。

「ああ、あなた、かわいそうなあなた」

この瞬間にアンジュが目を開けてくれればいいのに、そして穏やかな、悟りきった瞳で、傷口は自分とはなんの関わりもない、そう、確かに傷が穴を開けているのは自分自身の体だけれどそれはほんのいっときに過ぎないし、自分は好きでこの傷を宿すことにしたのだから、と私に伝えてくれればいいのにと思う。しかしアンジュは瞼をぎゅっと閉じたまま、目を開けない。ただうっすらと赤みを帯びた汗でびしょ濡れになった枕の上で頭を少し動かすだけで（髪の毛に血がついているのだろうか？）、こうして苦しみつづけ、あくまで眠りつづけることこそ、私に対する抜きがたい遺恨の現れなのではないかという気がする。

私のしたことに恨みを覚えたなどとアンジュが表明したことはいままで一度もなかった。私たちは結婚以来ずっと、情熱や昂揚ではなく、相和する気持ちで暮らしをともにしていて、私たちの協調ぶりはときに不滅の友情にも似た様相を呈する、といってもそうした友情の絆については書物を通して知っているだけで、アンジュも私も友人関係は長続きしたためしがない。だから、辱めを受けた者の物言わぬ敵愾心がアンジュの張りつめた全身からじっとりと滲み出ているのがどういうわけなのか、私には理解できない。すぐに私はアンジュの二人娘の責任だと思いつく。あの娘たちがなにをしたのか、なにを言ったのか私は知らない。思い返してみるとあの娘たちの子どもはみんな、たまに顔を合わせるといつも独特のきつい目つきでじっとこちらを睨みつけ、なにか冷えびえとした、厚かましい、せせら笑うようなものを小さな青白い顔だちに湛えていた——あの二人の女は、そういう子どもたちを持っているのだ。でもアンジュのほうは、その子どもたちに最大級の愛情を抱いていたのではなかったか？　娘たちが私のいない間に、私の家で、アンジュの傍に寄っていって彼のなにを変えたのか、私は知らない。

　誠実だったアンジュの性格は歪められてしまった。**手当てしようと試みるどころか二人は彼の容態を悪化させるべく、傷口をいじりまわし、二度と治らぬよう押し広げ、それからその怪我の中に、私への猜疑という毒を注いだ――でも、なんのために？**

　傷は、盲腸の辺りにあって、血はもう流れていない。しかしだれも傷口を拭ってやらなかったらしい。茶色くなった血の塊を周囲一帯にこびりつかせて火口のようにぱっくりと開いた穴がどういう道具で抉られたものなのか、想像するのもおぞましいけれど、幅があって尖ったもの、たとえば、と私は思う、木材用の大型の鑿（のみ）か、鏨（たがね）、それを深々と突き刺してからアンジュの体内でじっくりと往復させたようだ。

　アンジュは格子柄のシャツを着たままだ。腹立たしいことに、娘たちは凶器によって引き裂かれた部分を切り取りも引き剝がしもしなかったので、もはや固まった血に布地がくっついてしまっている。アンジュの娘は二人揃って、なにひとつしなかったのだ、止血も、消毒も、傷口をふさぐ努力も。**とすれば、父の愛を受けた娘たちは、あの間、いかなる憎むべき所業におよんでいたのか？**ねとねとした黄色っぽい体液が、痛めつけられた肉体、傷口の奥のほうからとろりと流れ出している。膿はどうもいやな臭いがする、傷が腐りはじめるにはまだ早いはずなのに。

　いきなりアンジュが腕をあげる。あまりに突然の、思いがけない動作で、彼の手は私の持っていたスタンドにぶつかって、スタンドは空を飛び床に落ちる。あかりが消える。

「見るなと言っただろう」とアンジュはくぐもった声で怒鳴る。

私が手に握りしめていたシーツをもぎ離すと、猛然と体にかぶせる。

「何度言えばわかるんだ？」アンジュの声は今度も艶がなく虚ろだが、そこへさらに、こちらの胸を引き裂くような悲嘆の色が加わっている。

闇に響くこの新たな声に、私はおののく。

「アンジュ、私よ」と言ってみる。

「放っておいてくれ。いいか」とアンジュは言う、「一人にしてほしいんだ」

「アンジュ、痛い？」

「かまうな、どいつもこいつも」

私はふたたび腰をあげる、ぎこちなく、心痛と不安にわななきながら。手さぐりでスタンドを探し出し、ベッド脇の小卓の上に置く。寝室の扉の前まで行くと、居間で起きているかもしれないことを聞きとろうと扉に耳を押し当てる。それからベッドに戻り、なるべくアンジュから離れた位置へ腰をおろす、苛立たせるようなことはしたくないけれど放置する決心もつかず、しかし彼のほうはそうしろと、逆上した、哀訴するような、まるで彼らしくない口ぶりで言ったのだ、いままでのことを忘れたような言い方、それに、と私は思う、身勝手な、恩知らずな、あえて相手が自分とどういう関係にあるのか考慮に入れまいとするような言い方で。

それでも、無理にでも服を脱がせるべきではないのだろうか（シーツで覆った下はズボンもベルトも靴下も着けたままなのだ）、傷を洗い、包帯をして、鎮痛剤を二錠飲ませるべきではないのか？　衰えきった夫を相手に取っ組み合って、争いが済めば互いになんとか体裁を取り繕えるようなやり方がどうしたら思いつくのだろう？　ここまで質（たち）の悪い悲惨な状況をわが身のこととして考えるにはどうすればいいの？

そしてとりわけ実行できそうにないのは、暗闇に沈んだ居間を抜けて薬を置いてある洗面所まで行き着き、ついで寝室へ戻るため、また逆に居間を通ることで、そこには辺り一面ざわざわと鳴る音、荒い息づかいが響きわたり、それらがどこから来るのか、どのような意味をもつのかはわからないけれども真っ先に思い浮かぶのはノジェ氏が淫らな行為に耽りながらわざとそれをアンジュにも私にも、だが特にアンジュ、惨めな状態にあって身動きもとれず、苦痛と悲しみの寝床にじっと横たわっているアンジュに聞こえるようにしている姿、とすれば彼は私たちのなにを欲しがっているのか、私たちに残されたものがあるとして、なにを奪おうとしているのか、なにを私たちにわからせようとしているのか？

私はもう一度立ちあがり、あらためて様子をうかがおうと寝室の扉へ近づき、錠がちゃんと下りているのを確かめる——そして、あらためて、居間のほうからしゅるしゅるとなにかこすれ合うような音と呻き声を耳にする。自分の額と首筋にしたたる汗が恐怖の臭いをいっぱいに含んで鼻につく。なんだろう？　嵐？　強い風？　しかし先ほど居間にいたときには吹きつける風の音が耳に入らなかったのを思い出す。

「ノジェさん？」私は扉に唇をつけて、ひっそりとささやく。

それから、もう少し声を高めて、

「ノジェさんですか？」

いいや、と私は瞬時に思い直す、ドアチェーンを掛けたのだから入れるはずはない。そんなはずはない――となれば？　そうすると、ノジェがわが家に入れるわけがない以上、またそれならばあの低いざわめきも、しゅうしゅう鳴る音もありえないと認めざるをえない以上、もう自分にはそれらについて考えをめぐらせたり思い悩んだりする必要はない気がしてくる、ただそのことと私の間に慎重に距離を置いておくまでだ。


疲れ果てて、私はベッドに向かい、身を横たえ、アンジュには触れない。闇のなか、彼の目がいまや大きく見開かれているのが目に入るけれど、微動だにせず一心に天井を凝視するそのまなざしと同じように、彼の体のほうもひっそりと、固くこわばって、苦しげに見える。話しかけられない。悲しい、と私は思う、この自分の怯えとためらいが悲しい。というのも、いつも私は頭に浮かんだことをなんでもアンジュに語ってきたからで、彼は私にとって世界でただ一人、いつでも反応を気にせずに話ができる人、ともに営んできた暮らしの中で、ただの一度も、私が仕事に傾ける熱意に対し辟易するような批評を加えたり非難したりしたことのない人、それに、たとえば、きつい口調で私の息子のことを持ち出して学校のことと比較しては、わが子よりも学校を大切にしているなどと責め立てるような悪趣味に陥ったことも一度もない人だった。ところが今夜、私は手をそっと伸ばしてアンジュの額を撫でることさえ思いとどまっている――どうして私は突然、彼の敵になってしまったのだろう？

はっとして跳ね起きると、まだ薄暗い夜明けの光が寝室をどんよりした灰あかりで照らしている。私はこわごわアンジュのほうを見てみる。もう起きていて（そもそも眠ったのだろうか）、表情のない目で壁を見つめている。愛情と共感が不意にこみあげて私は彼に飛びつく。両手で頭を抱きかかえ、避けようとするのもかまわずに、唇にキスをすると、血と腐敗臭の混じった変な臭いがする。彼はゆっくりと私を押しのけてシーツを体に巻きつける、そうすれば、と私は思う、もう一度眠りこんだとしても、私が彼の目を覚ますことなくシーツをめくって傷に手を出すような真似はできなくなるからだ。

どういうわけで、なんとしても私に見せまいとするのだろう？　なぜ、私が見たくてたまらないと思っているなどと考えるのだろう？　私のことをよく知っているはず、私が怖いことは常に極力知らずにいようとしているのも知っているはずなのに？

私は力を振り絞って言う。

「アンジュ、わかってるでしょう、手当てしないといけないのよ」

「もう必要ない」とアンジュは生気のない声で言う。

「どういう意味？」私は困り果てる。

「もう必要ないという意味、それだけだよ。つけ加えることなんかない」とアンジュは言う。

声に苛立ちが、私には予測しがたい例の癇癪が起こりつつある。急いで言う。

「なにか私にわからないことが理解できたと思ってるんでしょう、それで、私が知らないままでいられるようにと思ってくれていて、だから邪険にしたり隠し立てしたりするんでしょう。だけど、ね、わかって、私はなにを教わろうと平気だし、第一、もう全部知ってるかもしれないのよ、アンジュ、お願い、守ってくれなくてもいいの」

ほんとうにそうなのか?

さらに加える。

「そんな無駄口には乗らない」アンジュの声音には、どこまでも深い憂鬱がこもる。

「気をつけろ、きみは喋りすぎる」

それから目を閉じることで、乱暴に会話を断ち切る。終わりのひと言は、助言を与えたのではなく、むしろはっきりと、脅しをかける口調だった。

私は茫然となる。こらえきれずアンジュの肩を揺すると、たちまち額が苦痛に引きつる。ここへきてはじめて私のほうにも刺々しい気持ちが移り、彼が顔を歪ませるのを見ても、こう思うだけ——私だって、こんなふうに不当に扱われて辛いわよ。

私は手厳しく言い放つ。

「そんなことを言うなら私がなにを喋りすぎてるのか教えてよ。だって大事なことを見逃してるのはどうせ私だけなんでしょ! だけどこっちだって、なにかしくじったかもしれないからと言って、始終ぺこぺこ謝ってなんかいられないわよ」と、口にしつつも私はもう怒ってはおらず、むしろアンジュのやつれた面もち、灰色にくすんだ瞼を見ながら、本人がいやがろうとなんとか救う方法はないのかと必死に問いかけている。

玄関の戸を叩く音がする。

「一階の人だ」とアンジュがつぶやく。

「今度こそ」と私は言う、「うちには上がらせないわ」

アンジュはあたふたと身じろぎする。

「いや、いや、なにを言う、入ってもらえ、当然だ」

心配げなひそひそ声に、またもや、苛立ちが兆す。瞼を薄く開いて現れた目は、曇って、煩わしそうで、情愛の色はまったくない。

ノックの音が扉をがたがた言わせるほどになってきた。私は寝室を出て、居間を突っ切り、チェーンを外して扉を大きく開ける。

「きのう差しあげたハムですが」と彼は猫撫で声で言う、「召しあがりませんでしたか?」

「ええ」と私は言う。

「かまいません、また切りたてをお持ちしました。それに」と、相手はいそいそと嬉しそうに、「ほら、パンも、私が自分でこねて焼いたほかほかのパンですよ、それからプラムのマーマレード、これも、しつこいようで恐縮ですが、自家製です、それとバターも用意しました、そちらで買い置きがおありかどうか存じあげませんでしたから、全部あなたとご主人のためのものです、ですから、ほんとうに、もしおいやでなければ、もしよろしければ……そう申し合わせたはずですし……」

「夫が追い払うなと申しましたので」と私は言う。

私がうんざりした、意に反してといった表情を顔に出そうと努めるのは、相手が声の抑揚の一つひとつに漏れなく忍ばせようと手を尽くしている不愉快な親密さを押し返す唯一の手段と思ってのことだ。けれども生温かいパンの匂いのせいで気が弱くなり、感謝の念まで湧きそうになる。おなかが空きすぎて唇が震える。私は脇へ退いて、彼を中へ通す。すると彼は、私の横を通りすぎざま、ちらりと私を見るが、彼より高い位置にある私の顔に向けられたその視線には、勝利と服従がちょうど等量で入り混じっている。

ノジェは着古した汚らしいコーデュロイのサロペットにコロンビア大学のマークが入ったトレーナーを着ている。まっすぐ台所へ行く。**わが家と見做しているのだ、もう立ち退きを命じられることはないと、この場所を征服したと、彼はそう思っている、あるいは知っている。**食料品をテーブルへ置くと、私に食卓につくよう、刺のない鷹揚なしぐさで促し、ついでコーヒーメーカーのほうへ向き直って、カップ類のある棚を開き、引き出しからコーヒーを取り出すが、それらの動作はおしなべて正確で、流れるようにしなやかで、なにをすべきかしっかり頭に入っている者が、果たすべき目標に合わせて一つひとつの動きをこなしている具合だ。

「もう少ししたら学校に行かないと」と私は言う。

「ええ、ええ」と彼は言う、「大丈夫です」

こんなことがありうるだろうか、この人がここで、アンジュがしていたのと同じようにコーヒーを淹れているなんて、ここですっかりくつろいで、親切であると同時に意気揚々としているなんて、私たちが日に何秒か顔を合わせるのさえ耐えがたく感じてきた人物なのに。

「失礼ですけど」と私は言う、「うちには召使いは要りません」

「では友だちはいかが、友だちも必要ありませんか？」彼は背中を向けたまま、軽やかながらも真剣な声で尋ねる。

その図々しい言葉にぐさりと傷つけられて、私は言う。

「アンジュと私は、ずっと友だちなんかなしでうまくやってきました。ご安心ください。正直なところ、私たちにとっては友だちというのはかえって邪魔なんです」

私はパンをひと切れ引きちぎる。ちぎったところから湯気がひとすじ立ちのぼる。そのひと切れを口に詰めこむと、あまりに甘美でほっとする味わいに、ちくちくと刺すような痛みが顎に、頬に、目の縁に走る。なのに、と私は思う、なのにこのパンをつくったのはこいつなのだ。私の向かいに座った彼は、パンを一枚分、ナイフで切ると、きれいな黄色をして細かな水滴がぽつぽつと浮いた持参のバターをたっぷりと塗り、その上にプラムのマーマレードを塗りつける。

「さあどうぞ、召しあがってください、よろしければ」と、大袈裟なうやうやしい身ぶりでそのパンを私に差し出す。

立ちあがると、大きなカップに私の分のコーヒーを注ぐ。手がぶよぶよと太って爪が汚れているのを目にして私は不快な気分になる。顔じゅうに灰色の毛が巣くっている。おまけに、自らの立ち居ふるまいに気を配るのを忘れたとき、彼の目つきはすうっと冷たくなるのでこちらは当惑する。

でもこのパンをこしらえたのは彼なのだ。

彼はぴょんと跳びあがると、言う。

「さて、怪我人の介抱にかかりましょう」

「近づくなと言うの」と私は言う。

相手は任せなさいというようにちょっと微笑む。バターとマーマレードつきのパンをもう一枚用意すると、盆の上、アンジュ用のコーヒーの横に置く。盆を手に台所を出るが、そのとき彼のささやき声が耳に届く。

「学校にはいらっしゃらないほうがいいと、そう申しあげましたね?」

私は香りがよく柔らかいバイヨンヌ産ハムの薄切りも一枚食べるがこれもやはり彼が持ってきたものだ。食べものはなにもかもおいしくて心が慰められるけれど、彼の差し入れだから、口の中に苦い味が残る。

それから私はいつもの朝とまったく同じように出勤の手筈を整える。居間を行ったり来たりして、鼻歌を歌いながら、ある印象が自分に取りついて離れないのを意識から遮断しようとするのだが、それでも部屋は確かに前にはなかった何ものかでいっぱいに満たされていて、しかも根本的に敵意を孕んでいる気がする。この息苦しい印象が正しいのはわかっているけれど、立ち止まってみたりはしない。あとでいい、と私は思う、遅刻してしまうことのほうが気にかかる。それでもつい寝室の方角に耳を澄ますと、こそこそと話し合う声が聞こえてくる。

私に聞かせたくないのだ。二人とも私に対してどんな非道な仕打ちを企んでいるのか?

シャワーを浴び、黒いセーターとズボンを身につけ(私は太っているので黒い服を着る)、赤毛に染めた短い髪を整え、潰れた眼鏡をなんとかおおむね元どおりに直す。

そっと寝室の扉を押す。アンジュは寝たままで、体はシーツに覆われているが、ノジェが肩の後ろに枕をふたつ当てたのでアンジュは上体をやや起こしたかたちになり、頭がのけぞって、首が少しねじれている。ノジェはベッドに腰かけて、片手でアンジュの頭を支え、もう片方の手で口許にパンを差しのべている。アンジュが私を見る。恐怖、戸惑い、懸念で彼の目は翳っている。私はそれを見てとり、そしてすぐさま思考の外に追いやる。

「あら、学校に遅れちゃう」と私は言う。「あなた、食べてる？」

「こうした質のよい食物が、このような場合には最高なのです」とノジェが言う。「私はいつでも自分の手でパンを焼いてきました、教職に就いていた時分でさえ、起床を一時間よけいに早めてパン生地をこねたものです、というのも私はあなた方と同じように仕事を愛していましたけれども、それ以上にパンというものを大切にしてきたからです、神聖な食物ですからね」

挑発するつもりだ、かつて教師だったという話に私がまた疑いを挟むかどうか見極めようとしている。ふん、結局のところ、彼が実際になにをしていたかも、なにをしていたと思わせたいかもどうでもいい。

私は尋ねる。

「ごらんになりましたか……傷を？」

早く出かけたい！　突如として、この閉めきった、胸のむかつく悪臭がうっすらと漂う寝室に（相変わらず、と私は思う、あの腐敗物の臭い）、私は我慢できなくなる。

「おいおい見ます」と彼は言う。「ご心配は無用です。なにもかも順調なふりをご主人につづけさせるようなことはしません」

「なにもかも順調です」ぞんざいに、傲慢に私は言う。

「学校にいらっしゃることには強く反対します」彼は厳しい口調で言う。

「ひとつには」とそこで私は言う、「あそこが私の居場所ですし、それに校長先生にアンジュがしばらくの間お休みをいただくことを連絡しなくてはならないでしょう、すぐに代行を見つけてもらわなくてはみんなが困ります、特に子どもたちが迷惑を……」

「行くな！」とアンジュが懇願するように叫ぶ。

けれども私は首を振り、このまま家の中に留まったらと想像して眩暈のようなものを覚える、一日じゅう、得体の知れない性悪な生きものたちのはびこる居間と、薄暗く悪臭紛々たる寝室を行き来して過ごすなんて。

私は潑剌と言う。

「行ってきます！」

そしてアンジュが、ノジェの手でコーヒーカップを口許につけられた瞬間、怖れと恥辱に瞳を曇らせるのを私はまたも目にしつつ、あえて無視する。カチンと磁器が歯に当たるかすかな音が聞こえる、まるで歯を食いしばっているところへノジェが無理に飲ませようとしているみたいに。あの人の淹れたコーヒーはおいしかった、と私は思う。本来、妻である私こそアンジュが食べるのを手伝い、飲むのを手伝い、それに、そう、用を足すのを手伝うべきではないだろうか？　どうしてあの隣人の手助けを受け容れて、私のことは拒むのだろう？　そもそも、本当に受け容れているのだろうか、と思いながら、私はたまらなく落ち着かない気持ちになる。どう見ても、あの心遣いに、アンジュは余儀なく従わざるをえないでいるのだとしか思えないから。

相手があそこまでやるとは予想していなかったのだ、優位な立場に乗じて、自分を赤ん坊に見立てたお母さんごっこまでしてのけるとは。

10　もしや終わったのか

数か月ぶりに、教え子たちは校庭に整列して私が来るのを待っているが、アンジュと私が敬意を払われなくなってこのかた子どもたちはあちこちに散らばったままでいるのが普通になっていて、しまいには毎朝たっぷり十五分はかけてどうにか集合させるのが当たり前のこととなり、その間に同僚たちは関わり合いになる気もなくさっさとそれぞれの教室に入って、早くも授業をはじめていたのだった。

今朝、低い雲の垂れこめた空の下、子どもたちは全員きれいに並び、注意も逸らさず、むしろほとんど静まりかえっている。私は校長先生のほうへ歩み寄る。先生は屋根つきの運動場に面した校長室の敷居ごしに全校児童を見守っており、私が近づくのを見ても白い厳しい容貌に筋ひとつ立てない。私に関して、なにか安心できるようなことがあったのだ、と私は思い、胸を撫でおろす。私はコートのボタンをしっかり留めて腕を組んでいる、なにしろ今日もまたひどく寒い。

この寒さときたら！

「夫は何日間か休ませていただきます」と私は言う。

「ええ。理由は？」と校長先生が言う。

「ご存じありませんか？」と私。

「いいえ、知りません」と校長先生。

薬局の女主人の話から、先生が嘘をついているのがわかるにもかかわらず、その答えを聞いて私は奇妙にも励まされる、まるで校長先生が、たとえ嘘を通じてであれ、私の敵ではないことを伝えてくれたとでもいうように。

「事情はお話しできません」と私は首を振りながら言う。「でも、たいしたことではないので大丈夫です、それと夫の担当の児童たちを私のクラスで預かりたいのですが、できますでしょうか」

「さあ、それはどうでしょうね」と校長先生は言う。

まなざしが夢みるように遠くなる。顎が引きつり、細かな皺が寄る。

「子どもたちがそれでいいと言うかどうか」と、ようやく口に出す。

「でも、いつから」と私は言う、「いったい、いつからそういうことについて児童の意見を聞くようになったんですか？」

彼女の真っ白な頬がほんのりと赤らむ。目の前の空気を手でなぎ払った拍子に、指先が私の顔をかすめる。それから彼女は、はっとした顔つきをつくって尋ねる。

「ご主人を一人きりで残してきたんですか？　お世話しなくていいの？」

「ここが私の居場所ですから」と私は言う。

では、彼女はひそかに私たちが二人とも消えることを欲して、望んでいたのだろうか？　私たちこそ、本校でもっとも優れた教師なのに？

「そこまで役目にこだわらなくてもけっこうですよ」彼女はすげなく言う。

「私は自分の仕事が好きですすし、真面目にやっています」と私は言う。

「ええ、ただ先生の場合、ほとんどそれが美徳といった感じで」と校長先生は言う。「美徳となるとねえ、まあ、多少……」

彼女はけたたましく笑い出す、辛辣に、威嚇するように。

チャイムが鳴り、校長先生は表情に手直しを加えたので攻撃的な嘲笑は消え去り、代わりに中庸を保った思いやりあふれる顔が現れる。この入れ替わりのうち、私は優しいほうだけを記憶に留めておくつもりでいる。

私はもう長いこと味わえずにいた心浮き立つ気分で、かわいい教え子たちを迎えにいく。

天気はどんよりと曇って寒くて、大気は河から昇る重たい靄を含んでけぶっている、けれども私はやっと、アンジュともども、状況が好転する方向へと用心深く歩み出せる希望が見えてきた気がしている。

昨日アンジュがこうむった被害、と私は思う、あれが二人の受けた責め苦の頂点だったと考えていいのだろうか？　そうだ、きっとそうだ。

気づけば今朝の子どもたちは、明るいまっすぐな瞳で私を見つめていて、こちらが思いきって見返しても、目をそむけることもせず、気分を害したとか、私など制裁されこの世からいなくなって当然だとか言いたげなそぶりもすっかり影を潜めている。ほとんど以前のふるまいに戻ったように思える──ただ、ほんの少し、前よりおどおどして人見知りするようなところがあるのは否定できなくて、あたかも新任の教師を前に、落ち着いた反応を返してくれる先生かどうかいまひとつ確信がもてずにいるかのよう、というか、つまるところ、かつての私、おそらく子どもたちにとってはまるごと身を預けられる大好きな先生だったはずの私を忘れてしまったかのようだ。内にこもったこの危惧の念が教室の雰囲気を濁らせているのを感じて私は悲しくなる。これから、と私は思う、この子たちにとって元どおりの私になれるよう頑張らなくては。アンジュの教え子たちは家に帰された。**彼は喜ぶだろう、別の教師に担任を代行されるのは大嫌いだから。**

昼休みの時間、私は校庭にこぢんまりと集う同僚たちのほうへ向かっていく。三メートル手前で立ち止まって、目を伏せたまま、靴が汚れていないかどうか気にしているふりをし、それから、なんとなく好意的な気配、優しい空気が集団のほうから伝わってくるとともにその輪がほんのわずか開いて私のために場所を空けてくれるのを見てとると、私は黙ってそっと同僚たちの隙間へ入る。

会話はぴたりと止む。困惑の一瞬につづいて、一人が、暗鬱きわまる表情で、ぼそぼそと私に尋ねる。

「アンジュはどう?」

「元気よ」私は陽気にちょっと笑って言う。

「ほんとに痛ましい事故だったね」と相手は返す。

「事故ってなに?」と私は言う。「事故なんかなかったわよ」

「事故だった、と考えておいたほうがいいよ」と彼は不満げに言う。

近づいていったときにこの集まりから漂っていたなんとなく友好的な波動が消え失せ、そればかりか集団の輪がじわじわと縮まって私をはじき出そうとしている感じさえする。そこで、穏やかな声で言い直す。

「事故かどうかはともかく、アンジュはもう間もなく復帰します」

しかしアンジュはいま死にかけているのだ。そうでしょう、アンジュ、あなた。あの隣人はアンジュの体に、なにをしでかすつもりだろう？

「ノジェとかなんとかいう人に面倒を見てもらってるの」と言いながら私は思わず薄ら笑いをする。

「ノジェ？」

「作家のノジェ？」

みんなが驚きつつ半信半疑といった様子を示すので私は動揺する。**ノジェがなんなのだろう？　私はそんな名前を聞いたことがあったかしら？**

「ええ、と思うけど」私は自信のないままに言う。

「思うだけなの、それともわかってるの？　確かにあのノジェ？」と女性教師の一人が興奮して、もどかしげに訊いてくる。

同僚たち全員の視線が私の顔に集中する。彼らの熱烈な期待が、靄がかった空気の中にキーンと鋭い音、脅迫めいた高い笛の音のようなものを鳴らしている気がして、私が答えるまで音は止まない。

私は無理に微笑し、眼鏡を鼻の付け根へ押しあげる。

「確かに彼よ」と言う、混乱した気持ちを押し隠して。

彼らが知っていて私が知らないとはどういうことだろう、名前が挙がっただけでこれほど人を圧倒する、その名を私が聞いたこともないなんて？

つづいて、物思いに耽るような、むしろ尊敬の念のこもった沈黙。私はもはや目を逸らすことを忘れているし、彼らのほうは私と目が合ってもだれ一人煩わしそうにしたり腹を立てたりする様子を見せない。

「不思議ねえ」のろのろと、一人が言う。

「とにかく」と別の一人が言う、「それなら旦那さんを任せて安心だ、すばらしい人だから」

その口調は、ほとんど自分がアンジュでなくて残念と言いたいかのようだ。ああ、私たちがこうして羨望の的になるのはどれほど久しぶりのことだろう、かつてはこの生ぬるい、気持ちのよい雰囲気にいつも浸っていたのだ、周囲の人々が私たちの生活を、安らぎを前にして感じる憧れに。あらためて、とてつもない歓喜と自信に満ちて私は舞いあがるような心地がする。家に帰りたくてうずうずしてくる、アンジュに今日判明したことを教えてあげたい――私たちを狙った執拗な攻撃は去ったのだと。それに私たちが周りに引き起こした拒絶反応、あの無邪気で、原始的で、人によっては私たちの姿を目にしただけで燃えあがらせずにはおれなかった憤怒、それももうおしまい。楽観的な気分が昂じて、私は自分たちに起きたことを深刻に受け止めすぎていたのではないかとまで、さらには実際に起きた物事自体も自分たちが騒いだほど大変なことではなかったのではないかとまで思ってしまう。**私たちはほんとうに殺されるところだったのだろうか？　でたらめだ、たぶん！　縁起でもないでたらめを、たぶん自分たちで作りあげていただけなのだ！**

小さな白雲のような息をはっはっと元気に吐き出しながら教室へ戻る。

「今日はみなさんいい子ね」と、午後の授業のあいだ私は何度も言う。

このひと言を三度目に口にしたとき、一人の女子がわっと泣き出す。そこで私は自分の使った言葉が正確だったのかどうかふとわからなくなる——この子たちは「いい子にしている」のかしら、それとも吐き気をこらえて身動きできないだけ？　みんな常になく無気力で、まるで鎮静剤を大量に飲まされたように見える。

泣いている子に近づいて、背中をぽんぽんと叩くと相手は私の手を避けようと体をまるめ、しかし触らないでと訴えることもできずに、諦めて耐え忍んでいる。この態度に私は束の間、気落ちする。

終わったと思ったら、もう復活しつつあるのか？

細い背中、ぶるぶる震える肩甲骨をさすると、小さな心臓が怯えきった小鳥のように激しい勢いで打っているのが手に伝わる。

「ほら」と私はつぶやく、「大丈夫よ、だれもいじめたりはしないから」

「いまにわかります」とその子が言う、「いまに」

洟をすすり、静かに体を震わせる。私を見あげるやいなや、慕わしさに憐憫と絶望をたっぷり盛った感情らしきものが涙となってあふれ出す。けれども私は、今日こそ、自分の境遇について得られた新たな見方に横槍が挟まれるようなことがあってはならないと固く心に決める。

私は両手をパンパンと叩くと教え子たちに向かって賑やかな声で、校庭に出て下校時間になるまで遊んでよしと告げる。

そして思わず言い添える。
「今日はみなさん、ほんとうにいい子にしていましたからね！」
だれ一人、喜び、興奮、驚き混じりの感謝をこめて、わあっと叫び声をあげたりしない、数か月前なら必ずそうしていたはずなのに。少し様子をうかがってから席を立つが、それがいいことなのかどうか、私に従うべきなのかどうかまるで確信がもてないといった感じで、ついで何人かが、まごつきながらおそるおそる、というふうにして教室を出ていくと、ほかの子も、ぎこちなく後へつづく。

一人の男子が私の椅子、教卓がある辺りをちらりと見たのが目に入る。私もそちらへ視線を移そうとする——なにを見ようとしたのだろう？　その子は赤くなり、それから一転、真っ青になる。**いったいなにを見たの？　この子たち全員に見えていて私に見えないもの、全員が知っていて私の知らないこととはなんなの？　いままでずっと、私はなににうつつを抜かしていたのだろう、必要なのは見ること、そして知ることだったはずなのに？**

さらに気づくと、全員、教卓が置かれた教壇になるべく近寄らないようにして歩いているのだが、扉のところまで行き着くにはどうしても教壇の脇を抜けるしかないので、私は突如、外へ遊びに出るのにぐずぐずしていた理由はそれだったのかとひらめく。**そこになにかがあるのだ、私の持ちものを置いた片隅に、子どもたちにとって怖くて仕方のないものが。**この子たちの態度はほんとうに変だわ！私に対して前と同じく普通に接してもらえるまでには、長い時間がかかるし、一筋縄ではいかないだろう、私が見くびられるばかりか憎まれてもいたこと、いやもしかすると、私自身がそうだと（つまり自分たちが見くびられ憎まれていると）強力に信じこむあまり、教え子たちの目に映る私たちの姿を変容させてしまったことを忘れてもらうまでには。そう、そういうこと、悪いのはすべて私たち――あの凄まじいまでの誤解を生んだ責任は、私たち二人にあるのだ、愛しいアンジュと、私とに。私たちは自惚れていた、仕事の質に誇りを抱きすぎていた、おそらくは尊大で他人を蔑んでばかりいた、そして人が自分たちを不愉快な人物だと思っていることを示す兆候がいくつか現れたとき、今度は自分たちでそれらを誇張してむやみに重大で危険なものと思いこんだ、それもまた自惚れの延長だ。だけどそれなら、と私は思う、どうしてアンジュがあんな傷を負わされたのだろう？　現実に起こったことではないか？　**アンジュが攻撃を誘い寄せてから、故意に深い傷を負ったのか？　それとも攻撃などそもそもなくて、アンジュ自身が……。もしかして、最初からなにも起こりなどしなかったのだろうか？　単になにかの事故があって、それをきっかけに普段は自分の心身を完璧に制御しているアンジュが錯乱に陥ったのか？**

私は充分時間をかけて教室を整頓する（もう二度とここに戻ってこない場合と同じくらい念入りに）。チャイムが鳴って、私はコートを着こみ（**なんとなく異常な、捉えがたいものを感じるが、すぐさま意識の外へ追いやる**）、蛇腹式の大きな重い書類鞄を持ちあげて校庭へ出る、ひどく寒いので首までコートのボタンを留めて、これ見よがしの微笑をきっぱりと浮かべて。

眼鏡のレンズが曇るので、なにもかもがふんわりと、遠くにあるように見える。そのせいだろうか、私は最初、自分がどれだけ孤立しているか気づかない。自分の周囲一帯を取りかこむ無人の空間がどれだけ広々としているか気づかない、それはまるで、と私はずっと後になって思う、私が手にしているのが鞄ではなくピンを抜いた手榴弾だったとでもいうほどなのだ。けれど私はなにも気づかない、いや多少は気づいたかも知れないが、ともかく自分の明るい気分、根本から視点を変える意欲**（というのも、現実をもっともらしくねじ曲げて解釈したがゆえに私たちはあれほどまでに無用の痛みと苦しみを舐めたのだから！）**、そうしたものを絶対に逃がしはしないと決意を固めているから、今晩の私は、いまよりも遥かに明瞭なかたちで悲運が襲ってくるのでもないかぎり、自分で定めた幸福の道を踏み外すようなことはない。

私はほんの少し息を切らしている、濃い霧が隙間なく街に立ちこめるときはいつもそうなる。するると多すぎる自分の肉の重みがずしりと身にこたえる、ストレッチの効いた暗い色の服にきちんと収まってはいるものの、驚くばかりに大きなこの図体は年を追うごとに嵩を増して、それを私は、そこはかとなく面白いような、呆れるような、見下すような目で眺めてきた。これは厳密に言って私自身ではない、むしろ隣人のようなもの、言わば私としては好意をもちたいのは山々だけれど、その行く末に対してこちらが責任を負うことになっていて、面倒だし、迷惑だし、どうもこちらの品位に悖るような気もするといった隣人――ああ、私の体なんか、どうでもいいわ、と私はやや開き直って思う。

それにしても、今晩は息が切れる。シャポー＝ルージュ広場にさしかかる。ここでも、私とほかの通行人を隔てているのは霧なのだろうか？　私の目は見えているのかいないのか、荒い息をつく私から誰もが努めて距離を置こうとしているのは、現実に起きていることなのだろうか？

路面電車が私のすぐ傍を、白っぽい大気のなか、音もなく、目にもほとんど見えないまま通りすぎる。空気が不意に、半ば触れられるほどの塊となって、鳴りかけた電車の警鐘の音をぱくっと呑みこんだ感じがする。かぼそい、締めあげられたような音しかあとには残らない。**そして私は車内を一瞥**

したりはしない、そこに動きのとれなくなった顔また顔、私の姿を目にした途端に理解しがたいなにかを見出してまなざしに恐怖を湛える哀れな人々の様子を目に入れたくはないから。

問題はもしや私のコートではないだろうか、と私は急に思いつく。教え子たちの身ぶりを思い出してみると、教壇に近づいたときに迂回するように歩こうとしていて、その教壇にあったのは私の鞄とコートだ。漠とした気分の悪さに、心臓がきゅっと締めつけられる。歩きつづけなさい、と自分に向かって言う、何事もないふりをして。コートの重みが両肩にのしかかる気がする。**歩きつづけろ、微笑を絶やすな。**

ようやく辿り着いたエスプリ＝デ＝ロワ通りに、人影はない。歩道に鞄を置き、それから、ゆったりと落ち着いたしぐさで、行儀のいい笑みをこれまでと変わらず浮かべることで隣人たちがもしも窓からこっそり覗いていたとしてもいまや間違いなく状況は一気に好転したのだと納得してもらえるよう心がけながら、私はコートを脱ぐ。腕をいっぱいに伸ばして、目の前に広げる。

衝撃のあまり、よろめく。口がへの字に曲がるのが自分でわかる。顎ががくがく震え出す。さあ、さあ、と私は自分に言い聞かせる、気を確かに。

わななく手でコートを丁寧にたたむ。多少は冷静を保っていて、布地にぶらさがった肉片をきちんと包みこむように折っていく。大きめの小包くらいにまとまると、鞄のほうも手にとり、そうやってわが家の入り口まで歩いていく。コートは脇にぎゅっと抱えたままだ、こんなに寒いのに、これまで以上に寒いのに。

例の人物が、瘦せこけた容貌に、詮索するようなきらきら光る目をして、ほかでもない私たちの住まいの扉を開く。そして両腕を広げる。私はコートを彼に投げつける。

「その中に、夫の切れ端が入ってます」と私は言う。

膝がくだける。入り口を塞ぐかたちで私はどすんと倒れる。そうしておそらく長いことそのまま、虚脱し、半分意識を失い（というのもさまざまな音が台所や寝室から届くのは聞こえている、スリッパ履きの足が床を擦る音、やかんの湯がしゅんしゅんと沸く音、食器類がカチャカチャ鳴る音）、動くことも喋ることもできず、でもそれは仕方ないと諦めている節もあり、無力な自分を、のんきな、突き放したような気持ちで、たとえば夢の中にいるときのように甘んじて受け容れている。いやでたまらない、と私は穏やかに考えるが、自分の精神がなんのせいでそういう不満の声を洩らすのかもわからない。右の腰が、床に当たっていて、ひどく痛む。起きあがりたいと必死に望んでいるのに、意志と脳髄とが切り離されているようで、脳のほうは、ただ安らかに、部屋や建物全体からやってくるいろいろな音を聞きとることにかまけているのに、魂のほうは血を流して呻いている。

三本の安全ピンかそれともヘアピンだったかに刺し通された肉片、すなわち、そうですとも、褪せたピンク色をして筋が多くて豚肉に似た肉の細切れは、大きさも見た目も人間の肉を思わせたからしたがってアンジュの肉の切れ端だと思った、というのも今朝私は見たからだ、そう、自分の目で見た

じゃないの、彼の脇腹がまさに切り取られ、奥まで抉られていたのを、でもそうよそれはなにか別の動物の肉なのかもしれないし意地の悪いいたずらなのかもしれないのだから、そうだとすれば明るい気分を失う理由なんかない……。

「申しあげたでしょう、行くべきではなかったのです」と彼は、たしなめるように言う。

もつれた顎髭は汚らしいねずみ色、こけた頬には五十年前のにきびの痕が点々と残り、目は活き活きと昂揚して、共感のかけらもない。

「ご自分でなんとか立ちあがってください」と彼が言う、「あなたを抱えあげるほどの力は私にはありません」

まったく私は肉づき豊かで、見るからに重たい。お母さんは柔らかいね、と息子はかつて私の腕のぶるぶる揺れる肉に額をうずめながら言ったものだ。ああ、わが子よ、なぜここにいてくれないのか、毅然とした力強い物腰で私たちの傍にいてほしい、私たちはもう習い覚えた以外のことが起きても呑みこめるような年齢ではないのだから！

「アンジュはどうしてますか？」と私はつぶやく。

彼はためらう。

「可能な範囲でうまくいっています」と言う。

「見に行くわ」

私は強情を張るような、挑むような調子でそう言う、まるで相手が私を寝室に行かせまいとする態度を露骨に示したとでもいうように。

「まずは起きあがってください」と彼は言う。

私はノジェ氏の目を憚ることもなく、そろそろと体をひねり、ふうふう息をつきながら四つんばいになる。**あの有名なノジェですって！　冗談でしょ！**

壁に体重をかけて立ちあがる。

「私のコートはどこ？」

「ダストシュートに放りました」とノジェ。「アンジュに見せて、それから捨てました」

「見せることないでしょうに」と私は言う。「あんな馬鹿な真似に付き合わせていやな思いをさせる必要なんかありません。子どもの悪ふざけよ」

相手は黙っている。ほんの少しだけ息をはずませているのが聞こえる。その目つきが和らいだとき、彼にとって、もう答えはすっかり出ているのだと私は察知する。

「重大なことですよ」と彼は言う、「昨日アンジュがされたことと同じくらい重大です」

「だれかがアンジュになにかしたってどうしてわかるんですか？　自分でやったわけじゃないってどうしてわかるの？　つまり（私は攻撃的に言いつのる）だれかが不注意でぶつけたりしただけの傷を自分で大きくしたのかもしれないじゃない、自分のすべてを完全に崩壊させてしまうために、身を引くに足る根拠を手に入れるために」

だいたい、薬局の女の話は事実とは食い違っているのかもしれないのだから、それなら彼女の言ったことを別のもっともらしい説明を退けてまで信用する理由がどこにあるというの？　あの薬剤師はなにひとつ自分では見ていないし、だれ一人自分の目でなにかを見たと私に言った者はいないのだ。

「それは勘違いです」と彼はげんなりした顔で言う。「悪の出どころを理解しようとしていませんね」

「どなたも説明してくださらないもので」と私は刺々しく言う。

でも知りたくない。はっきりとは知りたくない。

彼は髭を、ついで長めの髪の毛を指で梳く。こまやかに気を遣うような、私を傷つけないよう腐心するような口ぶりで言う。

「あなた方お二人には、これはもう明らかに、人生に対する、ある構えがあって、それが……合わないのです、いくつかの側面に照らして、許容しがたいのです、さらにこの際申しあげるならば、失礼ながら、猥褻なのです、が、もちろん、だからといってお二人への厭がらせが正当化されるわけではありませんし、それだけなら厭がらせをすることもないのです、しかしこれに加えて、おわかりでしょう、もしやとお思いでしょう……あなたの顔、あなたの顔が醸し出すもの……」

「私の顔がなんなの？」と言いながら自分の顔が赤くなるのがわかる。

相手は一瞬、目を逸らす。弱ったところをはじめて素直に見せている。

「ええ、わかってますとも」と私は早口で言う。

私のほうもはじめて相手の困惑に接して対応に行きづまり、早く打ち切りたくなったのだ。私は服を手でこすり、眼鏡を鼻の上にかけ直す。ブラジャーのホックが外れている。少しでも体を動かすとセーターの中で胸がゆさゆさ揺れる。

「いい加減、夫の様子を見にいかないと」と私は言う。

「あなたのコート……あれにたいへんな衝撃を受けましてね」と彼は気がかりを装って言う。

嬉々としているのが、趣味の悪い興奮に浮き立っているのが見え透いている。悪の出どころはこいつだ。こんな奴に私はいちばん大事な人を任せてしまったのだ。どういう気の迷いだったのか？

冷えびえとした怒りが募って、私はセーターの内側に両手を入れてブラジャーを留め直しながら、相手の目がやや動揺して曇っているのを、きつく睨み返す。

「そういえば、同僚たちはあなたのこと知っているみたいでしたけど」と私は揶揄するように言ってみる。

「あ、ほんとうですか？」と彼は言う。

彼がそうと知って喜び、得意な気持ちになってはいるものの、驚いてはいないという印象を私は受ける。**素性を知られ、特別な扱いを受けることに慣れている人のように。**つんと澄まして、私は彼の前を通りすぎ寝室へ向かう。入ると後ろ手に扉を閉めて錠をかける。枕許のスタンドをひとつ灯しただけの部屋はとても暗い。

「鍵をかけないでくれ」とアンジュがささやく。

片肘をついて上体を起こし、顔を歪ませている。悪臭に私の喉がつまる。

「警戒してると思われるぞ」

「それがなによ？」と私は言う。「知り合いでもないし警戒してるに決まってるじゃない。あの人のこと二人とも大嫌いだったの覚えてるでしょう？」

「いいや、ぼくは全然嫌いじゃなかった」と、アンジュは苛立ったような邪険さで言う。

枕にばさっと頭を落とし、息も絶えだえで、ぐったりしている。私も呼吸がしにくい。壊死の臭いが我慢ならない。窓を開けると、凍てつく冷気が寝室に流れこむ。

「頼むから」とアンジュがかぼそく訴える。「寒すぎる。こ……こんなに寒いのは耐えられない」

さめざめと泣き出す。私は窓を閉め、それから彼の傍へ寄って、膝をつく。自分も涙が出そうなのをこらえようと力を振り絞る苦しさのあまり、ぼんやり他のことに気をとられている感じになってくる。

アンジュの頬は削げて、てらてらと光っている。私はそうっとシーツを腰の辺りまで引きおろしながら、こそこそと彼のほうをうかがうが、相手が気を失いかけたのに乗じていることは自分でも意識している。傷は黒い。乾いた血がかさぶたになってあちこち盛りあがったりへこんだりしている。傷口の周りに緑青色の液体が溜まっている。これだ、この膿が異臭を放っているのだ。

「きみがされたこと」とアンジュがつぶやく。「あのコート……」

そして怯えた目つきで扉のほうをちらりと見やる。

「頼む、あの人に楯つくようなことはしないでくれ」と言う。

「アンジュ、ねえあなた、あのコートのことは気にしないで」

耳許に熱く語りかけ、じっとりと汗ばんだ額を優しく撫でながら、私は彼がなにも気づいていないと、私がこうして撫でていることにも傷を観察したことにも気づいていないと見てとる。彼は見るからに扉の施錠を深刻な問題と受け止めているらしく、錠のほうへ全神経を集中させている。

アンジュは見かけは控えめでも、人やものを怖がったりすることなど決してない人だった。それがいまや殴られた子どものように震えている。教え子たちは、もしや、私たちのことが怖いのだろうか？

「とんでもない悪ふざけよね」と私は言う、「腹が立つわ、犯人はなんとか見つけて、きっと言うことを聞かせますから」

「いたずらなんかじゃない」とアンジュがひそひそ言う。「わかってるだろう。犯罪だよ。なにもかもおしまいだ。ぼくたちが悪いんだ、そのことを忘れちゃいけない」

「それはあなたの考えじゃないわ」と私は言う。「あなた、あの人に吹きこまれたのよ」

「ぼくは自分の肉を抉りとられたんだ！」

アンジュの声は小さすぎて、ときどき聞きとれない。目玉が、狼狽して四方八方に動いている。

「ぼくたちがどれだけ間違っていたか、あの人が説明してくれた」と彼は言う。「あの人の言うとおりだ、でも別の人間になるにはもう遅い。もう外に出たくない。ここにいたって、なにが起きるかわからない。まあ、おそらくそれが正しい、よいことなんだ。ただ、もう少し痛みが和らいでくれれば」

「シャール先生を呼んで、診てもらいましょうよ」と訴えながら、私は狂乱しかけている自分を感じる。

「絶対ごめんだ」

アンジュは興奮する。突然噴き出した怒りを私にぶつける。

「まだ呑みこめていないらしいな、半年前と同じ状況のつもりか。シャール先生だと……よりによって。元の知り合いは一人も……ここに来ては駄目だ。ぼくの死期を早めたいのか？　苦しみたくはないけど、死ぬ覚悟まではできてない」

「じゃあグラディスは？　プリシラは？」

「二度と来させるな！」名づけようもないほどの恐怖にとらわれて、アンジュは叫ぶ。

私はひそかに満足しているのだろうか？　それでもアンジュが二人の娘を溺愛していたことは知っ

ているから、うろたえはして、言葉を継ぐ。

「実の子どもたちよ?」

「ぼくのために尽くすつもりで動いてくれてはいるんだ、でも……あの子たちのやることと言ったら……ひどすぎる。いや、駄目だ、もう近づいてほしくない。苦痛なだけだ。言うとおりにしてくれないし、もう信頼もなにもあったものじゃない……。辛かった。ぼくを殺しかねない、自分たちでは愛情があるつもりで……ぼくを救うつもりで……でもなにを言っても聞いていない、こちらの言うことなど……なんの価値もないと見做してる。悪いのはぼくたちだってことをよく知っていて……。感染したくないと思ってるんだ」

「でも感染するってなにに?」と私は言う。

「でも感染するってなにに?」彼は鸚鵡返しに、むごたらしく私の声を真似て、私の無知を嘲ろうとする。

すぐに私は、アンジュがこんなふうに底意地の悪い態度に出るのを見たことはなかったと思うけれど、でもひょっとすると、私のいないところで、ほかの人に対してはこうした陰湿な愚弄に訴えることもあったのかもしれないとも思う。

「ぼくたちのすべてだよ」と、うんざりしたように言う。「ぼくたちはよくない、恥ずべき人間なんだ。ものが見えていなかった。きみはいまだにそうだ。娘たちはぼくに似ることを怖れていて、その気持ちはわかる、だけどこの老いぼれたアンジュ・ラコルデールにとっては、もう遅いんだ」

「手当てしていいかしら?」

アンジュは肩をすくめる。私は立ちあがり、こっそり錠を外して、忍び足で廊下へ出る。居間の暗闇から、ひょいと例の老人が現れる。瞬く間に私の傍にいる、驚くほど素早く、しなやかに、軽やかな身のこなしで。**絶え間なく私たちを見張っているのだ、昔からずっと。**

「夕食ができました。ごはんの時間です」

「ええ」と私は言う。

「私を怖がってはいけません」と彼は居丈高に言う、「ご主人に私を怖がるよう説きふせるのもいけません」

「あなたはスパイなんですか？」果敢にも私は言う。**そして心の中で、こんな言葉を使うのは滑稽かもしれないと迷ったりもせずに言いきった自分を笑う。**

廊下の薄あかりの中で、彼が眉をひそめるのが見える。

「スパイ？　だれの手下だと？」

「さあ。なにせ私はいちばん物事を知らない女ですから」と私は言う。

「だからといって思いつきをなんでも言っていいことにはなりません」と彼は言う。

私はガーゼと消毒液を取りに洗面所へ行く。彼がぴったりと附いてくる。

「ご主人のためですか？　いけません、手当てをしては」彼はあたふたと言う。「あの方は自分がなにをされたか片時も忘れてはならないのです！」

私はうつむき、考えこむふりをしてから、彼の脇をすり抜けて小走りで寝室まで戻ると、すぐさま錠をかける。

家じゅうがまったき静寂につつまれる。私は扉に耳をくっつける。すると、扉の反対側、板一枚を隔てたすぐ向こうから、相手の穏やかな、自信に満ちた声が聞こえてくる。

「治すことなどできません。無駄です。為す術はないのです。その臭い、おわかりですか？　死の臭いです」

「あなたはだれ？」私はささやく。

「私はかの有名なノジェです」と彼は茶化す。「みな私のことをそのように話していたのではありませんか？　あなた一人が、潔癖さのあまり、私を知らないのです」

扉にかけた私の指が引きつる。

「だけど」と私は、アンジュに聞かれないよう声をひそめて、「それが罪だって言うの？」

私は気力を失い、疲れきって、扉に体を預ける、かつて息子やアンジュの胸に凭れてくつろいだときのように。振り返ればアンジュが絶望感を漂わせた悪辣な目つきでこちらをじっと見つめているのではないかと怖い。

扉の板に唇をつけて、涙に声を詰まらせながら言い足す。

「あなたを知らないことが過ちなんですか？」

「そうです（**声は甘く、安定している、甘くて魅惑的で、温かみはない**）。あなたの知らないことはすべてあなたのいけないところを示しています。人には、知っておかなくてはならないことというものがあるでしょう？　知って、理解しなくてはならないことが。ああ、あなたは実に……思いあがっています」

「ナディア！」とアンジュが呼ぶ。

私は総毛立つ、まるで死者が目を覚まして背後から私に語りかけたみたいに、ついで扉から体を引きはがし、ゆっくりと寝台に向かう。私はアンジュに対しても罪を犯しているのだろうか？

「手当てに要るものを持ってきたわ」と私は言う。

皮肉の色が彼のやつれた顔にきらりと光る。

「ぼくの肉はいやな臭いがするだろう？」

「ええ、全部きれいにしましょう」と私は言う。「あなたの娘たちが昨日のうちにやっておくべきだったわ」

「来い、こっちへ」とアンジュが言う。

シーツから片手をにゅっと出すと、私の首筋を乱暴につかんで引き寄せる。私はぐっと息をこらえる。悪臭は彼のぬらぬら光る皮膚からも、髪の毛からも、口の中からものぼってくる。

「いいか、ぼくはすごく腹が減ってる」とアンジュは私に耳打ちする、「だけどあの人のつくったものを食べさせるのはきみであってほしい、あの人じゃなくて。いいな？　昼間、きみが仕事に出ていたとき……（彼は泣き出し、嗚咽を漏らす）昼は、あの人に食べさせられたんだ。あれはもういやだ。ただ、絶対、絶対に、あの人には言うなよ、いいか？　あの人に文句をつけるようなことはするな」

「あれはだれなの？」

「あれはだれなの？」とアンジュはいまやそうするのが身についたらしく、神経にさわるやり方で私の口真似をして繰り返す。

そして苛立たしげに肩をすくめる。どうか、と私は反射的に思う、この新しいアンジュに憎しみを抱きはじめずに済みますように。

「だれなのよ?」私は依怙地になってもう一度訊く。

「偉大なるノジェ」アンジュはぽつりと答える。

私はシーツを脚のほうまでめくる。傷口を目にしてびくっとしそうになったのは抑えたものの、臭いがあまりにきつくて後ろへ引かずにはいられない。箪笥を開け、大判のハンカチをつかみとると鼻を覆って結わえる。

アンジュは表情を殺した、沈んだ顔で私を見ているが、それでも、口の両端を少し引いているところに、いかにも根性の曲がった暗い愉悦、せせら笑うような快楽をこの状況の汚らしさそのものに見出しているのが表れていて、私は思わず言い放つ。

「アンジュ、あなた変わったわね!」

「ああ、そうかもしれないな、腹に穴を開けられれば人は変わるかもしれない」とアンジュは言う、「自分自身の肉の切れ端が妻のコートに安全ピンで留められているのをこの目で見れば、それもまた、人を変えるかもしれない、もっともだ」

「豚かうさぎの肉よ」私はきっぱりと言う。「私たちの周りは、なにもかもうまくいってます。そう考えれば済むことよ」

彼はびくついた疑い深い目で扉のほうを見ると、ひそひそと言う。

「ノジェは、なにが起きたかをぼくが忘れてはいけない、受けた傷のことや、この苦痛の意味についてよく考えるべきだと言うんだ」

「わからなければいけないことなんてひとつもないわ」と私は大きな、よく通る声で言う。「私たちのほうが見境を失ってたのよ、見栄のせいなの、それだけよ。アンジュ、見栄を張るためだったのよ、嫌われていると自分たちで信じこんだのは」

私はベッドの脇にしゃがみこむ。アンジュのシャツの、傷を囲む部分を切り取りにかかる。自分の呼吸が速まり、途切れがちになるのが聞こえる。ハンカチで覆っていても、毒々しい臭いに眩暈がしてくる。ガーゼを消毒液に浸してから、大量の膿を拭いとろうとするが、あふれた膿はアンジュの腹の上にも、ズボンの下にも流れ、マットレスとシーツに染みこんでいる。拭きとったかと思うとたちまち元に戻ってしまう気がする、きりもなく傷の奥底からじわじわと湧いてきて。

「いったいどこからこんなに出てくるのよ？」私は根負けして悲鳴をあげる。

「その人の哀れな魂が膿んでいるのです！　ごはんですよ！」

と言うと同時に、ノジェが、扉を二度、高らかに叩く。アンジュは驚きと恐怖に唸り声をあげる。

私たちは何分かのあいだ押し黙ったまま、寝室の外にじっと耳を澄ます。

「あの人の言うとおりなんじゃないか？」とささやくアンジュは、顎をひくひくと痙攣させていて、痩せて黄ばんだ顔がますます縮んで見える。「そうなんじゃないか……ぼくのすべて、ぼく自身の……本質そのものが流れ出しているんじゃないか、おい？」

私は無理に笑ったつもりが、キュウキュウという鳴き声のようなものしか出ない。でも確かに、と頼りない気持ちで私は思う、ここにいるアンジュは、以前の彼とどんどん違う人になっている。

ガーゼを使いきった。それでも膿はまだ出つづけ、色はいっそう黒く濁り、腐臭はますますきつくなっている。ハンカチの内側で私の息は止まりそうだ。ひどい臭いが部屋に充満している。私は立っていって窓を開ける。

「やめてくれ」とアンジュが叫ぶ。「寒い、寒い」

常になく音のない中庭とこの界隈一帯に、高い場所から出された彼の声が、この世の最後の生存者の声のごとく響きわたる。その谺があまりに陰惨なので、私は窓を閉めるのを惜しいとも思わない。ふと気づくと、どうしようもないくらい眠たい。だれだろうと自分のことは自分でなんとかしてください、というようなことを、私は力なく、漠然と思う。ところが私には周囲のあらゆる人間に対して、また私たち自身に起こるあらゆる幸運や災難に対しても責任を感じる習慣があって、それは遥か昔から身についた慣わしだから、私が振り払いたいと望んだだけで振り払えるようなものではない。

アンジュのほうを見ずに、私は寝室を出る。にんにくとオリーブオイルに浸かってとろけたトマトの馥郁たる香りが台所から届く。

奴がそこにいる、二人分の食事の支度を整えたテーブルの前で根気よく待っている。私は思わず歓声をあげる。

「いい匂い！」

「オッソブーコにしました」と彼はへりくだって言う。

敵などということがあるだろうか、私たちのために手間暇かけてこれほど優しい料理をつくってくれる人が。こちらを幻惑しようという戦略の、これもひとつの手口なのか？

「オッソブーコはちょっと」と、私は険しい、そしてさらに少々ぞっとした感じまで表そうと苦心しながら言う。

しかし、おなかが空いて仕方がない、それに、なんておいしそう！

「ペリゴール地方に親類がおりまして」とノジェが言う。「仔牛や豚を育てております、私が普段食べているのも、あなた方にお出しするのも、残らずその牧場からきた最上級の肉です。病気になるようなことはありません」

こちらを気づかった懸命な口調に、私は自分が恥ずかしくなる。苦い液体で口の中がいっぱいになる、それくらい空腹が激しい。彼が上目づかいで私の様子を観察しているような気がする。でも私は疲れすぎているし、あまりに途方に暮れている。

結局、この男が正確なところ誰なのかわからなくても、たいして構わないのではないかしら？

「いいえ、病気の心配などしていません」と私は言う。

ほかほかと湯気をあげる煮こみ鍋に近づいて（**ということは戸棚を漁ってうちの鍋を見つけ出したのだ**）ぎくしゃくした身ぶりで覗きこむと、丸く切った仔牛の腿肉がオレンジ色がかったソースの中でふつふつ沸きたっている。

「少し脂が多すぎない？」私はつぶやく。

「骨の髄ですよ」と彼は言う。「髄はご主人の大好物でしょう？」

「ええ」と私は言う、「アンジュは髄が好きです」

ついその先も口にして、言い終えたとたん後悔する。

「以前は、よくパンに塗ってトーストにしていたんですけど」

「なるほど」と彼は冷やかすように軽い笑みを浮かべて、「髄を入れて煮こめば、どうしたってソースはこってりするものです」

「私たちになにを求めているんですか?」と私は尋ねる。「どうか、はっきり答えてください」

彼のすぐ傍の椅子にくずおれるように腰をおろし、気色悪い顔だちをじっと、まっすぐ見つめながら、私は自分の顎ががくがくするのを感じている。

「ごらんのとおり」と私は言う、「私はもう自惚れてはいないでしょう」

「お二人を助けてさしあげたいだけです」とノジェは断定的な調子で言う。「私の務めはそれだけです」

「だれかの差し金じゃないんですか?」

「だれの世話にもなっておりません」と彼は言う。

だがその瞬間、彼は目を逸らし、そこで私は、この人の言うことは嘘かもしれない、きっと嘘だ、と思う。

私は気力が尽きて、立ちあがる。疲れ果てて何事にも無頓着といった状態に陥っている。テーブルの二枚の皿のうち一枚を手にとると、肉とソースを盛る。ノジェがその横にパスタを一人分、丁寧に盛りつけ、ついで私は台所を立ってアンジュに食べさせに行く。

夫は呻きながら、まどろんでいる。私が寝室に入ると、目を覚ます。口角によだれが垂れている。

「腹が減った、いい匂いだ」と言う。

実にひさしぶりに、微笑む。

この悪臭に、彼は気づかないのだ、と眩暈を覚えつつ私は思う。ベッドの端に座る。膿が相変わらず流れているのを目に留める。それからアンジュの口許にスプーン一杯の肉とパスタをもっていくと、アンジュはがつがつと頬ばり、そのソースまみれの口が開いたり閉じたりするのを見ながら、私はノジェのぶくぶくした手が、肉をぎゅっと摑んだり、玉ねぎやトマトを刻んだりしてこの一品をつくっている映像、私たちの食欲を掻き立てようと精を出し、私たちのこと、私たちの食べたいという欲望に向けて一心に打ちこんでいるノジェの意志をぼんやりと思い浮かべ、私はこの隣人がこしらえたオッソブーコに手をつけることはできないだろうと前もってわかる、それはノジェに嫌悪を催すことだけが理由ではなくて、彼がひそかな意図をもって料理しているからだ、不潔な指にいじられた食材がその道具になっているからだ、これを使って、と私は冷ややかに思う、私たちを服従させようとでもしているのだろう。

12　いじわるな妖精を怒らせたのか

二日後、私はいやいやながらグラディスに電話をかける。

子どもたちの一人が出る。私が名乗るや、相手はぎゃっと叫んで電話を放り出す。沈黙の数分が過ぎる。私は受話器を耳に当てたまま動かない、自分がごく普通の言動に出るたびに場違いな反応が返ってくることはもはや承知済みだ。

私は居間の大きな窓の前に立ち、エスプリ＝デ＝ロワ通りに雨が降るのを眺めていて、正面には黒ずんだ壁と、バルコニーが並んでいるが、私がいるときに近所の人々が姿を現すことはもうない。この建物でも、引っ越していった人が何人もいる気がする――どこへ消えたのだろう、フルクさん、デュメーズさん、ベルトーさん、みんな申し分のない温厚な夫婦で、八か月前には、まさにこの居間にがやがやと集まって、シャンパングラスを片手に、私の孫娘の誕生を祝ったのに。

建物の住人は残らず招待したのだった、ノジェを除いて。いま、その隣人たちを目にすることはなく、声を耳にすることもなく、おまけに通りに停めてあった自家用車もなくなっているように思える。となると、私たちの間違いだったのだろうか、ノジェを軽蔑して、彼以外の全員に好意と敬意をたっぷりと振りまいたことが、といっても私たちの愛想のよさにはある程度、こちらの優越感も混じっていなかったわけではないのだけれど。そう、そのとおり、アンジュも私も、なんとなく自分たちが隣人や同僚たちよりも上だといつも感じているところがあった。一方ノジェに対しては、疑う余地なく、憎悪に近いもの、吐きそうなくらいむかむかする気持ちを抱いていた。

「ナディアなの？」と、ようやくグラディスの声がするが、声は遠く、くぐもっていて、まるでグラディスが念のため自分の口許と電話口の間に布を挟んでいるような感じだ。

「ええ、そう」と私は言う。「あなたの息子をずいぶん脅かしちゃったみたいね？　いま電話を取った子」

グラディスは私の冗談めいた口調を無視する。なにも言わない。首筋に悪寒が走る。居間の入り口にさっと目をやるがだれの姿も見えない。だからといって居間にいるのが自分一人だという保証にはならない。

「お父さんに会いに来ていないわね」と私は言う。

「ええ」とグラディスは、しばらく間を置いて言う。

声がますます小さくなっている。私は力を振り絞って話をつづける。

「容態がとても悪いの」

「そうじゃないかと思ってた」とグラディス。

何秒か黙ってからやっと答える、私の声が届くのにそれだけの時間がかかるか、あるいは単語の、抑揚の一つひとつを吟味してからでなくては話し出す見込みが立たないとでもいうように。とはいえ、と私は思う、グラディスの揚げ足を取るような真似がどうして私にできるというのだろう?

「あなたたち、またきっと来るって言ってたのに」と、やや行き場を失って私は言う。「いくらなんでも、変よ……」

「お父さんから離れることを学んだの」とグラディスは言う。

声がほとんど聞きとれない。これが最後の会話になる、グラディスは今後二度と私の電話に応じないという予感がして急に怖くなり、私は受話器に向かって大声で呼ぶ。

「ちょっと、グラディス！」

「さて」とグラディスは言う、「もう切ることにするわ」

「待って！　あなたたちに知らせておくことがあるの……私は家を出ます」

涙が湧いて目が熱くなる。それでも私は背筋を伸ばして立ったまま、篠つく雨を見つめている、居間にはなにかが潜んでいて私が崩れ落ちるのを心待ちにしているのだから、思いどおりにはさせない。

「え？」と放たれるグラディスの声は、さらに遠い。「家を出るって？」

「息子のところに行きます。だけど、ねえ、グラディス、アンジュは置いていかないといけないの、長旅できるような体じゃないもの」

早口でまくし立てることでグラディスをもう少しだけ引き留めようとする、以前は家へ来るたびに、その敵意、世知辛い性格、心が清らかだと見せつけるような態度が癇にさわって、もう二度と会わずに済ませたいとあれほど願った相手なのに。

「アンジュは近所のあの人が面倒を見ます」と私は耐えがたい恥を忍ぶ思いで言う、「でもあなたたちは会いに来て、世話してやってよ、でないと……この先……。お願いよ、グラディス」

「切るわね。ほら、子どもたちもいることだし。ああ、お父さんはあなたなんかと一緒になるべきじゃなかった……切るわ……」

「来てくれるわね、グラディス？」

受話器に思いきり押しつけた耳がじんじんと痛む。

そのとき通りの向かいでカーテンの隅がもちあがる。わが家の真正面にあるその部屋に住む中国人学生の女とは、何か月も前から歩道ですれ違うこともなくなっていたから、ほかの人たちのように引っ越したのだと思っていたのに、その彼女が窓ガラスに額をぴたりと貼りつけている。目が合う。彼女がふと微笑をよこす。私はその微笑みに、どうかと思うほど勇気づけられる。そういえばこの娘は全裸で部屋を歩きまわる癖があって、薄い紗のカーテンを通して丸見えのその姿に気づくたび、アンジュは苛立たしげに顔をそむけては好んで言ったものだ。

「あの売女、なんのつもりだ？　やめないなら警察を呼んでやる」

　このような台詞をアンジュはある種の快楽を覗かせつつ口にしたのだが、でも、と私は思う、それを聞いたことがあるのは私だけのはずだ。居間に何ものかが恨みがましく潜んでいる気がするようになったのは、つい最近のこと。それまでは、アンジュと私の二人きりだったし、ほかならぬ私がアンジュのそういった発言をよそへ言いふらしたなどということは考えられない、というのも私は、大人同士の集まる場では、控えめなばかりか、無口な女なのだから。

　そのときグラディスの声が、吹き飛ばされそうな強風の只中にいるかのごとく、絶え入るように、掻き消されるように、聞こえてくる。

「私は父親を忘れつつあるしプリシラも忘れかけてる」とグラディスは言う。「だってそうしなきゃ仕方ないでしょ。仕方ないの……お父さんにとっても、そのほうがいい」

「どうしてそのほうがいいのよ?」と私は叫ぶ。

　やはり、間に合わなかった。受話器からは、電話の向こうにだれもいないことを告げる音だけが長々と響いてくる。

　私は窓際すれすれに寄って雨の中に目を凝らし、向かいの窓の中国人学生をもう一度見ようとする。彼女の微笑が、ほんの束の間の、目に留まらぬくらい微かなものだったにもかかわらず私にもたらしてくれた慰めを、まだ全身に感じている。**アンジュが、私の大切なアンジュが、きれいな裸を人目に**

さらすのが好きな子だからというだけの理由であの娘を毛嫌いしたのは、行きすぎだったのではないかしら？　あるとき彼は、あの娘をひっぱたくしぐさをした、窓の前で手を振りかざし、憎々しげな形相をして、彼女の裸体があまりに不愉快で怒り心頭に発していることを決定的にわからせようとした。けれどもあの娘は、恐縮したりはしなかった。まずびっくりした顔になって、それから目を落とすと自分の胸を、脚を眺めた、まるでそのときになって初めて一糸まとわぬ姿であることに気づいたように、あるいは自分のそうした姿のいったいどの辺りがアンジュをそこまで激しく怒らせ、離れたところから痛めつけてやろうとするそぶりさえ見せる原因となったのか考えあぐねるように、そして彼女は天真爛漫に笑い出した、たおやかに頭を揺らしながら。

さらに思い返すと、隣人たちを招待し、スアールの誕生を祝って乾杯した夜（なんでそんな名前にしたのよ、と私は気がかりな、不満な思いを抱えて息子に電話で言ったのだった）、アンジュはあの女子学生の部屋の窓を指さして、招待客全員に向かって大声で言い立てた。

「みなさんご存じですか、あの娘の行儀の悪いこと」

そしてまずは言葉で、ついで物真似で、しゃなりしゃなりと歩く娘の様子を表現したが、そうやって彼が、ちょこちょこした小股の足どりで、太鼓腹を突き出し、尻をきゅっと持ちあげて歩いてみせるだけの動作で醸し出した雰囲気は実に猥褻きわまりなかったため、とりわけデュメーズ夫妻とフルク夫妻は、私の印象では、とても困惑していた、というのも彼らはとても実直な、ある意味とても初心（うぶ）な人たちだから。私はアンジュに言いたかった。ちがうわ、あの娘はちっともそんなじゃない――でも私はおもしろそうに微笑んだだけだった、もし批判したりすれば、アンジュはそれならきみがあの女の子を真似してみなさいと言い出すのではないかと思ったから。それにもしそうなったとしても、あの娘が私たちの前に姿を見せるときのあの屈託のない自然な身ぶりをありのままに再現できるほど私は無垢ではない、と私は思った、したがって私の物真似はアンジュのと大差ないくらい誤っていて淫猥なものになってしまうだろう。重力から解き放たれたようなあの娘のすばらしい軽やかさは、私たちにはまったくない、と私は思った、それにあのちょっと単純な、ちょっと朴訥としたところのある優しさ、それも私たちにはない、だからこそ、彼女を嘲弄しようとすれば、かえってこちらの醜さばかりが表に出る。

　夜の帳がようやくおりて、薄暗い日射しと、降りしきる雨を呑みこむ。突然、うなじに冷たい息がかかる。私は呼吸を止める、あの男が間近に迫ってくるたびにそうするのだ。

「ごはんができました」と、彼がひっそりささやいたとき、乾いて冷えきった唇が私の首筋をかすめる、「肉巻き（ポーピエット）の茸クリームソース煮こみ、つけ合わせはアーティチョーク入りのちょっとしたリゾットですが、これは自信作ですよ。生クリームはノルマンディの酪農業者から取り寄せたもので、天然ものの豊かな味わいは折り紙つきです、私はそういったことには妥協しませんし、あなたやご主人も同じではありませんか、そうでしょう？　私と同様、おいしいものがお好きでしょう？　いらっしゃい、あなたの分は取り分けておきました。召しあがる間に、私がアンジュの食事を済ませますから」

「それは私があとでやります」慌てて私は言う。

　言ってしまってから、もはやそんなことに気をつけてみても意味はないのだ、私はアンジュをここに残してノジェの手に委ねることに同意したのだから、と思う。

台所で、立ったまま、漠とした嫌悪を感じながら彼のつくったものを掻きこむと、足音を忍ばせて寝室へ進んでいく。半開きになった扉の向こうに、アンジュのほうへ身をかがめるノジェの背中が見えて、即座に私は、学校で子どもたちを叱るとき、自分もよく、ちょうどあんなふうに、怒りに沸きたつ自分の肉体の重みがまるごとのしかかるように相手のほうへ身を乗り出して威圧しようとしていたことに思い当たる。アンジュは自分でフォークを持って、ノジェが差し出す皿に入った細切れの肉を突いている。アンジュは大急ぎで食べている。

ゆっくり食べさせてもらえないんだわ、と私は思う。

頬がふくらんでいて、まだ食べものでいっぱいなのに、つぎの肉片を詰めこみ、さらにひと口分にはずいぶんな量のリゾットを押しこむ。ノジェがせっつく。

「ほら、ほら」ぼそぼそと言っている、「私は他にもすることがあるのですよ」

それでも、咎め立てする筋合いが私にあるだろうか？　ノジェが私の代わりに悪臭のこもる寝室にいてくれて、私はほっとしているではないか？

いまの私は、書斎として二人で使っていた部屋で寝ている。傷の臭いを嗅ぐと目がまわる。アンジュの傍にいられるのはせいぜい数分、その間は無駄と知りつつ膿を拭いとり、オーデコロンを浸したボディタオルで額や頬を拭くが、その額や頬は日に日に黄ばんで痩せこけていく。アンジュはいまとなってはノジェのことも私のことも、同じような目で見る――避けるような、せがむような、怯えるような、少し投げやりになってきたような目で。けれども私が思いきって、

「シャール先生を呼びましょうか？」とつぶやくと、やつれた顔に赤みが走り、憤然と首を横に振る。

「だれにも会いたくないと何百回言えばいいんだ」と吐き捨てる。「わからないのか？　あの医者がきたら注射されるんだ……致死量の……もう注射器の用意もできてるに決まってる……ぼくのために。待ちかまえてるんだよ……きみが電話をかけてくるのを」

「でも、どうしてなの、アンジュ？」辛抱強く、私は尋ねる。

するとは薄笑いを浮かべ、私の口真似をして嘲ろうとするが、衰弱しすぎてそれもできないと悟ると、代わりにほとんど憎悪に燃えるようなまなざしでこちらをきっと見据え、私は竦みあがる。夫はどうしてしまったのだろう？　私が好きだった、私と一心同体だったあの人は、どこへ消えたのだろう？

13　その人がわが息子ならどれほど幸せだったことか

学校へ行かなくなって三日が経つけれど、認めざるをえない事実として、確かに校長先生は連絡してこないし、ほかの先生たちもだれ一人私の欠勤を気にかけてはいない。父兄たちも一人として、手紙をよこしたり、子どもたちからの伝言や心温まるお絵描きを送ってきたりしない、長い教師生活で私が何度か病気に罹ったときにはいつもそうしてくれていたのに。

アンジュと同じように、私も学校の日常から消されてしまったらしい。

家の中でノジェに出くわすのを避けるため、私は書斎にこもりきりで、出るのは浴室へ行くときかアンジュの世話をするときだけ、それも手早く済ませる。にもかかわらず、ここにいないときでさえノジェが私たちの傍にいて嗅ぎまわっているような、影となって目を光らせているような気配がつきまとう。夜が更けて、彼は自宅に戻ったと思っていると、ふと廊下の床板がきしみ、寝室の扉がギイッと音を立てる、そこで私は書斎の簡易ベッドから身を起こして、

「ノジェさん？」と声を張りあげる、しかし応える声はなく、静寂が一気に家に押し寄せる。

なにをしに来たのかしら？ 私は思わず手と手をぴたりと合わせて、恐怖のあまり動くこともできず、だが同時にアンジュをかばいに行かない自分を責めている、いまや彼はあんなに体が弱っているというのに。あの人が夫に悪さをしているのかというと少し違う気もする。そもそもアンジュはあの人のことで文句を言っているわけではないし――でも、言いたいとしても、言えるだろうか？ ともかくあの人はアンジュないしはアンジュの身の回りになんらかの作用を及ぼしてはいるのだけれど、その性質も意図も私にはわからない。**アンジュが今後とも決して快復しないよう手を打とうとしているのだろうか。**

四日目の朝、こちらが起きあがりもしないうちにノジェが運んできたコーヒーを飲む（私が目覚めたことを知らせる微細な物音を扉の向こうでじっと待ち受けているのだろう）、いままで飲んだことがないほど最高にまろやかな味わい深いコーヒーだ。それから念入りに身だしなみを整え、目許と口許に化粧をほどこす。鏡で見ると自分の顔つきが変わったようで、以前よりもさらにむっちりとふくらんでいるし、顎も前よりもたついている。

あんなにいちいち栄養豊富な食べものをあの人にあてがわれているせいだ、と私は思い、ばつの悪

い気分になるとともに、ぼんやりとながら、だまされたように感じる。

「お料理にバターや油を入れすぎです」と台所に入るなり私は言う。

彼は毎朝持参する出来たてパンの厚切りにバターを塗っている最中だ。見れば、そのうえクロワッサンと、粒砂糖を上にまぶしたミルクパンまで買ってきている。

「そのパン、バターだらけじゃない」と私は苛々しながら言う。「あなたはどうして私たちを食用の豚みたいに太らせようとするんですか？」

顔をあげて私のほうを見る彼の目に温かみはないが、本人はそこに礼儀正しい愛想のよさのようなものを無理やりこめようとしている。

「愛情からです」と彼は言う。「お二人とも前々からご馳走がお好きだったでしょう。市場から帰れるところをよくお見かけしましたが、買ってこられたイタリア風惣菜のえも言われぬ香りが階段じゅうに漂うこともありましたし、野菜を午後いっぱいかけて煮こんでいらっしゃることもありました、ですから私はあなた方が自分と同じように食を愛する……」

「でも近所のほかの人たちは」と私はいきり立って彼の言葉をさえぎり、「ベルトーさんたち、親切なフルクさんたち、気づかいを忘れないデュメーズさんたち、みんなそろって休みでも取って出かけたの？」

「あの連中」と彼は蔑むようにひと言洩らす。

そして黙りこみ、礼節を重んじる自分としては本心はさらけ出せないというふうに装う。

「あの人たちのなにが気に入らないんでしょうか？」私は慎重に尋ねる。

「あなた方の傍にいるのは、私です、そうでしょう？　ほかは近所のどなたとも会っていないのですし近々会うようなこともありません。あの人たちはあなた方と知り合いだったことすら口に出そうとはしないでしょう」

彼は口をきゅうっと結び、むっと下唇を突き出して、パンとバターに集中しているふりをする。機嫌を損ねながらも胸のうちに留め、傷つきながらも自制するといったその様子には、ある種の品位があって、こちらは気持ちが揺らぐ。

「それはあなたの考え違いとしか思えません」と私はやわらかい口調で言う、「近所のみなさんが私たちのことを恥と見做すとは思えません。そのうち機会さえあれば、あの人たちはかならず私たちに優しく……」

「やれやれ」と相手はうんざりしたように言う。

「なにも知らないくせに」と私は言う。

息苦しいような、不満がくすぶるような気持ち、ノジェと話すと毎度こういう気分になる。彼がどろどろにぬかるんだ自分の土地に私を引き寄せようとするせいで私の頭は混乱し、本人はその土地をおぞましい悦楽に満たされて歩きまわるのだが、そこではあらゆる状況が、疑惑の目というたったひとつの視点においてしか考慮されないのだ。

「ここを出ようと決心されたのも、故あってのことでしょう」と彼は落ち着き払って言う。

私の顔は火が点いたごとく真っ赤になる。自分の頬が化けものみたいにふくれあがった気がする。その件についてこの人と話し合うなんて冗談じゃない、と思う。

急に自分のことが不憫でたまらなくなって涙があふれる。仕事のため、子どもたちのためにわが身を捧げてきたのに、だれもが私を、不潔きわまりないので記憶からも消してしまおうとする汚物のように排除する。

「息子に会いに行くだけです」と私は言う。「孫娘だって、まだ目にしたこともないんですから」つづけて、抑えきれずに、きつい声で吐き捨てる。

「スアールって名づけたのよ！」

ノジェは答えない。一種独特の気まずい空気が流れる、私が彼の眼前でブラジャーをつけ直したときと同じように。

「スアールよ。変だと思うでしょう?」私はもぞもぞと言う。

彼は盆の上に、仰々しいほどきっちりと、アンジュの朝食に必要なものを整え、私は図らずもこの人のくしゃくしゃにもつれた顎鬚、怪しげな服装、細いと同時にぼってりした曖昧な体つきに慣れてしまったこと、もはや気味が悪いとも感じていないことに気づく。

私はさらに言う、スアール（それにしてもこの名前を思い浮かべるだけで苦痛だわ！）のことを話したせいで生じた困惑を紛らわすために。

「息子が住んでいる辺りには、きっと私が勤められる学校もあるでしょうし」

「ああ、そうお思いですか?」とノジェは慇懃に、冷たく言う。

私はアンジュにおはようを言いにも行かずに家を出る、これから私がどこへ出かけるのか知りたがられては困るから。

エスプリ＝デ＝ロワ通りは今朝もまた薄暗く、じとじとしている。何週間も前から、来る日も来る日も、河からのぼる霧が晩方まで街に立ちこめ、通りという通りを泥の臭いで満たす。顔をあげても空は目に入らない。うちの建物の最上階、丁寧でよく気がつくフルク夫妻の住む階は、このどんよりした靄に覆われて姿を消している。

コートはもうない。着古しの窮屈なカーディガンを着た私はがたがた震える。このカーディガンがこんなにきついはずはないのに、と私は思い、ノジェと、ノジェの料理の誘惑にわれ知らず負けてしまっていた自分とに対して腹を立てる。心外だ。彼からあたえられたものはほんの少ししか食べていない、というのも、あの人の見た目には慣れたといっても、彼が手ずから選んでこねくりまわした食物はやはりどうしても疑わしいから。なのに太ってしまった、元から肥満体なのに、それもノジェの料理を軽くつまんだだけで。アンジュの容態はほんとうに悪いのだ、と不意に頭が冴えた私は愕然とする、あれだけノジェが懸命に詰めこませているにもかかわらず日に日に痩せ衰えていくのだから──まるで、と考えて私は震えあがる、あの大量の食べものがアンジュの傷口から、膿となって流れ出ているかのように。

サン＝ミシェル界隈まで、べとつく霧の中を歩いていく。たまに人とすれ違ってもこちらの姿をはっきりと見られないので都合がいい。怖いのは教え子たちの保護者と鉢合わせることで、私に刺々しくあたるのなら彼らにかぎらずだれでも数か月前からつづけてきたことだし、私のほうも一応は慣れてしまったけれど、こちらが学校から追い出された以上、もうそれさえもせず、今度は私がだれだかわからないふりをするかもしれない。

何回も道を間違えたすえ、ようやくラ・ルーセルの警察署に到着する。

ここへ来たのは数年ぶり、息子がボルドーを去って以来で、それにより私がラントン警部に会いにくる名目も途絶えたのだが、このラントンという青年に私は大いに好感をもっていて、当時は息子の恋人、というか、同居していたわけではないとはいえ、連れ合いと言ってもいいくらいだった。まだラ・ルーセルで働いているといいけれど——それにしても、たいして昔のことでもないのに（三年前、四年前？）、いまとなってはあの時代が果てしなく遠く懐かしい、あのころは学校帰りに、ときにはアンジュと連れだって警察署へ寄っては、ラントンとコーヒーを飲んだもので、彼は私が会いに行くといつも実の子のように顔を輝かせ、忙しい折でも、時間を割いてお喋りをしたり冗談を言ったり、街の最新のスキャンダルを語ってくれたりして、それはアンジュも私もそうした話題に目がないと知ってのことだった。

アンジュがとりわけて好きなのは殺人事件だ。ラントンの話を聴きながら興奮をこらえて真っ赤になり、腿をびくびくと震わせる。署を出るなり、熱狂して鞄を振りかざし、われわれの暮らす今日の社会を特徴づける行きすぎた自由がいかにラントンが先ほど描き出した無益な、凡庸な殺人に人を導いているかということを、私を相手に論証しようとした。そうした解説は私を辟易させた。そこで、とうとう、ラントンの許を訪ねるときはアンジュに知られないよう段取りをつけることにしたのだが、するとこの青年と差し向かいで何度も会ううち、二人の間に微妙な結びつきが芽生えた。息子がラントンと別れたと聞いたとき、私は邪魔だてされたようで腹が立って仕方なかった。ああ、あのあとも警察署通いをつづければよかった、と私は後悔し、私自身の自由意志を曲げてまで例の暗黙の規則、すなわちわが子の元恋人とは付き合いを絶たねばならない、辛い別れだった場合はなおさら、という決まりごとのほうを選んだ自分を責めた——というのも、さまざまな面で息子よりも優れた青年だったラントンは、息子に振られたことでたいへんな痛手をこうむったのだ。

朝早いのに、待合室は満員だ。怖気づいて、私はあらぬ方へ視線をさまよわせ、それから、やっと勇気を出して、そこで待っている人たちの顔を眺めわたしてみると、その人たちと私とが同類だということに気づく。

どう言い表せばいいだろう?

私は深い衝撃を受けている。平凡な姿かたちをした男たち女たちを私は一人として知らない。なのに同時にそこにいるのが、紛れもなくアンジュと自分でもあること、充分にそうでありうることがわかる、私たちもこの人たちと似たような顔をして、この人たちとどこから見てもまるで変わらない表情を湛えている、個々の差異はうっすらとあるにしても——違いはたいしたものではない、反響は多重であろうと、それらの音を立てているのは私たち全員が共有する、ある精神のあり方、ある特異ななにかで、それを私はいま、はじめて意識している。

かわいそうなアンジュ、感染させたのは私なの?

部屋の隅に、私の前の夫、わが息子の父親が、身を縮こまらせて椅子に腰かけているのを、私はなんの驚きもなく認める。当然だ、と思う、もちろん、彼もそうなのだ。

彼のほうはまだ私に気づいていない。というより、だれも私に注目してはおらず、それはここにいる各人の顔が互いに似通っているせいなのだろう。しかしこの類似ぶりには胸が悪くなる。この場にいる全員に対して急に軽蔑の念が湧きおこる、揃いも揃って不安げな額をして、追いつめられた目をして——抱えている数多の悩みごとが、怯えが、てかてかした肌から滲み出ている。私もまた、こんなふうに、疲れと怖れにぬらりと光る肌をしているのだろうか？

私はややためらいがちに受付へと歩を進める。当直の警官が煩わしそうにこちらを一瞥する。

「ラントン警部に面会に来ました」と私は教師らしいきっぱりとした声で言う。

「予約していますか？」と相手は疑う調子で尋ねる。

「しています」と言いながら、ラントンが相変わらずラ・ルーセルに勤務しているとわかって心からほっとする。

「わかりました、伝えてきます」

私は待合室へ戻る。前夫が猜疑に満ちた苦しげな目、息子にも受け継がれたあの目つきで私を見ている。いやいやながら私は彼に近づいていく。きつすぎるカーディガンの内側で汗をかきはじめているけれど、脱ぐこともボタンを開けることもしたくない。ここにいる人々には私の人となりについて漠然とであれ見当をつけてほしくない、私がカーディガンの下にどういうブラウスを着ているかなどといったことについて彼らに知られてはならない。要するに、私がどれだけこの人々と同じ種類の人間であるかを、ともすると裏づけるおそれのあるような指標はひとつも与えたくない。

「ナディアか？」

「ええそうよ、私よ」と私はささやく。

彼の唇の線がゆっくりと伸びて皮肉な微笑をかたちづくった途端、ともに過ごしたかつての日々へと私は引きずりこまれる。眉をひそめて、私は思う。私の愛するアンジュは、一度たりと、皮肉などという底意地の悪い武器にすがるようなことはしなかった。

「また元気そうじゃないか、おい」と彼は私を上から下までじろじろ眺めまわしながら言う。

ふたたび、陰気に微笑む。いまの彼は長髪の小柄な男で、顔は不穏な痙攣に絶えず見舞われて安定しない。これが、と動顚して私は思う、これが私の初恋の、それにたぶん、そう、私の生涯最大の恋の相手なのだ。

「おまえもラントンに会いにきたのか？」と彼は尋ねる。

「ええ」と言いながら、私は意外に思う。「あなたはなんの用で彼に会うの？」

「身分証の更新のため」と、ほとんど口を開かずに彼はつぶやく。

彼はおどおどして、疲れきっている。私は厳しい目で彼を見つめ、自分も同じ用件で来たことは黙っておく。彼よりは自分のほうが気力も自信もあると私は感じる。

「あなたはラントンを毛嫌いしてたじゃないの」私はぐっと声を落として言う。「あの子の恋人だってことに我慢できなくて」

「そうだ」と彼、「いまでもそれを思い出すと胸くそ悪い」

こうしてその件に触れただけで、怒りが爆発しそうなのが伝わってくる。

「なんなのよ、頭にくる人ね！」と私は大声を出すが、それは気分を損ねてむすっとした彼の顔つきを見て、息子が乱暴にラントンを振った当時に引き戻されたからで、あのとき私は息子があんな決心をしたのは前夫が後押ししたせいではないかと疑っていたのだ。

「なのにこうしてラントンに会いにきたわけ」と、刺々しく私は言う。

「会わずに済むならそうしたいよ」と彼は言う。

私はさらに間近に彼を観察する。現状は相当よくないらしい。着ているコーデュロイのスーツはもうずっと前から持っていたものだ。唇に白っぽい滓がこびりついている。

「自分になにが起きてるのかまったくわからない」と彼は小声で話す。「言ってもおまえは信じないだろう。毎日、いいか、毎日かならずだぞ、こっちには不可解な苦労の種が降りかかってくるんだ。やってられん」

言っても無意味なばかりか、見たところ悲惨な日々を過ごしている相手にわざわざ言うことでもないのに、私はついこらえきれず、彼にまっすぐ面と向かってくぐもった声で怒鳴りつけてしまう。

「なにも悪くないラントンにあんなに辛く当たったくせに！　二人の間のことが、あなたになんの関係があったって言うのよ？」

「自分の一人息子のことなら、なんだろうと自分に関係あるよ、俺はな」と、彼は黄ばんだ歯並びを剝き出してささやく。

こういう当てこすりを加えるだけの図々しさはまだ持ちあわせているわけだ、これは私がかつて息子を放ったらかしにしていたという意味で（わが子よりも教え子たちのほうを可愛がっていたと言いたいのだ）、聞き捨てならない。

「まったく、あなたは完璧な父親よ」と私は言う、「息子の恋愛関係に割って入ってぶち壊すんだから！」

「おまえだって孫ができて嬉しいだろ？　ラントンじゃそうは行かなかったはずだがな」と前夫は厭

味たらしく勝ち誇る調子で言う。

私は言い返そうと口を開け、それから気まずくなって、閉じる。もう少しで例のスアールという命名について恨み言を述べるところだった、この名前を思うたび、腹に蹴りを入れられたのに近い苦痛が走る、つまり不当かつ激しい侮辱を受けた苦しみだ。しかし彼に向かってそのことを嘆くのはおかど違いなので、私は口をつぐむ、けれども彼の、ぬくぬくと苦悩に浸る様子や、不遜なほのめかしに逆上していることに変わりはない。

「どうして私たちはいつまでも敵同士なの？」私は悲痛な声で言う。

彼は首を横に振って、明白な事実を否定しにかかるが、私たちが愛し合っていたころからこの人はいつもそうしてきた、そして口をぎゅっと閉じて、自分のほうが絶対に正しいという、これも昔の彼を彷彿させる表情になる。

「俺は」と彼は言う、「だれの敵でもない。それと、孫ができて実に幸せだということを隠すつもりもない、玉のような赤ん坊だしな」

「もう会ったの？」心をちくりと刺されて、私は言う。

彼は驚く。

「スアールのことか？　もちろん会ったよ」

「名前は言わないで！」と私は言う。

「六か月か七か月前だったか、家族揃って俺のところへ寄ってくれた」と、悪意たっぷりに喜び勇んで彼が言うのは、私のほうはだれにも会っていないのだと、たったいま了解したからに違いない。

「賢い赤ん坊だ。俺が食事させてもかまわないと言うのでそうしていたら、帰るころには、俺のほうを見て笑ってくれるようになった。俺は赤ん坊が好きなんだ」と前夫は訳知り顔に言う。

「それにしたって」私はぼそぼそと言う、「スアールとはね……」

それから、目に涙が沁みてくるのを感じながら言い添える。

「私たち三人とも仲よくなれればいいのに、アンジュと、あなたと、私と。アンジュは、いま、とても体調が悪くて……」

けれども彼はすでに私の言うことなど聞いてはいない、待合室にラントンが入ってきたため現在の自分を取り巻くさまざまな障害がたちどころによみがえったのだ。前夫はすっくと立ちあがり、片手を挙げ、嬉しい驚きに舞い上がったふうを装って叫ぶ。

「よう！　ラルフのお父さんだよ！」

ラントンの明るい色をしたきれいな瞳がそのほうをちらりと見る目つきにこもった侮蔑の強烈さに、私までもがやりきれない気持ちになり、前夫の身になって傷つく。昔のこととはいえ、あれほど愛した人だったのだから！　するとまたも、このところ折に触れてやってくるあの奇妙な放心状態に自分がとらわれかけているのを感じるが、この感じはいつも、むしろ私が気を張って、集中していなければならない瞬間にかぎって起こる。私は首をぶるぶると振る。

「あなたを呼びにきたんです、ナディア」とラントンは言い、以前と変わらぬ優しい微笑で迎えてくれる。

周囲では、彼の入室が呼び起こした期待あふれる静寂が破られて、落胆のつぶやきがあちこちから漏れる。

「みなさん私より先に来ていたみたいですけど」と、少し面くらって私は言う。

彼は気のないそぶりで背後をさっと見渡す。

「まあ、必要なだけ待ってもらうしかないでしょう」と言う。「どうせほかにやることのない人たちですからね」

私はさもしい安堵を覚える。ラントンがこの人たちをここまであからさまに蔑む以上、もしも私が自分で考えたほど周りと似ているのだとしたら、彼は私に対しても同じような態度を覗かせずにはいられないはずだ、と私は思う、ということはつまり私はこの人たちとは似ていない。

彼はそっと私の腕を取り、私は彼に従ってカウンターの向こう側へ、ついで昔と同じ彼の執務室へ入る。

「ナディア、会えて嬉しいです、ほんとうに嬉しい」とラントンは言う。

私の両手を握ると、口許へもっていく。こみあげる感情に私は赤面する。絶えて久しく耳にすることのなかった、優しい言葉だ。

彼は一歩さがって私をためつすがめつする。額に皺が寄る。

「めちゃくちゃに太りましたね」と咎めるように言う。「体にまったく気をつけていませんね？　残念なことです、ナディア。あなたはとても素敵な女の人だったんですよ」

私はしどろもどろになって、詫びの言葉のようなものを口にする。目がまわる。机の手前にあった椅子に座りこむ。すると彼は親しげに笑ってこちらへ駆け寄り、私を抱きしめる。

「ごめん、ごめん。いまのは忘れてください。どうでもいいことだから。あなただってことはちゃんとわかるし、ここに来てくれて嬉しくてしょうがないんです」

「私に決まってるじゃないの」と私はつぶやく。

「何年も会わない人なら、だれだかわからなくなることだってあるでしょう」とラントンは言う。

空色のジーンズに、厚手の白いセーターを着て、上等なブーツを履いている。すらりとして、よく日灼けして、鍛えられた体。顔に穿たれた緑色の両目はある特殊なきらめきを放っていて、それは、と私は思う、力と充足の光だ。ラントンは息子と比べても、美男子として遥かに上を行っている。

「私は、あなただってことがよくわかります、輝くばかりだわ」

「どうしてぼくのところへ来てくれなくなったんです?」とラントンは訊いてくる。

彼は神経質に素早く目をしばたたく。そして、急に震え出した手の始末をつけるためベルトに両の親指を引っかけると、デスクの角に尻をのせる。

「そんなに辛かったんですか、私が来なくなったことが」と私は恐縮して言う。

「ええ」とラントン。「友だちになったのだとぼくは思っていましたから、あいつを通じた関係というだけではなくて……」

「ごめんなさい」と私は言う、「ああ、でも、そんなふうに思っていたとは全然……」

私は口にできない、私も心が引き裂かれるほど会いたいと思ったこと、何度も来ようとしかけたこと、息子に悪くとられたりいやがられたりしたとしても結局のところたいしてかまわないと私は思っていたということを。それでも私は行動しなかった、というのも私にとって息子は片割れだけれど、ラントンはそうではなくて、だから暗黙のうちに息子のほうに従わなければいけないような気がしたのだが、確かにいまはそのことを悔やんでいる、後悔の念が昂じて、息子への逆恨みで胸がいっぱいになっている。

私たちは黙りこくる。いまのラントンには油断できない、先ほど待合室で見せた横暴な態度は以前の彼にはなかったものに思えるから。

私は窓のほうを見やる。濃い、動かない霧ばかりが目に映る。

「どうしてあの霧はずっと晴れないままなのかしら？」気落ちして、私は言う。

それから、突然活気づいて彼に語りかける。

「あなたの言ったとおり私はずいぶん太りました、実は、たぶん、息子があなたを振ったあとにこうなったんです、二か月か三か月の間にこれだけの贅肉がどんどんついてしまって、でもそれは特にここ数日のことなの、知らない人が私たちの食事を作ってくれていて、まあ言わば、無理やり食べさせるのよ、脂肪分たっぷりのおいしい料理を、そう、間違いなく最高に美味なんだけどとにかく大量の脂をこっそり仕込んでる、どうやってかはわからないの、食べても感じないから、気分悪くなったりはしないから……。ええと、状況としてはそういうことで……。ああ、ラントン、アンジュがひどい容態で私はなにもできないの……」

「なにもしないのが一番です」とラントンが言う。「医者を呼んではいけません、病院へ運ぶのも駄目です」

「どうしてそうなの？」

時間を稼ぐ目的で、ラントンは腕組みをする。弱った表情が一瞬、顔をかすめる。

「わかっているでしょう、ナディア」彼はゆっくりと話し出す、「あなたのような人たちは、あまり評判がよくないこと……」

「でもどういう意味なんですか、私たちのような人間って。それにアンジュは、私と同じじゃないわ」と私は言う。

彼は唇に人差し指をつける。

「ナディア、もっと小さい声で。ここの壁は薄いから」

私は彼のほうへ身を乗り出して、ささやき声で言い立てる。

「言っておきますけど、私は自分がなんなのかも、どういった人々の集団に属しているのかもほんとにわかりません」

「あなたに関して言うなら、もうしばらくすればわかってくるかもしれません」と、ひどく躊躇し、戸惑いながらラントンは言う。「ナディア、あなたは変わるかもしれない。無理に食わせる知らない人というのは、なんという名前ですか？」

「リシャール・ヴィクトール・ノジェ」と、ふくれ面で私は答える。

彼はひゅうっと口笛を吹いて感嘆と驚きを表す。

「あの偉大なノジェが世話してくれているのなら、わがままは言わないことです。あなたたちを太らせようと張り切っているのだとしても、そうさせておきなさい、ノジェのありがたき庇護を受けるためなら金に糸目はつけないという人だってたくさんいるはずですよ！」

「私は、ノジェって、だれだか知りませんでした」と私は言う。

「ですから、おわかりでしょう」とラントンは言う。

意味がつかめず、私は彼を見る。けれどもラントンが日に灼けたきれいな顔を少しだけしかめ、こわばらせたのが、私に対する苛立ちをなんとか表に出すまいとするがゆえのように感じられて、だから私は問いかけを呑みこみ（いったい私がなにを「わかる」べきなの？）、自分が今朝ここまでやってきたのは助力を求めるためだったと思い出す。彼が私の願いをはね返すかもしれないと思うと、寒けが走る。そして私は考える。もしも彼が息子の恋人だったころ私たちの間にあれほど濃密な付き合いがなかったなら、彼はほかの人たちと同じように私に接することになったのだろうか、ほかの人たちと同じくらい自然に、素直な気持ちで私を唾棄し軽蔑することになったのだろうか？

「ねえ、私はもうすぐここを発ちます」と私は静かに言う。

「いいことです」とラントンが言う。

「だけどアンジュは置いていきます……快復するまで」

声が震えてくる。自分が恥ずかしくて頬がかっと火照る。

「ノジェが面倒を見てくれます」

「面倒を？　ほんとうに？」とラントンは訝しげに言い放つ。「ふうん。それでナディア、行き先は？」

「息子のところへ」

ラントンの顎が瞬時に硬直する。腕を組み、手のひらを両脇に挟んで腕でぎゅっと抑えつける、自分を抱きすくめるように、身を守ろうとするように。私を見つめる。

「長いこと会っていないの」と私は言う。「子どもができたんです、女の子、それで、まさかと思うでしょうけど……」

私は苛ついてちょっと笑う。

「ええ、あなたには絶対、思いもよらないような名前をつけたのよ」

私は息が詰まって、いったん話を切る。ラントンは目を半ば閉じている。そこで私は唾を飛ばしながら、吐き出す。

「スアールよ！　そう名づけたの……スアール！」

力を完全に使い果たし、頭も空っぽになって、私は椅子の背もたれにどすんと身を預ける。

「でもこんなこと、あなたはたいして興味ないかもしれませんね」と、間を置いてから私は言う、「息子の新しい人生も、非常識な考え方も、たとえば娘の名前を……」

「やめてください、ナディア、やめて！」ラントンはいきり立ち、呻くように言う。「それ以上なにが言いたいんです？　そのとおり、あなたの言うような名前をあいつがガキにつけたからって、ぼくになんの関係があるんです？　そんなガキがこの世にいること自体、ぼくになんの関係があるんですか？」

「一例を示そうとしたまでです」と私は言う、「あの子がどれだけ変わったか、ということの。そう、あの子はもうあなたの知っていた人間じゃない。父親になったなんて想像できる？　でもいずれにせよ、私としては、喜んでいます、純粋に喜んでいるわ、といっても、その赤ん坊、私はまだ見ていないんだけど」

ラントンは一瞬にして打ちのめされたように見える。デスクから飛びおりると、のろのろと窓際へ歩み寄り、霧に目を凝らす。後ろを向いたまま彼は尋ねる。

「ナディア、なぜ来たんですか？」

「身分証を更新しないといけないんです」と私は言う。

「あいつは、向こうで……あなたの到着を待っているんですか？」

「いいえ。あの子はまだなにも知りません」

私が行くことを息子に予告するのは、相手が私の旅立ちを中止させようとしても間に合わない頃合いになってからにしたいと思っている、とまでは言わないでおくが、ラントンは察したらしく、ぼそりとつぶやく。

「乗船してから知らせるつもりですね？」

「ええ」当惑して笑いながら私は言う。「それでも、来てもらっては困ると思えば、船の上からだろうと私のことなど放り出すのかもしれませんし。それはそうと、息子の父親が隣の部屋にいるのは見たでしょう、あの人も新しい身分証が要るそうで……」

ラントンは高級なブーツを履いた足でくるりと半回転する。憤ってはいるけれども、目がうるんでいる。

「あんなやつのために指一本でも動かすものか」と怒鳴る。「勝手にくたばればいい、ぼくの知ったことじゃない」

「でもラントン、あの子の父親なのよ」と私は言う。

「その件についてはこれ以上話すな」

こんな冷淡な物言いは、以前ならありえなかった。私にまで怒り出すのではないかと怖くなって、口を挟むのはやめておく。前夫のことを思ってひどく胸が痛む、自分が彼に対して負う基本的な義務を怠ったような気がする。

ラントンはいきなり机につくと大急ぎで一通の手紙を書きはじめる。とはいえ結局、書き終えるまでにたっぷり十分かかる。便箋を四つ折りにすると、封筒に入れて封を閉じる。

「あなたの身分証については引き受けました」と言う彼は、昂揚して軽く息を切らしているけれど、それがどういう感情なのか私には解読できない、「それと引き換えに、この手紙を息子さんに渡していただけますか」

「ええ、もちろん」

重苦しい雰囲気が二人の間に漂う。**私たちはいかにも濃やかな愛情で結ばれていた、交わす言葉は繊細に、優雅に、蝶にも似てひらひらと片方からもう片方へ舞っていった。彼は私のことを実の母よりも愛し、信頼し、私はまるで自分こそが彼を教育して、ここまで美しく完成された姿に仕立てあげたかのように、彼のことを誇りに思っていた。**

ふと頭をよぎった考えのせいで、おそらく私の頬も額も、妙な薔薇色に染まったのだろう。ラントンはそれに気づく。いやな感じで口を少し曲げてにやりと笑うと、こう言う。

「息子さん宛てに書いた手紙は、次のような結果をもたらすはずです、ナディア。もしあなたが手紙を渡さなかったら、そのことは必ずぼくに伝わる、というのも、その場合、ぼくがしてほしいとそこで頼んでいることを彼はしないから」

「だけど、もしあの子が」と私は言う、「単にやりたくないからという理由でそのことをやらないとしたら？」

「それはありえません」とラントンは断言する。

見ると、彼の目に脅迫の色がこもっている。ざわざわした感覚が私の両脚を駆けぬける。

「どこへ行けばご主人が見つかるか、ぼくにはわかっています」とラントンは言う。

憤慨して、私は大声をあげる。

「アンジュはそこまで悪い状態じゃないわ、一緒に連れて行くことだってできます！」

「状態は最悪です」ラントンはゆっくりと言う。

わなわなと怒りに震えながら、私は立ちあがる。

「もちろんですとも」と私は言う、「手紙は息子に渡します。どうして渡さないかもしれないなんて疑うのよ？」

私は偽りなく猛烈に怒っているのに、同時にこの怒りが現実ではないような、まるでラントンも私も自分たちとはかけ離れた人物、いやそれどころか実人生とは正反対の人物をそれぞれ完璧に演じているような気がして、自分には彼を好きでなくなったり彼を憎んだりすることはできないのだと私は悟る。

ラントンの気持ちも私と同調しているのがわかる。こちらへ近寄ると、彼は両手で私の頬をつつむ。

なんて厄介なんだろう！

「怒ったまま行かないでください」と彼は切羽詰まった声で言う。「あんなに楽しい時間を二人で過ごしたんだから……覚えてるでしょう？　ぼくのことを思い出すときは、明るい気分でいてほしい……」

私はつぶやく。

「ねえラントン、息子の父親のためになんとかしてやって」

そっと彼の手を押し返すと、今度は私が、彼を抱きしめる。髪はクマのぬいぐるみみたいな匂いがして、私は昔の自分がいつもそれをおかしがったことを思い起こし、心を掻き乱される。

待合室を抜けて出ていこうとすると、前夫が相変わらず、背中をまるめて椅子に腰かけている。実のところ、全員がそこにいる——この人たちは、**ともに悲しむわれらが兄弟**、一人残らず、彼と同様、ラントンが自分たちのために便宜を計ってくれるのではないかという儚い望みに賭けている。私は前夫に片目をつぶってみせる（この人をどれほど愛していたことか！　と私はまたも思う）、なぜなら、もう間違いなくラントンは彼の身分証更新の手続きを進めてくれるはずだから、彼に対して激越な反感を抱いているとはいえ。いやそもそも、私にしたところで、やはり前夫には反感を抱かずにいられない。

息子の父親は数年の間に変貌し、よくいる老いぼれかけた、髪ぼうぼうの、復讐心の強い哀れな男、のろりのろりと歩道をうろつきながら苦い潮が頭蓋骨の内壁にざぶんと打ち寄せつつ満ちたり引いたりするのに合わせてにやにやしたり悪態をついたりするような男になり果てていた。この男は他人の目をまるで気にしていないけれど、だからといって、と私は思う、なににも増して周りに失礼なことや笑われるようなことをしないよういつも気を遣っている私たちのような人間には口にできない高邁な真実を述べているど言えるだろうか？　いやいや、とんでもない、それどころかあの鬱々とした無頓着ぶりのせいで、周囲の人々について有意義なかたちでなにかを理解するということがまったくできなくなっている可能性すらある、と私は思い、彼のことがかわいそうでたまらなくなる。

彼は私のウィンクに反応しない。憔悴し、不安げにしている。しかし私が前を横切ろうとした瞬間、ぴょんと立ちあがる。

「ナディア、えらい太りようだな」と言う。

「だからなによ」むっとして私は言う。

彼は気色ばみ、眉根を寄せ、臭くて熱い息を私の顔面に吹きかける（どれほどこの口にキスをしたことか、どれほどこの舌を吸ったことか、と私は重ねて思う）。

「なあ、おまえはわかってないだろうが、その贅肉は下品だぜ」と彼はささやく。「悪いが俺には、太りすぎるほどの金はない」

「だって、そんなに食べてるわけじゃないのよ」と私は言う。

困りきって、私はそっぽを向いたまま言い足す。

「援助してあげるわ。ほら」

鞄の中を探り、五十ユーロ札を取り出すと彼のレインコートのポケットに滑りこませる。彼はポケットをぽんぽんと叩きながら、嘲るような、ほとんど怒気を含んだ調子で、ははっと笑う。

「今度また援助してあげる」と私は言う。

「うん。で、そのころはどこにいるんだ？」

不意を衝かれて、私は言い淀む。そしてつぶやく。

「私たちの息子のところ」

「本気かよ」と、驚愕して、彼は言う。「あいつはいやがるだろう。いや、どうなるか、俺にわかるわけじゃないが。あいつにとってはショックだろう、ものすごくショックだろうな、おまえがそんなに太ってるのを見たら」

「母親であることに変わりはないでしょ？」かっとなって私は言う。

「向こうがそういうふうに受けとるかどうか、俺にはわからない」と、しばし考えこんだのち、息子の父親は言う。


ここで初めて、自分の置かれた立場とは別のことに心を奪われて、彼は素直な目になる。私の腕に片手を添え、口を開きかけ、だが結局なにも言わない。

私は素早く身を引く。さっさと出口へ向かう。あの男の口から出される言葉が、ほかのいろんな発言に比べて真実に近いなどとはかぎらない。それならなぜ、前夫が私に知らせようとしていたらしいことに対して私は怯えているのだろう？

あなたはなにもかも怖いのね、と、歩道に出た私は自分に向かって言う。行き場をなくした、おぼつかない様子をしているに違いない。呼吸が重い。白状すべきことはまだある。いつも小学生たちや息子の教育にあたってきたために、私はなんであろうと、人から教わることが苦手なのだ。しばしば、残念なこと、そう、嘆かわしいことだけれど、会話をしていて、なにか知らないことを告げられるような予感がしたり、そういう意図を読みとったりすると、私は話の腰を折ってしまう。そんなとき私は笑い出したり、混ぜっ返したり、部屋から出て行ったりしつつ、ある知恵がこちらに伝授されかねないという危機に接したことで、自分の肌が激しく粟だち、小刻みに震えているのを感じた。アンジュもそうだ。

いったいどんな知識を、あの耐えがたい名前、スアールという名は、私に押しつけたのだろう？私自身の孫娘、生後数か月の赤ん坊の存在が私に伝えてしかるべきこととは何なのだろう？　そう、アンジュも同じだ。いかなる件についてであれ、だれかがなにか教えてくれようとしかけるやいなや彼は息巻く――おい、ぼくはお説教する奴は大嫌いなんだ！

ゆっくりと警察署から遠ざかる私の喉はつかえ、息は切れる――きっと霧のせいだ、街じゅうを鉄のような臭いですっぽりと覆っている霧の。突然、一人の男が大股の足どりで私を追い越しざま、体をかすめ、見るとラントンに面会しようと待っていた人たちの一人で、大きな透明の庇がついた紫色の野球帽をかぶっている。

「裏切り者！」と私の耳許にささやく。

少なくとも私にはそう聞こえた。

「なんのことよ？」と応じる自分の声は、少しうわずりかけてから、立ち消える。

相手は逃げ去る。霧に紛れてすぐに見えなくなるので、どんな背格好でどれくらいの歳で、アンジュや私とどういった関係がありそうか目星をつける暇もない。そこで私は、おそらく聞き違いだろうと思う。卑猥な言葉でも吐き捨てたのだろう、この街ではときどき気の弱い男たちがそういうことをやっては、言い終えるなり、両手をポケットに入れ首をすくめてちょこまかと逃げていく。

まだ朝早い。アルザス＝ロレーヌ大通りは閑散としている。渡ろうとしたとき、先の見えない乳白色の靄の中から路面電車がいきなり現れる。電車の鐘が遥か遠くでチンチーンと小さく鳴るように聞こえるのは霧に押しとどめられているせいで、音は警鐘の用をなさず、ここでは電車に先んじるどころか、電車のあとを追いかけて必死に走っているみたいだ。引き返すか、そのまま走って線路をまたぐか、迷う。前へ飛び出す。電車はしゅうっと凶暴な音を立てて私のすぐ後ろを通っていく。

路面電車は私を狙っている、罠にかけようとしている、私を轢くために、あえて全速力で突っ走っている。

息を切らしながら私は振り返る。最後尾の車両に、息子の父親が、蛍光灯に照らされオリーブ色めいた顔をして腰かけており、私の姿を目に留めると、微笑むが、それは新婚当時の彼と同じ温かく柔らかい微笑だ。

まさか彼が運転手というわけではないでしょうね？　彼が、わが子の父親が、この路面電車のふるまいに一役買っているわけではないでしょう？

心の中に曖昧模糊とした例の罪悪感がまたも湧いてきて、それは前夫のことを思うたびに私をとらえて離さないのだが、いまの友情に満ちた無邪気な微笑はますますその気持ちを募らせる。そう、息子の父親は自負心は強いけれど、同時に天真爛漫で、根にもたない性格だ。私は彼とは逆に、自分にとって長い目で見て得になることを滅多に忘れない。ああ、哀れな人、と折にふれ私は思い、心を動かされるとともに、ばつの悪い気分になる。しかし、こうも思う——結局、私がどんな悪いことをしたというの？　私はいかなる法も踏みつけにしなかったし、すべての義務を忠実に守った。私がやったこと？　あの男と離婚する際、ありとあらゆる落ち度が相手のほうへ帰されるよう、かつ本人もそうなるほかなかったと思いこむよう巧みに立ちまわった。現時点で、彼はまだ私に借金がある。それと、もっと正確に、なにが私の良心を苛んでいるかを言うならば――いまになって告白できることだけれど、私は離婚を申し立てるずっと前からアンジュと恋愛関係に入っていて、にもかかわらず訴訟のときは、夫がアンジュと私の関わりについてなにも知らないのをいいことに、道徳的見地からすればきわめて不当にも、結婚生活の破綻にまつわる責任をすべて夫が負うよう迫ったのだ、そう、きわめて不当にも、というのも彼は頑固ではあるけれど裏のない、強情ではあるけれど周りに流されやすい人で、私が彼の態度について、ほんとうは取り立てて言うほどでもないことをあれこれと訴えるや、彼はすっかり自信を失い、思考能力も、ひいてはほとんど記憶までも完全に失って、自分がとても程度の低い亭主で、私に対して抑圧的にふるまってきたと自ら信じこむにいたったのだ。

「きみの息子が女より男のほうを好きなのは彼のせいじゃないか？　どう見ても彼のせいだよ」とアンジュが思慮深げな、穏やかな声で言ったのは、どうすれば一番うまいやり方で離婚できるか私が考えをめぐらせていたときだった。

そこで私は夫に同じことを言った。

「私たちの息子が女より男のほうを好きなのは間違いなくあなたのせいよ、私は全然気にならないけど」

私は夫にそう言った、息子の生き方の特徴をなすその一点に当時の夫が悩んでいるばかりか、暗澹たる気持ちにまでなっているのを知った上で。そう夫に言ったのだ、そのように断定されて反論をわけなく思いつくような人ではないと知った上で。でもこんな古い話を蒸し返してどうなるというのだろう？　確かに、前夫はまだ私に金の借りがあるけれど、こちらは請求するのをやめたのだから、それをもって彼に対する非物質的な借りは帳消しとなるはずだ——私の見方ではそういうことになる。

結婚していたころ、彼は電気工で実入りも悪くなかった。どうやら、離婚して以来、だんだん働かなくなっていったらしいけれど——私にはどうしようもないじゃない？　捨て鉢にならないよう手を貸すところまで私がやらなければいけなかったというのだろうか？　一体全体、なにができるというのだろう、一人の男が、悔しさと悲しさと、根拠のない悔恨と自己蔑視に身を蝕まれたあげく自ら身を持ち崩していくのに対して。彼は、アンジュと私が、礼儀正しい友情とでもいったものをお互い育もうというつもりで何度も夕食の招待状を送ったのに、例外なくはねつけた。私たちがあの赤ちゃん、軽々しくもスアールと名づけられたあの子の誕生を祝って開いたちょっとしたパーティーのときも来なかった（神よ、この名前が子どもに不幸をもたらしませんように、と私はときどき打ちひしがれて考える、不幸どころか、死を、もたらすことなどありませんように）。

14　背信のわが街

一風変わったショーウィンドウのあるいくつかの商店を道しるべに、エスプリ＝デ＝ロワ通りを目指して帰っていく。霧が濃すぎて通りの名前が読みとれない。道ゆく人は稀で、みんな急ぎ足だ。狭い通りの角から、なんの前触れもなく姿を現すところは、まるで建物の隅に身を隠して、私の足音が聞こえてくるのを待ちかまえた上で、すっと前に立ちはだかるようで、そうして音もなく私を脅かしてから、仄白い霧の闇の中へ消える。

びくついているせいでそう見えるのだということは確実にわかっている。頭は冴えていて、怯えと疑いに襲われながらも、自分の見方が大袈裟だということは理解できている。けれど、そう判断してはいても、私の心臓、**脂肪に埋(うず)もれた哀れなわが心**は、目の前に人が出現するたびに高鳴り、相手は（わざと？）ちょっとうろたえた様子を見せて、知り合いに再会するつもりが会ってみると記憶にあった姿と似ても似つかない、というときのように、怯んだ目で私の顔をじっくりと見据える。

いや、私は狂っていない。どうして周囲を取り巻くものがなにもかも自分とじかに関わりがあると思いこんでしまうのだろう？　街じゅうに監視されているという印象を私はどうしても拭い去ることができない。**そして私の心臓は、獲物を狙う群に取り囲まれ、追いつめられ、胸部にどくどくと打ちつけて狭苦しい籠から飛び出そうとする、年老いつつある哀れな心、震えるわが心。**私はボルドーの出身で、オービエ地区に生まれて以来ずっとここに暮らしてきたから、この街には兄弟のような、自分と同じ人間に対するような優しい気持ちを抱いている。にもかかわらず、この期に及んでボルドーは身をかわし、奇妙なやり方で私の友情を逃れていく、いまや通りという通りが顔だちを変え方向を変えたように思われて（霧のせいだけなのだろうか、と私は思う）、いまや、数か月来私への敵意を剥き出しにしてきたこの街の住人たちは（それには慣れて、なんとか耐えられるようになった）、私を憎むというわけでもなくなってきた代わりに、こぞって跡をつけまわしている気がする。

私はえっちらおっちらと小股で駆け出す。何度も、靄がショールを重ねたようにふわふわと漂う中で、歩道の端と車道との境目を見分けられずに、行き交う自動車の真ん中に飛び出してしまう。エスプリ＝デ＝ロワ通りは見つからない。

走るのを中断して、近場の玄関ポーチに身を隠し、よく考えてみる。カテドラル広場を過ぎて、右へ曲がってトロワ＝コニル通り、ついでサント＝カトリーヌ通りに入ったのだから、大劇場を越えたところでエスプリ＝デ＝ロワ通りに行き当たっていたはずだ。ところが、どうもヴィクトル＝ユゴー大通りのほうへ来ているらしい、その大通りならとっくに過ぎているはずなのに。どうしてこんなことが起きるのだろう？　霧のせいだけなのか？　迷うことなどありえない、私はこの街の中心部、**その年老いた黒い心、年老いた冷たい心**を半世紀も前から歩きつづけているのに。

迷うなんてありえない、と私は思い、客観的に構えなければということに気持ちを集中する。要するにこの街そのものが私を迷わせようとしているのだ、揺るぎなく忠実でいてくれると信じていた愛しいわが街が。けれど私はいったいなにを、だれを裏切ったというのだろう、野球帽をかぶったあの男の言葉が聞こえたとおりだったとするなら。私は意図してだれかを蔑ろにしたことはないし、いつも自分の、そしてまた他の人々の行動や考え方に、極端なまでの責任感を感じてきた。それが、こともあろうに。私の街が、**暗く、恩知らずの古びた心臓部において**私に背くというのなら、私が信じられるものはもはや何ひとつなくなる、自分の夫をも含め。

それでも落ち着きを取り戻して、私はポーチから離れ、現在地を確かめにかかる。アキテーヌ博物館が正面にある、霧の向こうにそれとわかる巨体が見え隠れしている。ということは引き返してペー＝ベルランまで行き、すかさず右へ折れてアルザス＝ロレーヌに入ればいい。

来た道をとって返して百メートルほど進む。その辺りに交差点があるはずなのに、一本道がずっと先まで、まっすぐにつづいていて、でもこの通りは本来、絶対に、曲がりくねっていたはずだ。歩みがだんだん早くなる。見覚えのあるものがひとつもない。高い建物が並ぶ界隈を抜けて、いまは軒の短い屋根をいただいた木造の家々、その向こうに枯れた大木が浮かびあがる。私の行き先は全然こんなところじゃない、私の住みかはこんな場末じゃない。

頭がおかしくなりそうで、ふたたび立ち止まる。その場で少し左右を振り向いて、手がかりを求めるが無駄に終わる。私はまた引き返す。街が体をねじ曲げるのをこの目で見ている感じがする――ほら、あそこで一本の通りがすうっと伸びて細くなり、その隣では大通りがどんどん広がって曲がり角を増殖させる。霧のせいだ、と私は考える、この白くゆらめく長い帯の束が空間を歪めているのだ。ほんとうに霧のせいだけ?

ああ、助けに来てくれる人はいないのかしら? だれかに援助を求めなどすれば自分の名誉に傷がつくといつでも信じてきた報いなの?

通りで唯一店を開いている新聞売りのスタンドへ、おそるおそる近寄っていく。レジの脇に座っている女を一瞥する。気まずい思いが、これまでの動揺をしのぐほど強烈に体じゅうを満たし、私はできるだけ早く遠ざかる。先ほど警察署にいたときのように、私はその女が自分と同じ、とまではいかずとも同じような、似たような種類の人間だという印象を受けたのだ、つまり通りを行く人たちやラントンや、私の同僚たちやノジェのような、いまの私がひそかに自分と違うと感じている人々とは別種の人間だと。とはいえ、どう違うのか? 私にはまだわからない。顔に表れたなにか、魂のありようが顔だちに反映させるなにものか。

漠とした嫌悪感を覚える、といってもいま垣間見たものに、醜いところがはっきりとあるわけではない。ただ、普通であれば人目につかないよう秘めておくべきものを無意識にさらけ出しているのを見るような居たたまれなさがある。だから私はその女になんであれ尋ねようという気にはなれないし、対面しているところを人に見られたいとも思わない、外からの視線、たとえば客が来たとして、その客が警戒心もあらわに憤然と女と私とをまとめて睨みつけたりしたなら、やはり私たちは似ているのだという裏づけが得られることになってしまう。

私は歩道を急ぐけれど、自分の足がどちらへ向かっているのかわからない。唐突に方向を変えてエペ小路と思われる狭い通りに入る。でも着いた先はまったく見知らぬ小さな広場——ベンチが三台、モンテスキューの彫像、黒々とした古い石畳——**陰鬱なばかりか絶えず邪悪にかたちを変えるのか、わが街の心は?**

ボルドーのことは知りつくしていると思っていたのに、慣れ親しんだ巨軀が、ここへきて見知らぬ部位を、いわば厚かましく次々と前景に押し出す。そこで私はこの広場の名を読みとろうとする。でも私は小柄な女で、そうね、ぎりぎり一六〇センチくらいなので、この場所の名称が記してあるに違いない表示板は霧にすっかり覆われて私の目には届かない。ここを一度も通ったことがないなんてどういうこと? 長い年月の間に、私が辿る行程はそれほどまでに判で押したようになり、気づきもしないうちにいくつもの界隈をまるごと迂回していたのだろうか、わが愛する街なのに、私自身の脳髄を行き交う思考のざわめきと同じくらい馴染み深い、わが街の中心部なのに。

真新しい郵便局があり、まだ閉まっている洋服屋が何軒かある。ほっとして、私は郵便局に入る。ひとつしかない窓口のほうを覗きこんだところリシャール・ヴィクトール・ノジェの姿を認める。まあ、と私は思う、ということは、自分はエスプリ＝デ＝ロワ通りのすぐ近くにいたの？

「ノジェさん！」

彼に会って怖れよりも安心を、恨みよりも喜びを感じるのは初めてだ。

「ようやくお帰りですか、私たち二人とも心配していたところです」と彼は厳しい口調で言う。

「道に迷ってしまって」と私は言う。

一気に恐慌から解き放たれた私は、思いをぶちまけて、同情してほしくなる。

「このひどい霧のせいなんです」と私は一気に喋る、「本来の顔つきとまるで変わってしまって、ボルドーがもう全然ボルドーじゃなくて……」

私は片腕を額へやって汗を拭う。寒いのに汗だくになっている、それほど**心を閉ざした**名も知れぬ都市の只中を永遠にぐるぐる回りつづけるのかという恐怖は激しかった。

ノジェは険しい、ぼんやりした、居心地悪そうな様子をしている。私が近寄ると、窓口のガラス仕切りの下から局員のほうへ、封をしたばかりの手紙をさっと滑りこませる。そのとき漠然と、彼が私の顔を凝視することでこちらの視線を引き留め、こちらも相手の顔を見つめることになるよう仕向けている気がする——自分の手の動きから私の注意を逸らすよう試みている気がする。すぐさま、反射的に、窓口係がたったいま手にとった手紙に目を移す。封筒に、逆さまになった息子の氏名を読みとる。私の唇が震え出す。ノジェのほうに目をやると、私が見たことを彼も悟ったのが見てとれる。

「私の息子に手紙を?」私は消え入るような声になって、もごもごと口走る。「息子のことをご存じなんですか?」

と、孫娘のあの名前に対する憎々しい思いがふたたび舞いもどって私に取り憑く――そう、まさにこれは強迫観念で、思い出せば私は否応なく、痛いほど歯をぐっと嚙みしめ、数秒の間はぼうっとして周りにあるものから意識が遠のいてしまう。

口に唾をいっぱい溜めたまま、私はつぶやく。

「名前なんか山ほどあるのに、ほんとうにどうして、よりによって」

それからごくりと唾を呑みこむ。

「どうして息子をご存じなの?」ぶっきらぼうに私は言う。

「存じあげません」とノジェ。

「知らない人に宛てて手紙を書くものかしら?」

私は薄ら笑いを浮かべるけれど、脚はがくがくして力が入らない。どっしりした太い脚なのに、急に体を支えきれないほど細くなってしまった感じがして、私はあたかも茎をくにゃりとたわませて花咲く大輪の罌粟のようだ。

ノジェは無意識に指で髭を梳いている。探るような鋭い視線を私に投げてよこす。着ているムートンのジャケットはぶかぶかで、アンジュの持ちものだと私は気づく。ふん、そんな古物でも人の役に立つならけっこう、と私は思う、昔アンジュが娘たちから贈られたジャケットだから、余計どうでもいい。

「ご心配なく」穏やかにノジェは言う。「アンジュと私は、息子さんにあなたが行くことをあらかじめお知らせしておくのが筋だろうと判断した、それだけのことです、あなたが困るのは私たちも承知していましたけれども、いかにも不躾ではありませんか、そんなふうにいきなり訪れるというのは、なんと申しますか、感傷的にすぎます……」

ノジェがここまで優しい声で私に話しかけたことがあっただろうか？　涙がほとばしる。

「そんなこと……するべきだったのかどうか」と私は言う。

けれども自分の動揺も疑念も、迷いも憎しみも涙と一緒に押し流され、**脂肪まみれの重たく年老いたわが心**にのしかかっていた問いの数々が一掃されるのを感じる。

私は思いきって片手をノジェの腕に置く。

「これからは仲よくしましょう」と熱意をこめて私は言う。

彼はやや堅苦しい態度のまま、一瞬微笑む。

「あなたが息子さんに関しても、同様に仲よくしたいと思っていらっしゃるかどうかは存じませんが（と言う彼の、もったいぶった、ゆったりした、一語一語言い含めるような声を聴くと不愉快で、この人が食わせものであることをやはり思い出してしまう、いまもって自分が教師だったと信じこませたくて教育者の戯画的な特徴を採り入れているように映る）、しかし息子さんに向かっていまのような行動に出てみようとお考えになったことがもしあったのだとすれば、意外ですね」

「お言葉ですが、私は子どもにとって好ましくない母親だとか、母親としての愛情が足りないとか非難されるのにはもう飽き飽きです」と私は勢いよく言う。

ノジェは聞こうとせず、苛々した傲岸な身ぶりで私の台詞をはねのける。

「伺ったところでは、息子さんはお医者さんだそうですね、結婚されて、一家の主となり……」

「子どもは一人だけです、女の子」私の声は苦しげなつぶやきになる、「名前はスアール」

「まあ、それはいいとして」

私は叫び出す。

「とんでもない、無分別にもほどがあるじゃないの！」

「最後まで話を聞いてください」と彼は声量をあげる。「そのようなわけで息子さんは安定した地位に就かれ、その新生活をボルドーから容易に行き来できない場所で送ることを選択されました、と言いますのも、義父にあたるアンジュとは常にこれ以上なく和やかな関係を結んでおられたのですが、母親が同じ街にいるのは彼としては耐えがたかったと、これは明白です」

私は憤慨する。息が詰まる。

「そんなことをアンジュが言ったわけないわ！　息子がだれかから逃げようとしたということ自体、怪しいものだけど、もしそうだとすれば、むしろ父親のほうよ、私の前の夫よ！」

「それはまた」とノジェが声を張りあげる。

見ると、彼の目に、意地の悪い喜び、棘をふくんだ快楽がぎらりと光る。私は一歩あとずさる。**敵に対して友情なり宥和なりを図ろうとすれば、弱みを見せたと受けとられるだけなのだ。**

顔の前に腕をかざして、来たる一撃から身を守ろうとする。だがノジェは動かない。

「それならば、あのことはどう説明なさるおつもりですか」彼は病的な悦楽にふけりながらつづける、

「息子さんが最近、ボルドーを訪れた際、父親には会いに行き、子どもと対面させて、そればかりか、確か家に泊まりもしましたね、どう説明されますか、来訪の事実があなたのほうに知れないよう心がけ、スアールちゃんを見せもしなければ自分の妻に引き合わせもしなかったことについては。母親を怖がっていない息子にしては、妙じゃありませんか？」

「どうしてそんなことまで知ってるんですか？」と私は言う。

軽い眩暈がする。喉に苦い液がつっかえていて、吐く息がしぶい。そんな場合ではないのに、朝食を摂ってからだいぶ時間が経っていることに思い当たる。

私は嘆く。

「すごくおなかが空いてるんです、肉のローストの大きな塊でも丸のまま平らげられそうなくらい！」

「クロックムッシュを用意してあります」間髪入れずノジェが言う。「その辺のビストロで出てくるような、パンの端がぱさぱさで、中味のハムもけちくさいようなものではありませんよ、私はですね、食パンは自家製、それを厚切りにして、たっぷりのバターできつね色に焼きあげます、それから私の知るかぎり最高のコンテチーズと、骨つきで熟成させたハムをパンに挟み、そして天辺には、チーズを載せる前に、全体をふんわりと仕上げるためにもうひと手間、おわかりですか？ べシャメルソースを薄くのばすのですよ。それはそうと、ご質問にお答えしておきましょう、私がいましがたお話しした内容はアンジュの受け売りです、私に推測できるわけはないでしょう？」

「アンジュはその辺りの細かい事情には通じていません」と私は弱々しく言う。

勇ましいわが心臓、衰えつつあるけなげな心よ、脂身に囚われようとも敢然と打ちつづけてくれ！

少しでも背筋をしゃっきりさせようと努力しながら、私は畳みかける。

「クロックムッシュは食べられません、私はもっと軽い食べものでないと」

「しかも私が思うに」とノジェは言う、「いいえ、実を申しますと、確実なことなのですが、アンジュはあなたの息子さんとその妻と赤ん坊に会ったのです、三人がボルドーに数日滞在した折に。面会を求めてきたのは息子さんのほうでしたが、おそらく息子さんは、そのことをあなたには言わないほうがいいとアンジュに助言しておいたのでしょう、言えばあなたを不要に傷つけることになりますからね、あるいはアンジュ自身が、あなたにはなにも言わないと決めたのかも知れません。どうやら、アンジュと息子さんにとっては非常に喜ばしい、感動の再会だったようです。アンジュはまた、子どもの、スアールちゃんの顔を見られてよかったとも私に言いました」

「いいえ、そんなの、あなたの作り話よ」と私は言う。

私は、高慢に相手を見下す表情をきわめて意識的にぴっちりと顔面に貼りつけて微笑する。

「作り話などこれっぽっちも」とノジェは上機嫌で言う。

「その一件についてはこれ以上聞きたくありません」私は少し慌ただしすぎる口調で言う。「身内の話ですし……」

両手で空気をなぎ払う。郵便局はひんやりしているのに、変に酸っぱい、臭いのきつい汗がこめかみを伝い、気づけばノジェも窓口係も慎重に成りゆきをうかがう目でじろじろと私を眺めている。

私はそこまで堕落した女なのか？　模範となり、尊敬の的となる善人であるつもりが、それほどまでに間違っていたのか？

私は出口へ向かう。何秒かのあいだ私は期待していた、靄が晴れて広場は別の様相を呈しているのではないかと、普段は通らないものの少なくともずっと前に横切ったことがあると思い出せる場所になっているのではないかと。でもやはり見覚えはない、霧は先ほどより少しだけ薄くなってはいるけれど。モンテスキューの石像は苔むして緑色を帯び、ベンチは古びている。広場を起点に六本ほどの通りが伸びている。家へ帰るのにどちらの方角に進めばいいのか、自分がボルドーのどこにいるのか見当もつかない。ボルドーにいるのかどうかさえ疑う気持ちになってくる。**しかし他のどこにいるわけがあろう、旅したことなどないこの私が。**

15 彼は変わってしまった

ノジェが私の手を引いて連れていく狭い道はよく知っている。ラファイエット通りだ、まっすぐ行くだけで家のある通りに出る、まるで記憶にないあの奇妙な広場からたったの数分。侮辱された気分になった私は、驚いたことをノジエには黙っておく。

室内に入るや、彼は興奮して叫ぶ。

「十分だけ待ってください、クロックムッシュをオーブンで温めますから」

たちまち口の中が唾液でいっぱいになり、食べたい気持ちがあまりに高まって、つい、あふれるほどの感謝をノジェに抱いてしまうが、その善意が毒入りであり、その料理が言わば汚染されていることを、私はいまや確信している。

私たちをうまく支配するために食べさせているのだ、と私は思う、甘美な味覚が私たちを抑えこみ、ひと口ごとに麻痺させ、彼へと縛りつけることは承知の上なのだ。この二人の教師を、自分の権威に、油脂を扱う技の妙という権力にしたがわせる彼の愉悦はいかばかりだろう、侮蔑によって自分を踏みにじってきた二人の教師を！

現在の私は、アンジュと自分が、優位な立場にあることを利用してつけあがっていたと思う、とはいえ自分たちがときに残忍なところを見せたとしても、それは実際にそうであろうとしたわけではなくて**（なぜなら、私たちは彼のことを底の底まで軽蔑しきっていたから、彼に対して何事か仕組むなどということもありえなかった）**、ただ自分たちの態度に接してこの人が苦しむかもしれないとは思いつかず、つまり、言ってみれば、無邪気にそうしていたのだ、と断言すれば、自分たちの無罪を主張できたことになるだろうか？　いや、かえって、なお悪いということになるのが本当のところなのではないか、とここまできて私は思う。

アンジュが眠っているのを見るつもりで、寝室の扉から顔だけ中へ入れる。ところが彼の熱に浮かされた、かっと見開いた両目が、こちらの視線をびしりと捕らえる。

極力用心して小さく呼吸を区切りながら部屋へ入る。おそるべき悪臭が家じゅうに広がっていく。「傷口を見たいか？」悲壮な望みを託すといった抑揚をつけてアンジュは尋ねてくる、まるで私が逃げ出すのを押しとどめる手だてを探っているかのように。

シーツを持ちあげた私は思わず跳びあがってから後ずさる。アンジュの脇腹に開いたおぞましい空洞は前よりもさらに深く穿たれているように見える。もう少し行けば肝臓に届くのではないか、と思って私は戦慄する。膿は相変わらず流れつづけ、血まみれの繊維のようなものも混じって、ノジェがアンジュの体に沿って置いた深皿の中に溜まっている。傷の周りの、めくれあがった肉と乾いた血の塊は、古い革の切れ端とも、犬が齧りつくしたあとの骨とも映る。無惨な姿に胸が潰れて私は唇をわななかせる。窒息しそうになりながら私は尋ねる。

「ねえあなた、痛い、痛い？」

「ものすごく痛い」とアンジュ。

扉のほうを顎で示す。

「あの人がもうすぐモルヒネを手に入れてくれる」と、声を低めて言い添える。

「どうやって？　シャール先生に処方してもらうわけ？」

どこまでも寛大に優しくアンジュに接しようという気でいながら、意に反して私の言い方が冷ややかな棘を帯びてしまうのはノジェに聞かされたことを思い出したからで、私は自分があれほど愛した人、私自身の一部分を成していた人の顔を見つめ（でもそれなら、もっとも秘められた部分、隠された部分、卑しい部分は？）、そして、この同じ顔が、私の孫娘、スアールと名づけられた子どもを見おろし、それから私の息子に微笑みかけ、私の知らない女にも微笑みかけ、その夜、私の顔のすぐ隣で枕に横たわっているところを思い浮かべるが、想像の中のその顔はいま目の前に見ている彼の顔と同じく、後ろ暗い点はまったくない、彼が嘘をついていたことを私は知っているのに。

ノジェの言ったことを信じていいのだろうか？　でもあれほど細かい事実関係をでっちあげられる

ものではない、と私は思う。

私に残された望みはと言えば、アンジュがなにかこちらとしても容認しうる、悪気のない理由があって嘘をついたのだということで、結局そうした無邪気な心性をお互い持っていたからこそ私たちはあの隣人を邪険にあしらいもしたのだった。これが唯一の望みの綱だ、と私は思う、それさえ叶えば私に対してアンジュは誠実だったことになる——繊細なあまり、純真なあまりに私を裏切ったということなら。

「あの人が欲しいと思えば処方箋なんかなくたって手に入る」とアンジュはふてくされた調子で言う。「知ってたか、彼は教育に関するぼくの持論を熟知しているんだ」

「そうね、そう言い張ってたのを覚えてるような気もするけど」と私は言う。

「ぼくがいちばん最近書いた自己犠牲についての論文をほとんど一語一句たがえず暗誦したんだよ」アンジュは興奮気味に言う。「同感だそうだ……。よき教師とは……犠牲を使命とせねばならない、人を教えるにあたっては絶えず……自分が別の仕事に就いていればよかったかもしれないという考えを手放さずにいるべきであり、その別の仕事とは、各自異なるのだが、あらゆる観点から見てそのほうが好ましかったと思われるものであるべきだろう……。ところがその別の仕事をなげうって教育に従事した……他の野心の数々、真の嗜好の数々を退けた上でこの仕事を……あらゆるものに増して素晴らしいこの仕事を選んだのだと。わが身のすべてを捧げたのだ……学校に。ノジェは……ぼくの意見に賛成してくれてるんだよ」

私は返事をせず、視線を逸らす。唇を固く閉じる、というのも学校にまつわるアンジュのこうした姿勢はつねづね私を戸惑わせ、どことなく不快な気持ちにさせるものだったから。

私は強いて軽やかな口調で話そうとする。

「今朝ラントンに会ってきたんだけど、よろしくって言ってたわよ」

「どうだか」とアンジュはあざ笑う。「ついさっき電話してきたよ。ノジェがこっちに取りついで……話したが……えらく感じ悪かったね、きみの大事なラントンは」

私は絶叫に近い声になる。

「なんの用で？」

「きみが息子に渡すことになってる手紙のこと」

「それで？」

「いや、ぼくは……そんなに知ってるわけじゃない」

アンジュは疲れきったように、目を閉じる。

「きみが手紙を渡さなければ、ラントンはぼくに罰をくだすと」

「どうやって？」私は半狂乱になる。「なにをしようって言うの？　あの人にそんな権利ないじゃない」

「そのとおり、無辜の市民を脅すことによってその妻および義理の息子からなんだか知らないが利益を得ようとする権利があるわけはない。まったくだ……彼にそんなことをする権利はないな」

アンジュはまたも私を愚弄する口ぶりになってきて、私はこれにはどうしても慣れない。学校と、学校に尽くす人々について彼はもっと好きなだけ語らせてほしかったのだ、ノジェが自分の考え方に感心し同意したと言って聞かせたとき私に素直に喜んでほしかったし、それらの理論をあやふやなものとして疑っているところをそこまではっきりと見せてもらいたくなかったのだ。

とはいえ私はもうすぐ出発するし、きっと長い旅になる。だから私はアンジュの頬へ手を伸ばして優しく撫で、するとこれと同じようなしぐさを何百回となく、情の昂ぶりに導かれるまま、アンジュと私が過ぎ去った月日のあいだ互いに繰り返してきたこと、それらの愛情表現に打算の紛れこむ余地など決してなかったことを思い出す。

出会ったころすでに二人とも若くはなかったけれど、私たちの愛のあり方は、と私は思う、青春にこそふさわしい初々しい情感にあふれていた、私たちは余計な考えをめぐらしたりせず、追憶にも不平にも、最近受けた苦痛にも昔受けた屈辱にも汚されない魔法の土地に逗留するかのように暮らしをともにしてきた。私は自分たちの職業に関するアンジュの煩わしい教義を受け流しておいたし、彼のほうはその件について私の意見を知ろうともしなかったから、事実上、その主張が最初から彼の口にのぼらなかったかのように、ことは過ぎていった。

あいつがそのことを話題にし、褒めそやして以来、アンジュは敏感になった、と私は思う、私も賛同して嬉しがってくれればいいのにと思うようになったのだ。アンジュはもはや、私がなによりも好きだった天真爛漫なところを失ってしまった。私は悲嘆に暮れてつぶやく。

「私が来週、出発することは覚えてる？」

「うん」と言って、アンジュは私の手を軽く握る。

「できるだけ早く、あなたが合流できるようにするわ。落ち着いて、状況がわかったら、もしあなたがまだ完全に快復していなくても、運んでもらえるようにするから」

「うん」アンジュは無関心にさえ見える。

「そうしてほしくないの？」

「そうしてほしい」

「ノジェは、信頼できるの？」

「間違いない」

私はアンジュのほうへぐっと身をかがめて、口を彼の耳に押しつけるが、悪臭のせいで（**惚れぬいていた私は彼の耳を舐めるのが、肌の匂いを嗅ぐのが好きだった、この男の体のどんな細部だろうといやな気はしなかった**）吐き気がのぼってくる。私は熱をこめてささやく。

「ノジェが怖い？」

アンジュは激しい勢いで首を横へ投げ出して、私からできるかぎり遠ざかる。苦悶に顔が引きつり、口が歪む。

「ばかなことを言うな！　いい加減にしてくれ」と、殺気だって言い放つ。

彼の目に涙が溜まる。

「きみはなにも、なにひとつわかってない、声を落とせば聞かれないで済むと思ってる、ここだけの内緒話がまだできると信じてる！　ぼくたちはもう……二人きりでいられるときなんかないんだよ」

その瞬間、扉が開いてノジェが現れる、湯気を立てる巨大なクロックムッシュが並んだ盆を両手に捧げて。

「少なくともあなたは、私が死ぬとき、傍にいてくださるでしょうね」とアンジュは、ノジェに語りかけるときにはお決まりの湿っぽい口調で言う。「私の世話をして、私の魂を弔ってくださる、そうでしょう？」

「エメンタールチーズのとコンテチーズのと、両方こしらえました」とノジェは愛想よく言う。「ご存じのとおり、コンテのほうが味の深みには勝りますが、ハムの味が活きるという点ではエメンタールに分がありますから、お好みによりけりです」

「あまりおなかが空かないんですが」とアンジュが言う。

「あ、そう」ノジェはきわめて手厳しく答える。「それでも召しあがっていただきます。召しあがらなくてはなりません」

16　変わるもの、逃れゆくもの

何か月か前から生理が来ない。

強い不安のせいだとも考えられることはわかっているけれど、もう二度と来ない予感がする、私の生殖能力は終わった、ということだ。年齢からして不思議ではない。シャール先生に診てもらえば確認できるはずとは思いつつ行く気になれない、アンジュが先生に対して抱いている疑念のいくつかが正しかったと判明してしまうかもしれないし、そこまでいかなくても、診てもらうときの雰囲気から、いや診察を引き受けてくれるとしての話だが、アンジュがシャール先生を警戒していたのも無理はなかったと思わざるを得ないようなことになるかもしれない、いまから思えば先生とはずいぶん長いお付き合いだったのに。

私はあれ以来家から出ずに、ぐずぐずと荷づくりを進めている。実を言えば、毎日濃い霧が物という物の輪郭を包み隠しているボルドーの街なかでまたもや道に迷うのが怖いのだ。**ボルドーはあの手この手で私を迷わせ、しかも今度こそは、ノジェに見つけてもらえることもないかもしれない。**

なにをすればいいのかもあまり思いつかなくて、私は鏡で自分を眺めて長い時間を過ごし、私のような気はするけれども私が自分について抱いている想念とはどうしても一致しない姿かたちに映るこの女はいったいだれなのかと考えあぐねる。鏡像よりも魅力があると思っているわけではない。美しさとか淑やかさとか若さとかの問題ではない。単純に、私の精神が、怠けていたために、身体に生じた数多くの変化に順応しなかっただけのことで、以前は脂肪や筋肉の奥に埋まっていた太い静脈が徐々に皮膚の表面へと浮き出てきたことも、茶色っぽい小さな疣（いぼ）があちこちに出てきたり、ごく細かいざらつきが腕の付け根や胸の谷間にできたり、乳首が前より皺くちゃになってぶつぶつ粟立ったりしていることも、精神のほうは記録していなかった——私の高慢な精神は、腕や腿の肉がほんのちょっとした動作にもぶるぶる震えるのが、そうなったからには今後も永久につづくこと、また経血の始末に関わるこまごました労役についてもやはり永久に放免されたのだということも真剣に受け止めようとはしていなかった。まあ、こういった変容のどれをとっても、そこまで重要というわけではない。私は自分の裸体に少しずつ負わされる幾千とない凋落のしるしを見つめ、これらの荒廃の詳細を書き留めるよう自らの精神に命令をくだす、にもかかわらず自分がこのつまらない惨めな体を馬鹿にしきっているのを感じるし、わが精神が傲岸にも、わが身体の凡庸な成りゆきに興味を持とうとしないことに、強烈な誇りをひそかに抱いてもいる。

それは子どもが二人いるような感じだ、一人は期待はずれの困った子、もう一人は自慢の子。**その思いを私はかつて互いに大きく異なる二人の若者、すなわち私の息子と、その恋人のラントンについて感じていたのではないだろうか？　息子といるよりもラントンといるほうを暗に好んではいなかったか、二度と会えなくなったらと考えるだに辛くて仕方がないのは、二人のうちラントンのほうではなかったか？**

銀行に電話で問い合わせて、アンジュも私も学校にはもう行かなくなったのに給料はこれまでどおり受けとっていることを確かめた。もしかしたら、と私は思う、校長先生が正当な理由もない私たちの欠勤を官庁に報告していないのかもしれないし、あるいは、私たちに求められているのはまさにこういうことなのだと、はっきりこちらに示すためなのかもしれない――近づかないでほしい、遠くにいて、姿を消していてくれるなら私たちに支払う金額などたいしたものではないのだ、と。

そして、出発の二日前、ノジェは玄関ホールから上がってくると私に一通の手紙を渡す。そして私に言う。

「息子さんから手紙です」

「まったくあなたは何にでも首を突っこむのね、失礼じゃないの！」

朝食を摂っていた私は、やや慌ただしくテーブルから離れ、しかし朝食といっても盛りだくさんの立派な献立で、鵞鳥のリエットに、ハムに、バターを塗った厚切りのパンに、砂糖をまぶした小型のブリオッシュにカフェオレ、これをノジェは「ブレックファースト」と称して喜んでいたのだが、そのノジェの指から手紙をもぎ取り、書斎に立てこもるべく駆け出す私は、右に左にゆさゆさと揺れる自分の体、寝間着のなかでぶるんぶるんと震える腰まわりの脂肪を気にしている。

ベッドに腰をおろす。封筒を長いこと見つめてから、ようやく開けてみようと思いたつ。あの子からの手紙なんて、ほんとうにひさしぶり！

切手には地中海にそそり立つ白亜の断崖が描かれている。息子の筆跡は相変わらず几帳面で、整っていて、大文字の先をきちんと丸めてあるのは二十五年前に私が教えたとおりだ。瞬時に、心から誇らしい気分に満たされる。**でも、もし来ないでほしいとか、来るなとか書いてあったら？**

私は立ちあがると、胸に封書を押し当てたまま部屋の中を歩きつつ、よい中身であってくださいと手紙に向かって祈る。感極まって、朝食の肉類が喉元にこみあげる。足を止める。家の中も、建物全体も、完全な静寂につつまれている。窓ガラスの向こうで、このところいつものごとく、深い霧が、泥に似た甘ったるい臭気を放って立ちこめている。

「懐かしいお母さん、ぼくの大事なお母さん、こんな書き出しを目にして、どう思われることでしょう？　冒頭の言葉を読んで、予想外の喜びに衝撃みたいなものを感じているところを想像していま す、息子のラルフが愛情のしるしを目いっぱいこめて呼びかけるなんて、かわいそうなラルフから愛情を差し出されるようないわれがお母さんのほうにこれっぽっちもないのは、そちらも承知のとおりなのだから、想像するにお母さんは泣きそうになって、心の底でほくほくしながらこう結論しているでしょう、親子の愛は結局いつでも勝つ、義務はかならず勝つ、母はかならず勝つのだと！　あなたは泣きはしても本物の目は涙ひとつ流していないということができる人です、本物の目のほうは絶対に見せないけど。まあとにかく、人並み程度に泣くことはできるわけだ。お母さん、本題に入ります。まず第一に、ぼくに批判や非難めいたことを絶対に言わないこと。いま眉を片方あげて、ぼくがなにを言いたいのかわからないふりをしていますね。わからないわけはない、よくわかっているはずです。あなたは口を閉じているときでさえ、難癖をつけたり、勝手に決めつけたり、責め立てたりする。そういうことは、もう受けつけられません。あなたからそういうことをされるのは、もう受け容れられない、それはぼくが大人になった人間だからです。だけど、この否定しようのない事実をちゃんと頭に入れられるのかな？　第二に、そちらの意志や知識とは関係なく物事が変化することもあるのだと認めること。基本的に、生きることがぼくには耐えられない。知らなかったでしょう？　あなたのような人たちは、自分たち自身が感じることについてしか考えられない、それ以外は端的に存在しない。いま、ぼくの周りを眺めてみると家が二軒と木が一本とトタンの小屋が一軒と青空に雲がひとつ見える。見えるのはそれだけ。そしてぼくは思う、もしかしたら、ここに、ぼくの横にいる飼い犬は、この同じ現実を前にして別のいろいろなものをそこに見出しているのかもしれないし、あるいは、別の現実を前にしてそこにあるいろいろなものを見ているのかもしれない、その別の現実というのは先に述べた現実と並行しているのだけど、ぼくには想像すらつかないわけだ。これがあなた。自分に見えるものしか現実と取れない。ぼくはまたもや口論の場、抗議の場に踏みこんでしまったようだ、そうするつもりじゃなかったのに。あなたに話しかけるだけで、気がつくとこういう闘いと争いの場面に引き戻されていて、それはいまのぼくには身の毛がよだつ。そんなものは、もう受け容れられない。生きることがぼくには耐えられないと先ほど言いました。それでも慣れてはきました。新しい人生にはそれなりの楽しみもあります。仕事はおもしろいです。ぼくは生まれ変わりました。ちょうど今朝も、分娩があって子どもは死産でしたが、悪いことではなくて、というのも、その女性の手に任せれば、子どもはあっという間に地獄の人生を送る運命にあったからで、女性はアル中で、半分頭がおかしくて、話も通じない。ぼくはきちんと手当てしました。慰めてやりました。彼女のためにいろんな書類を作成してやりました。ほらね、ぼくは決然とした人間なのです。学校から追い出されたそうですね？　あなたにとってさえ、学校は安全な場所でなかったことが、やっとわかったでしょう。わかったのかな？　あなたは学校があんなに好きなのに！　辛かったでしょう！　ぼくは長いことあなたの学校と受け持ちの子どもたちに嫉妬したものだけど、あなたは、今後ぼくの患者たちに嫉妬することになるのでしょうか？　ぼくはあなたのことはすべて許したと思っています、それはぼくが生まれ変わったからです。おおかたはウィルマのおかげです。あなたがウィルマを気に入るかどうかはどうでもいいし、彼女のほうにとってもどうでもいい、あなたはラントンに夢中になりすぎてぼくに苦い思いをさせたくらいだけど、ウィルマに関して同じように夢中になるかどうかは保証できない。ウィルマは、あまりあなたの好みではなさそうだ。どうだろう？　ひょっとしたらぼくの大事なウィルマにまで恋心を抱いて、ぼくは立場をなくして出ていく羽目になるのかもね！　冗談だよ、わかるでしょう。ぼくは生まれ変わった人間なのです。あなたについては苦情の種が一覧表にするくらいある。それは自分の中にしまっておくことにしました、自分が放つ苦言に自ら蝕まれる危険を冒したくはないからね。とはいえ、あなたが予告もなくうちに乗りこもうとしていたことを考えると、やりきれない怒りに内臓がぐつぐつ煮えくりかえるのを感じます。なんだってぼくに対して誠実に正直にふるまえないんだよ？　父は誠実で正直だったし、ぼくは父に対してそういうふうに接しようとする人間になったと思っている、生まれ変わった人間だから。だけどあなたはどうかな？　こうやって理屈を立ててあなたを説得しようとしているけど、無駄だということはわかっています。ぼくの新しい、そして、そう、願わくば、最終的な人物像の、さまざまな特徴のひとつに、優しさというものがある。ぼくは優しくなった。だからぼくはね、大切なお母さん、喜んであなたを迎えます、生まれ変わった、優しい人間として。医者であるぼくは毎日、見るに堪えないようなものを目にしている。人間であるぼく、いまのぼくは、そうした醜悪なものを別のものに変貌させる、するとそんなものでも好きになりかけることさえできて、終われば忘れる。ぼくはそういうふうに仕事しています。今朝の女性、死んだ子どもを産むのにぼくが手を貸した女性は、聖母の名を冠するにふさわしいし、真なる唯一の聖母となんら変わりはない、そもそも真の聖母についてぼくらはなにも知りはしないもの、そうでしょう？　聖母マリアが酔っぱらいじゃなかったとあなたは確証できますか？　できないよ！　ぼくは周りの人たちみんなを愛している、ぼくは哀れむべき人類を愛している。ぼくがこの愛で、同情で、世界じゅうを包みこもうとしているのに、お母さん、あなただけを除け者にするとしたら、それは不公平というものでしょう。ぼくの愛と慈悲はあなたを包む。というわけで、近々。あなたに対する恨みの棘は、はるか昔に心臓に突き刺さったまま、いまだに抜きとれないけど（ぼくの心はまだ完璧ではないから）、まあどうなるか様子を見ましょう。それはそうと、父から分捕った金を返してやりなさい。かわいそうに、あなたより金に困っているんだから。知らないだろうけど、窮乏にあえいでいる、どん底と言ってもいい。あなたの横領の仕方は、誉められたものじゃない。父に金を返さなくては駄目です。学校から追い出されたって言うけどさ。理由はなんなの？　こちらでは、どうもはっきりしない。不当だったの？　よくないことをしたんじゃないの？　しかるべき動機もなく解雇されたなんて言い張るのはどうかと思う。着いたら納得できるような説明をしてくれるよう期待しています。父のこと考えてやってよ、恥を知る努力をしてください、父は赤貧なんだから！　あなたの息子、ラルフより。」

激怒のあまり、私は茫然と凍りつく。

手紙を読み返す、不義と偽りに塗り固められたこの手紙、書いたのは私の実の息子、たった一人の子――どうしてこんなことになってしまったの？　ここまで最低な二枚舌に、不気味な叙情の垂れ流しに陥るなんて。ああ、と私は思う、わが息子は妄想に取り憑かれたのだ、まったくどうやって、いい大人と言っていい年齢でありながら、まさに母である私が忌み嫌うタイプの人物になりおおせたのか、どういう直感のひらめき、どういう謎めいた明晰さで私の考えを充分に理解した上で狂信者に変身したのか、だって私はそうした精神のもちょう、生きるということに対する気取りすました、見栄っ張りな態度を心底から蔑んでいるのだから。それにこのウィルマというのは？　だれのこと？

私は書斎を出て寝室に駆けこむ。口を開けてまどろんでいるアンジュを小突く。彼は跳ね起きると、とっさに前腕をやつれた顔の前にかざして平手打ちを防ごうとするような姿勢をとる。**ちょうどこん**

なふうにして、子どもたちはアンジュが折にふれ軽いびんたを、いや、軽くはない、紛れもない本物の平手打ちを食らわせようと構えるたびに身を守ろうと試みては彼を苛立たせたもので、相手は煮ても焼いても食えないような子たちだったし、ぶたれるのに慣れているだけに殴打をかわす術を心得ていたため、アンジュの手はその子たちの細い腕、骨ばった肘を直撃して、打った手のひらのほうがかえって痛むこともあり、それが火に油を注いで、彼は一段と激しく叩くことで出しゃばった真似をする腕や肘に報復を加えた。そのあと、彼はいつも冷静を失ってしまったことを悔い、自分自身に対して恥ずかしいと感じるのだった。彼は完璧な教育のあり方を体現したいと思っていたから、ほんの少しであろうと暴力を振るえば彼の心の中では減点対象となったのだ。

アンジュの顔は、もはや完全に肉が削げ落ちている。頬も、顎も、皮膚の裏の頭蓋骨のかたちがはっきり浮いて見える。

ここにいるだれかが、アンジュを虐待しているということ？

やきもきして神経を尖らせながら私は尋ねる。

「私の息子の妻、なんて名前だったかしら？」

「きみの息子の？」

彼はうろたえたように視線を泳がせ、私は、彼を無理やり眠りから引きずり出したばかりなのをわかっていながら、この人は時間を稼ごうとしている、と不愉快になる。

私は彼を睨みつける。

「アンジュ、ラルフの妻の名前はなに？　私の孫の母親よ」

「覚えてないのか？」彼はもぞもぞと言う。

それから、何分かのあいだ、見せかけなのは間違いないが、記憶を探っているふりをしてから、

「ヤスミン」

「やっぱり」胸を騒がせて、私は言う、「ヤスミンよね」

「わかってるならなぜ訊くんだ？」

アンジュが目を合わせまいとしている。取り決めたわけではなくただ習慣として、思ったことは声に出し、どんなことであれ互いに語り合ってきた私たちの間に、疑い、沈黙、うとましい質問の応酬が日増しに積み重なっていくこと、悪どい、毒々しい秘密の数々が山となり絶えず成長していくことが、私を悲しませる。決して、と私は思う、今後なにが起きようと、私たちはこれだけの不信と恥ずべき憶測からなる山の斜面を登りきることはできないだろう。

ノジェが膝蹴りで扉を開けて寝室に入ってくる。手にした大きな丸盆は彼がアンジュ専用に使っているものだ。見ると、リエットの瓶（彼によれば母親がランド地方で家禽を飼育しており、その母親がこの舌にとろける鵞鳥肉の長い線維がたっぷり入った見事なリエットを作っているそうだ）とお馴染みのバイヨンヌ産ハムに加えて、ふんわり湯気の立ちのぼる小鉢があり、中にはオレンジ色をしたゼラチン質のものが入っていて、強烈な匂いながら、嗅いだ途端、例によってもの欲しげな唾液がじわりと口の中に湧いて、こんな自分の反応がいまとなってはさすがに少し恥ずかしい。アンジュのほうは、吐き気を催した表情で顔をそむける。**自分自身の膿の悪臭は感じないで、食欲をそそる食べものの匂いをいやがるなんて！**

ノジェはすぐさま、小鉢の中身はトリプーというオーヴェルニュ地方の料理で、各種の臓物、羊の足、仔牛の腸間膜が入っているのだと説明する。

「自分でつくったわけではないのですが」と詫びるような調子で言う。

唐突に私は月経がなくなったことを思い出す。そのことに気をとられて、無意識に腹に手を当てる。

「もしや、おめでたですか？」とノジェが尋ねてくる。

「いいえ」と私は言う、「むしろ逆です」

ある種の晴れやかな満足感、深い安堵に、額が火照って汗ばんでくる。ここ数か月に生じた出来事の中で、生理が止まったことだけが唯一、普通のこと、自分でちゃんと説明できるし、いくつもの仮説を天秤にかけたりしなくて済むたったひとつのことなのだと意識する。

ノジェが、盆を抱えたまま、少々探りを入れるような目つきで見るので、私は言う。

「更年期に入ったということです」

「違うと思いますよ」とノジェは、間を置いてから、そっと言う。

つづけて、

「息子さんはお医者さんですから、わけを教えてくださるでしょう」

そこでふたたび私は激怒に襲われる。

寝室を離れ、アンジュの食事をノジェに任せきりにして（**おまえはいまそうやって逃げようとしているのではないか、放っておいてほしいと目で訴えるアンジュの乾いた唇をした口の中に、ノジェがあの脂っこい胡乱な食物を詰めこんでいる場面から**）、急いで着替えると家を出る、くしゃくしゃになった息子の手紙をカーディガンのポケットの奥に忍ばせて。カーディガンは胴も胸元もきつすぎてボタンが嵌らない。

よく考えもせず、ただ不当な仕打ちを受けているという憤懣やるかたない気持ちに胸を締めつけられながら、街路へ飛び出す。

17 フォンドーデージュの手にかかる

私は威勢のいい足どりでフォンドーデージュ通りに入る。こみあがる怒りが頭の中に収まりきらなくて、ぶつぶつと独り言が口をついて出てくる。

いつものごとく霧が出ていて、私はもはやこの霧がすっかり晴れることは二度とないのではないかと感じている、霧はボルドーの性格の一部、この街の本質そのもの、言わば、この街の吐く息のようなものになってしまったのではないだろうか、あたかも、と私は思う、底深い、しつこい、治らないかもしれない病に冒されて、懐かしいわが街の内臓が腐り、この饐えた呼気を吐き出すほかなくなったとでもいうように。

フォンドーデージュにいるかぎりはなんの心配もない、と私は歯を食いしばったまま言う、帰りはこのまま引き返して、トゥルニー広場を横切ればエスプリ＝デ＝ロワ通りに着く……。それにしても、ああ、どうしてあの子はあんなことを、どうしてあんな……図々しい態度に出られるのだろう、あの子はむしろ……内気な、あんなに礼儀正しい子だったのに。どうして……私が泥棒だなんていう当てこすりが言えるのだろう、実の母を……泥棒で、しかもなにを言っても仕方のない、話し合いも……理解することも拒む人間だなんて、私はほかの人々を理解しようと絶えず努める大人として暮らしてきたのに……だれにも増して自分の息子を理解しようと……。それにあのだれだかわからないウィルマとかいう女の話を持ち出して、私がラントンに惚れていたと仄めかすなんて……。頭に来るでたらめだわ、馬鹿なことを！　実の息子に恋をしたと言おうとしているようなものよ、そう、それと同じくらいくだらないし失礼だわ。ところが私が来るのは歓迎、自分は広い心を持っているからですって、どうやら本物の聖人への道を歩んでいるらしい……。大ぼらだわ！　おまけに、息子は幸せでけっこうだけど、赤ちゃん……スアールについてひと言もないのはどういうわけよ、私の孫のことをなにも言わないなんて、まるで赤ん坊など最初からいなかったか、赤ん坊のことを喋ってはいけなくなったみたいに、でもだとしたら、だれのため？　なんのため？　それとも、私は自分の孫娘の様子を聞かせてもらう値打ちもない人間だと言うの？　赤ん坊が汚れるとか、か弱い乳飲み子の頭上に不幸が振りかかるとかいう危険を避けるためには、その子の名前さえ、ナディア宛の、おばあちゃん宛の手紙に書いちゃいけないとでも言うのかしら？

　私は、怒りに任せてカーディガンの左右の前身頃を胃の辺りにぎゅっと掻き抱きながら、ずんずん歩く。普段まったく運動していないのですぐに息があがるけれど、それでも興奮が鎮まるまでは帰りたくなくて、単調にどこまでも伸びるフォンドーデージュ通りをひたすら進んでいく。ふと、腕時計に目をやると、歩き出してほぼ一時間が過ぎている。ぞくっとする。フォンドーデージュはとても長い通りではあるものの、私が一時間も大股で歩いているのに枝分かれもなければ通りの名称も変わらないのはいくらなんでもおかしい。と、そのとき、フォンドーデージュが先のほうでクロワ＝ド＝セゲーになるのを思い出す、通りの名前がフォンドーデージュでなくなるのは、確か、一キロ半くらい行ったところだ。なのに私は相変わらずフォンドーデージュ通りにいて、先ほどよりも歩みを緩めながら、家から離れすぎてしまったのではないかと自問している。

もう商店もカフェもない。質素な一戸建てや、黒ずんだ集合住宅ばかりだ。後戻りはしない、と私は果敢にも自分に言いきかせる、通りの先に着くまでは。ボルドーは、自分の庭なのだし、フォンドーデージュ通りなら、子どものころから何百回となく歩いてきたではないか。

息子に対する憤怒が**（長らく息子のことを私の心の子（モン・プティ・クール）と呼んでいたのに、この期に及んであの子は、母親の老いた心に背いた）**だんだんに和らいできたのは不安のほうが高まってきたからで、というのも実際、通りはいっこうに終わる気配がない。あまりに遠くまで来てしまって、このまま単純に踵を返して元の道を戻ることはできない気がする、そんなことをすれば怖れをなしてこの無秩序を受け容れたのだと表明することになる、フォンドーデージュ通りが昔から歩き慣れたあの通りではなくなったのだと承認することになる、それはあってはならない、それだけはあってはならない。

正面からやってきた女の顔だちを慎重に検討した上で、私は尋ねる。

「すみません、この通りの名前はなんでしょうか？」

「フォンドーデージュ」相手は肩をすくめ、真上の壁にかかった表示板を指さしながら言う。

私はさらに尋ねる。

「もう少し行けばこの通りの端に着くでしょうか？」

「とても長い通りですから」と言いながら女は行ってしまう。

私はほんの少しずつ足を踏み出しながら、おそるおそる先へ向かう。

通りの雰囲気自体は馴染みがあって、モルタル仕上げの冴えない売店とか、ずっと前から閉めきったままらしい作業所、埃だらけの窓の向こうに薄汚れたカーテンが掛かっている診療所や歯科医院、にもかかわらず確かな見覚えのあるものがひとつもないのは、わが生まれ故郷に濃霧が居ついて以来頻繁に起こりすぎていることで、けれどもようやく私が足を止めたとき、というか自分の足が止まったのに気づいたとき、目の前には修復中の集合住宅が一棟、工事用の足場に半ば隠された恰好で立っている。もやもやした気分がのぼってきて、喉が締めつけられる。

ああそう、なるほど、ここか、と私はしぶしぶながら認める。

そして、そうしたくもないのに、建物の扉を押すと、扉はかつてと変わらぬ手応えを示しながら開きかけて、反射的に私は扉がもっと大きく開くよう上半身を前へ倒して体重を乗せているのだが、それは私が過去に何百回となく繰り返してきたしぐさで、というのも私は、長い年月、ここで前の夫と暮らしていたのだ、アンジュに出会うまで。ただ腑に落ちないのは、この住まいがあったのはフォンドーデージュに入ってすぐの場所で、一時間もかかって辿り着くようなところではなかったことだ。それとも、と私は思う、あのころよりも歳をとったから距離の感じ方が変わったのかしら？　いやいや、それでは説明がつかない、早足で歩いてきたのだから。

どういう理由で生理が止まったのだろう？

自分が不機嫌なふくれ面になっているのを感じる。息子が、悪辣な動機にもとづいて、暗黙の恐喝を加えながら、私がしたくないこと、私がするなんてどう考えても理にそぐわないと言ってもいいことを、無理やりさせようとしている気がする。ところが私が息子に従わねばならないわけなど、どこにもありはしないのだ。

なのに、私はあれほど何度も昇った階段をこうしてまた昇っている、垢じみた手すりにしがみついて——軽く息を切らしながら、昔のわが家の扉にこうして向き合っている、といっても、昔の、といま言ったのはもう自分では住んでいないからというだけで、真実および私自身の沽券にかかわるという自覚に立つならば、より正確を期する必要があって、すなわちこのフォンドーデージュの家は、現在も私の持ちものなのだ。離婚の際、私の弁護士は**（彼もスアールの誕生を祝う集いに出席していたけれど、たまたまなのかどうか、あれから一度も連絡を取っていない、友人と言っていいくらいの仲になっていたのに、とはいえあの日の招待客は一人残らず、同じように、なぜか私たちの生活から消え去ったのではなかったか、建物からも、市街からも、消えてしまったのではなかったか？）**、この家を私一人の所有に帰することに成功したのだが、もともとは前夫と私が共同で買ったものだった、それは確かだ——まあ、確かだ。いらい私は、ここを息子の父親に、格安の賃料で貸している。

知らないだろうけど、と私は息子に向かって怒鳴りたい、あなたの父親はもう何か月も前から家賃を滞納していて、だけど私は請求しなかったし、これからも請求しない、きみを丸めこもうとしているだけなんだから払わせたほうがいいとアンジュは言うけれど、でも食いものにされているかもしれなくたって私は別にかまわない、かまわないわ、だって、相手の男はまさに、あなたの父親で、私の前の夫で、私がどこまでも愛していた人だもの。

呼び鈴の下に以前あった、前夫が電気工である旨を示す真鍮の表札がなくなっていることに気づく。評判のいい職人で、応じきれないほど注文が入り、ブルス広場や大劇場周辺のお屋敷街でも働いた。腕の立つ、熟練した、あちこちからお呼びがかかるその男が、別れの悲しみに耐えられず離婚の衝撃も乗り越えられなかったとして、それが私のせいなのかしら？　要するに、と私は息子に言いたい、弱い性格なのよ、変化のない生き方に執着しすぎるから立ち直れなくなった、まったくもってそれだけのことよ。あなたは、私が彼を極貧に追いやったと遠回しに言いたいらしいけどそうじゃない、離婚したときの条件が私に有利だったのはその通りだけれど、それでも切り抜けようと思えばどうにかなるだけのものは、あなたの父親の手許には充分残っていた、なのにわざわざ自分を憐れんで、失墜して、自暴自棄になる道を選んだのよ。

自分はこんな場所に用はない、と不満を募らせて私は思う。**彼なら私がフォンドーデージュ通りから出られるよう助けてくれる、早くしないとこの通りは私の力を吸いつくすか、でなければいきなりくるくると巻きついて私を捕らえ窒息させるだろう、私一人では抜け出せない、どういうわけか今度はフォンドーデージュが私に復讐するつもりでいる！**

呼び鈴を押そうと決心する。それはかつて学校から遅くに帰るたびに私がしていたことで、そうすると私の「心の子」がパタパタと床板を踏んでやってくる嬉しい足音が聞こえ、子どもは扉の鍵を開けると、私の腕に飛びこみ、体をすり寄せてきた、もうだいぶ大きくなっていたのに。息子はそういうことを忘れ去ろうと目いっぱい努力しているけれど、でも、と私はほとんど勝ち誇るような気分になって思う、あの子の魂には、いまなお、あのころ私に寄せていたひたむきな愛、私の胸にかじりついたままいつまでも離れようとしないので、やむなく引き離し、そっと押しのけて、ようやく家に入ることができる、というほどだったあの愛がちゃんと存在しているはず、私に対してこれほど冷たい今日のあの子の魂にも、元を辿れば、あの気持ちが含まれているはずなのだ！

だからこそ私は息子の恋人、ラントンのことが大好きだった。彼は私が署内の執務室に会いに行けば、悪びれずに何分でも抱擁してくれたし、最大限の情愛を私に抱いていることを隠しておいたほうがいいなどと判断するようなことも決してなかった——だから私はラントンが好きだったのだ、愛しい気持ちを無邪気に表現してくれたから。

あどけないということなのか、頭が足りないということか？　一種の愚かさだろうか？　その隣に立つと、息子はいかにももったいぶって、滑稽なほどひねくれた、よそよそしい子に見えた。

二度目の呼び鈴を鳴らして、それから、前夫と会わずに済むのだとほっとする気持ちと、またもフォンドーデージュ通りとの取っ組み合いがはじまるのかという懸念とを同時に抱えながら立ち去ろうとしたとき、扉が薄目に開く。怯えた様子で、彼がつぶやく。

「なんだ？」

「怖がらなくていいの、私よ」と私は扉の隙間から顔を見せて安心させようとする。

彼は慌てて退く、身を脅かす亡霊に出くわしたように。

「まだなにか用があるのか？」

その声は潰れていて、滑らかではないけれど、それでも、たとえ焦燥と度重なる幻滅によって損なわれてはいても、私の耳には打ちとけた、聞き慣れた響きを帯びて届き、たちまち記憶の中に、同じ声が優しく気兼ねなく私に語りかけたあらゆる瞬間が呼び覚まされる。この人と、息子と、ともに生活を送った場所はもう見たくないと思っているのに、気がつくと私は彼に問いかけている。

「ちょっとだけ入っていいかしら?」

ここで、私は人生で最高のときを過ごしたのではなかったか? 三人揃って、フォンドーデージュ通りで。するとしぶしぶといった面もちで、私の前夫はもう少しだけ大きく扉を開けて中へ入れてくれて、とはいえ、ほんとうのところ、ここは私の家なのだ。

18 私たちが彼にしたこと

彼は私を連れて通りを歩くあいだ私の手首を握っていて、こちらとしてはつい考えてしまう、私が逃げるのを怖れているわけではないだろうし、私に近づきたいわけでもないだろう、もしかすると、ただ単に、さまざまに手管を弄して私を迷わせようとするこの通りで私になにか悪いことが起きないように気をつけてくれているのかもしれない、といっても、と私は思う、私の身を狙った意図的な事故の危険性は、路面電車が走っていないこの通りではかなり低いはずではあるけれど。

私は路面電車を利用している彼に訊こうかどうか逡巡している、あの電車が特定の人間の生命に危害を及ぼそうとしていることに気づいたかどうかと。訊かないでおく。この人に打ち明けて、元の夫に信頼を寄せてどうなるというのだろう、どうせすぐさま裏切られるだけなのに。でも私はとにかく心の底からそうしたくてたまらない、フォンドーデージュ通りで過ごしたあの時代に戻りたくて仕方がない、あの当時は相手がひどい仕打ちを加えてくるようなことがありうるなんてお互い思ってもみなかった、だから、私がアンジュのことについて前夫に嘘をつくようになったときも、私は自分が嘘をついているということにさえ気づかずにいた、自分には裏表のある行動などできないと、彼にそんなことができないのと同じように、私にもできないと、無意識にそう信じていたから。

私たちは凍りつく湿った空気と泥土のしつこい臭いにつつまれた街を歩んでいく。前夫は驚いたような笑いをほんのちょっと洩らす。

「まったく」と言う、「どうやって道に迷ったのかわからないね。見ろ、もうトゥルニー広場だ、なにひとつ変わってない」

「あなたがいるからよ」と私は断言する。「地理が変わってしまうのは私が一人でいるときだけなの。理屈に合ってるでしょ、もし私に向けたサインだということなら。だけど私には解読できない」

彼は軽く咳をするが、その咳はどこか苦しそうだ。体が悪いらしく、私は彼のことがかわいそうになる。

「いい加減に太るのをやめたらどうだ?」彼は乱暴に言ってくる。

「そんなの、あなたの知ったことじゃないでしょ」と私はむっとして言う。たぶん息子のところへ行けば、もっと体にいい食事ができるだろう。

私の肥満に関して彼がさらに話を展開したりしないよう、私は急いで言葉を継ぐ。

「生理がなくなったの、更年期なの」

「確かなのか?」

「当たり前でしょ」と苛々しながら私は言う。

「別のことかもしれない」と前夫は額に皺を寄せて言う。

そのとき、私たちがトゥルニー広場の噴水の前、葉の落ちた枝が霧にすっぽりと覆われて見えなくなっている菩提樹の木々の下に立ち止まった瞬間、ノジェがこちらへ向かって歩いてくるのが目に入る。前夫もその姿を目に留めた。

「リシャール・ヴィクトール・ノジェだ!」驚愕して彼は言う。

「知ってるの?」

彼は疑うように私を見る。

「おまえは知らないのか?」

「知ってるけど、それはあの人が毎日家に来るようになってからで」と私は小声で言う、「あの人が私たちの食事を用意して、アンジュの世話もしてるの、牢屋の看守が囚人をたぶらかそうとして世話を焼くみたいなやり方で。こちらの生活に割りこんでくるまでは彼のことは知らなかったわ」

アンジュと自分が万事快調に暮らしていたころ、近所のノジェに対して私たちが侮蔑に満ちた嫌悪を感じていたとは前夫には言い出せない。告白するわけにはいかない、もし言えば、彼はまず信じるのに手間どり、ついで愕然とするだろう、というのもノジェの姿をおずおずと見つめる彼のまなざしは、敬意にあふれているのだ。

私はいやな気分になって、尋ねる。

「それであなたはどこで知ったのよ、あのノジェを？」

「どこでと言われたって！　だれでも知ってるんじゃないかな。本を何冊か書いてるはずだよ」

「それじゃどういうわけで、私が、私がよ、その名前を聞いた覚えが全然なくて、どういう人なのかちっとも知らないままで、あの人が、言わばわが家に居座るようになってようやく知ったなんてことがあるのよ？」

前夫は私の顔へと視線を移す。彼自身の内部では目を逸らしているのだろうと感じさせる目つきで、用心深さか、動揺か、遠慮といったものが押し寄せたように曇っており、その目があまりに昔と同じなので私は胸を衝かれる、年老いて弱ったこの男、かつて私があれほど愛した男は、しばしばこうして不意に瞳を濁らせてその背後に身を隠したもので、それは私が不適切な、あるいは滅茶苦茶な、あるいは馬鹿な質問をしたのだということ、そんな問いは自分が扱える範疇にはどう考えても含まれないし、答えようと試みる気さえないということを、口に出さずに済ませながら伝える手段なのだった。

それでも彼はひそひそと言う。

「おまえといてうんざりするのは、おまえが自分の知りたいことしか知らないところなんだ」

「だけど私は、あのノジェのことを知らないでいられるように自分でなにかしたわけじゃないわ」と私は言う。「いくらなんでも、私のせいだってことないでしょ、どういう偶然の成りゆきか知らないけど、あの人の名前に出くわす機会がなかっただけなんだから。テレビに出てたの？」

「もちろんだよ」と前夫は苛立ちを覗かせつつ言う。

「うちにはテレビがないもの」と私は言う。

「そこが問題だ」と前夫は言う。

「なによ、仕方ないじゃない」

最後は口ごもるような言い方になった私は、自分がひねくれた態度をとったと自覚している。ついで私たちは黙り、並んだままじっと動かずにいるが（かつては二人の胸にひとつあれば充分だった心が、こうやってふたつに切り離され、それぞれ一人ぼっちになっている、いまの私たちは干からび、お互いに行き場を失い、二人をなんとか繋いでいるものは怨恨と、良心の呵責だけ）、そこへノジェが、軽い足どりで、傍へ寄ってくる。

こちらがぞっとするような卑屈さで、前夫は深々と頭を下げる。

「お会いできて光栄です……感激です……」と、もぞもぞと言う。「ナディアの前の夫です」

「はじめまして」ノジェは温情あふれる声で言う。「あなたを迎えに来たのです」と私に向かって言う、「帰り道を探し当てるのに苦労されているかもしれないと思いまして。しかし拝見したところ、すでに案内役の方がいらっしゃるようですね」

二人とも、にやりと笑う、前夫はへつらうように、ノジェは冷やかすように。そこで私は前夫のほうへ挨拶代わりにちょっとうなずいてから、ノジェを待たず一人でその場を離れる。

エスプリ＝デ＝ロワ通りは目の前、トゥルニー通りを突き当たったところからはじまっていて、角にある美容室の看板もはっきり見える。なのに、どうして、あの通りが私の見ている前でするりと逃げていくだろうという予感が、警告とも取れるほど強く胸に迫ってくるのだろう？　なぜ私が一人きりで、導いてくれる人もなく、自らを恃んで歩き出せば、通りのほうはそれと察して、私が識別できないよう身をかわし、姿を消したりくねくねと曲がったり、さらには、あの手加減を知らないフォンドーデージュのように、果てもなく伸びて、私が文字どおりくたばるよう仕向けるに違いないという気がするのだろう？

私は相手の隙を衝くつもりで、通りに駆けこむ。小走りで、遠くをじっと見据えたまま、まっすぐ進む、まるでそうしておけば、辺りの事物が癇癪を起こすという理解しがたい（だって私はこの街を深く愛しているのに）状況をある程度回避できるのだというように。そうやって、本心を隠し、もはや通りそのものに姿を見られないよう努めながら、私は上着に締めつけられた自分の肉の重みを感じ、どすどすと響く自分の足音を聞いている。ちょっと微笑んで、私は自らに言う——たいしたものね、ここまでぶくぶく太っておいて、研ぎ澄まされた刃のようにすぱっと空気を切り裂いて走ろうとしているなんて！

そして私は前夫がいまも住んでいる家のことを考える、かつて私たち二人のものだったその家は、法的にはもう私一人のもので、ただしそのことは私に真の喜びも真っ当な勝利感ももたらさない、というのも合法だが公正でない事柄もありうるからで、私はこの場合、正当な権利を手にしたという満足に浸っていられるほど物わかりが悪いわけではない。まったくよ、それは無理だわ、と私は思い、自分の精神面での誠実さをほんの少しだけ誇らしく感じる。

実を言うと、自分の足がひとりでに私を前の家へ連れていったそのときまで、前夫の住まいが私の所有になるという事実を、私は忘れていた、ないしは自分で訪れることとてない記憶の片隅へ追いやっていた。時おりアンジュが、現実感覚のある彼らしく、家賃の小切手が届いていないことについて念を押すと、私は口早に答えた、

「そのことは言わないで！」

私は前夫に対して相当腹を立てているふりをしていたから、もしもアンジュがこの問題を処理するよう私に無理強いしたなら完全に自制心を失ってしまうかもしれないと怖れていたのだが、でもほんとうはただ単にそのことについて考えたくなかっただけだったのだ、後悔のせいか、憐れみのせいか、なんだか知らないけれど。

そして私は前夫がいまも住んでいる家のことを考える、あそこで、と思い出すだけで心が晴れる、あそこで私たち、つまり彼と息子のラルフと私自身は、人生でもっとも和やかな年月を過ごしたのだった、そして私はラルフに向かってぶつぶつと言う、ポケットの奥にあるあの子の手紙を指先で弄びながら――フォンドーデージュ通りにいたころ幸せじゃなかったとでも言うつもりなの、なんの混じりけもない素朴な幸せを感じていなかったとでも言うの？　今日になって、恩知らずの、愚痴っぽい、自分の繰り出す不平不満に陶酔しているような息子を演じる必要がいったいどこにあるのかしら？　私は普通の、どちらかと言えば面倒見のいい、それなりに愛情豊かな母親としてふるまってきたのに、どうしてあなたは私に宿敵の役目を背負わせて、自分は何年も勇気をふるってその敵に立ち向かっているのだと思いこむことに執念を燃やすのよ、しかも目的は私を亡き者にするとか追放するとかいうことではなくて、いいえ、これは私の印象だけど、むしろ単に自分の格闘を見せ物にすること、勇敢なつもりでいる自分を見せびらかすことなんじゃないの？　どうやらあなたは、こう言いたいら

しいわね——ぼくの母親はこんなにひどい人間なんだ！　でも私が犯した恐るべきことっていったいなに？　少なくとも長い時間が経たないかぎりは、忘れようにも忘れられない、そんなことを私がしたかしら？　もしかすると息子は、私があの子の父親と別れてアンジュを選んだことをいまだに非難しようとしているのかもしれないと思いついて、かっと頭に血がのぼる。

そして私は前夫がいまも住んでいる家のことを考える、一時間足らず前、私は彼と別れて以来はじめてその場所に立ち入り、居間で彼に面と向かって腰かけていたのだが、部屋じゅうに例の、彼の雰囲気が染みこんでいて、私は同居していたころそれを一掃するか、せめて目立たなくしようと躍起になったもので、その雰囲気をひと言で表現するなら、私にはこれ以上ぴったりした言葉は見つからない——地方らしくて、プロレタリアらしい。そうよ、私はボルドー人で、パリに住んだことはない。地方を軽蔑するような私じゃない。私は地方しか知らないし、地方だけが好き。ただ、私がなにより避けて通りたいのは、ある種の無気力な停滞感、滅多に換えられない淀んだ空気、インテリアの流行に関する完璧な無知、いや流行どころかもう十年前に採り入れていたっていいようなことも知らないまま、ごてごてした小物や、馬鹿みたいな家具を所狭しと並べたり、ぎょっとするほどこの世のありとあらゆるスタイルをごっちゃにしたりすることで、それこそが前夫の趣味であり習慣だったのを、私はなかなかの手際で、往時、結婚生活から首尾よく追い払ったのに、いまやそうしたものがかつての私たちの住まいに元どおり収まっていて、まるで私が、家を出たとき、自分が影響力を及ぼすことで前夫の人格に、育ちに、生活習慣にもたらしていた微妙な変化の数々を、知らないうちに一緒に運び去ってしまったかのようだった。

気が滅入るような彼のそうした物の見方が、ふたたびこの場所の主となっているのを私は認めた（窓辺にきっちりと引いた厚手のカーテン、平たいクッションを紐で座面の角にくくりつけた椅子、曇りガラスのローテーブルとその下の中国風の絵柄の絨毯、北アフリカ製の円い腰かけ、等々）、それは私が前夫と暮らしていた間は、私の強硬な態度に震えあがって表に出てこなかったのだ。

こういう流儀、こういうものに憧れる気持ちを、私はほんとうによく知っている！　大嫌いではあるけれど、それでも予期せぬ折に現れて私の感受性に訴えかけると、それらはいまだに私の琴線に触れることもあるので、だから先ほど、前夫の物悲しい居間で、私が口も利けずにいたのは、落胆のせいばかりではなく、彼の育ちが私の施した教育を凌駕したのだとわかったことへの戸惑いのせいでもあった。

ねえ、私もあなたと同じように育ったのよ、と私はかつてよく前夫に言ったものだけれど、それは、無知とか悪趣味とかいった傾向を決定的に乗り越えることはかならずできるのだと示すためで、私によれば私自身はそれを成し遂げたことになるのだった。

私は自分の兄弟姉妹、また親族のだれであれ、彼に引き合わせることを拒んだ。どうせ気に入らないと思うわ、と彼には話していた。けれども私は逆に彼が、私の家族のことを、感じのいい人たちだと思うことこそを怖れていたのだし、実際みんな感じがいいのは、たぶんそのとおりなのだ。私が怖れていたのは、両者が気安い、ほのぼのとした付き合いに入れば、前夫の俗っぽい性向がじわじわと強化されるのではないかということ、あの洗練を欠いた人たちと親しく交われば、前夫の心を、忠実ではあるが不恰好な彼の心、武骨な彼の心を、より気高いものへと引きあげようとしている私の仕事を妨げるのではないかということ、そして彼が、子どもみたいに、私があの一家とつながっているのを楯に取って、自分の好みを自分自身の家族のせいにして正当化を図るかもしれないということだった。

前夫は純朴な、率直な人だった。私が自分の生まれ落ちた環境をどれほど激しく冷ややかに憎悪しているか推し量ることは彼には到底できなかったし、そんな事態をはっきりと思い描くこともできなかった、というのも私がいずれにせよ優しさと温かさにつつまれて育ったことを彼は知らないわけではなかったから。

ちゃんと育ててくれたのに、暮らしぶりが気に入らないからと言って両親を恨む、そんなことは彼には理解できなかった。子ども時代を過ごしたオービエ地区、四角い板のような集合住宅が延々と建ち並び、歩道があちこち陥没している街路に、私が断乎として近づこうとしないのも、彼には理解できなかった。そう、私の前夫は、私の努力にもかかわらず、純朴な人間でありつづけた。

私になにができたって言うのよ、と、いまだ息子への怒りがさめない私は小さな声で言う。あの人が私の仕事を、教師などという職業は日々を長たらしく感じずに過ごすための罪のない暇つぶしにすぎないと思っている調子で軽んじるのを我慢していなくちゃいけなかったということ？　日曜ともなれば一日じゅうテレビを観て、しかも私に隣に座っていてくれと言い張り、それは彼が愛好してやまない何本もの娯楽番組を一人きりで観たくないから、一人きりで笑うのは寂しいからで、そんな彼は、しばしば、私が微笑のかけらも唇に浮かべず、くだらない画面を前に、閉じたままの口を軽蔑もあらわにきゅっと結んでいるのに気づいては機嫌を損ねて、ふてくされた顔になった、そういうのも私は我慢していなくちゃいけなかったの？

アンジュと私は、テレビなんか絶対観ません、と私は頭の中で息子に言う。私たちがそういう態度を取るのは恥ずべきことだって言うのかしら、そこにある種の自負心さえ抱いているのは恥ずべきことなの？　ねえ、あなた、私の心の子(モン・プティ・クール)、私はまったくそうは思わないわ。

私は先ほどより自信をもって歩いている、見覚えのある家や商店が、通りすぎざま目の端に映るようになってきたから。

なにより、いまやそれぞれの家や店は私にとって現れるべき場所に、普段どおりの順番で現れている。すべて元のままだ。

カーディガンのもう片方のポケットの中で、私の指が小切手帳の角に触れる。そうよ、と息子に語りかけるつもりで私は思う、あなたの父親のために小切手を切りました、でも私は喜んでそうしたわけではなくて、不愉快だったわ、だって感情に訴えて私を恐喝するあなたのやり方は残念だと思うし、それに毎月私への借金を増やしているあの男に私が金をやる道理なんてどこにもないもの。

私が思考の中ですら息子に告白しないこと、それは私が、もう若者でもなくて、これまでの人生でもっとも金持ちであるにもかかわらず、金を出すのをどんどん渋るようになってきているということだ。前夫の話に限ったことではない。そもそも、私は彼から金銭を巻きあげたのではなかったか？　ええ、そうですとも、と気づまりな思いでふっと笑いを洩らしながら私は思う、いまさら否定したって仕方ない。あの離婚は私の得になる詐欺行為だった。自分はだんだんと守銭奴に変貌しつつある、と私は思う。**アンジュの影響だろうか？　性格の変化をいつでも他人のせいにしていいものなのか？**　ああ、自分の内部で、**年老いた窮屈な心の中で、**あの気分と闘うのはほんとうに難しい、大切なお金にたとえいっときだろうとほんの少しだろうと手をつけねばならないときの嫌悪感、入ってくる金銭がすべて黄金の山を築きあげるのに役立つわけではなく出費を埋めるためにも使われるのだと思うときのわれながら馬鹿ばかしい徒労感、そしてたったいま起きている、切羽詰まった感情による息切れ、これは、私にはすぐそれとわかるのだが、なにかを買う決断をくだす必要に迫られたときに生じるもので、この気持ちは、買物をやめたり引き延ばしたりしおおせた場合には、生ぬるい快楽の奔流へと変わって、私の体の隅々までじんわりと広がっていくのだ。

アンジュと私はこの点でも似通っている。**それともおまえは彼と同じようにならねばならないと信じこんだのか？** アンジュはどうしても買わないわけにはいかないものしか買わず、事前に頭の中で非常に入り組んだ計算をするのだけれど、そこでは、件の買い物の必要性と、なにかの購入を諦めるたびに満ちてくる喜びとが競合しているに違いない。

私もそうだ。アンジュと私はお互い芯から通じ合っている。語り合わずとも私たちは同じように目の前にある束の間の快楽を犠牲にして、息の長い、奥深い愉悦を選ぶことに至福を覚えるのであり、その愉悦のうちに私たちが見ているのは自分たちの富の精神的な反映なのだ。断つべき喜びというものもある、とわが家の建物の扉の前にようやく辿り着いた私は思う、その決断が他でもない自分たち自身の意志に適うのなら。思い返せばアンジュと私は折にふれ幸福感に酔ったような気分に取り憑かれることがあって、そうなるのは、グラディスないしプリシラにちょうどいい素敵な洋服や本や、私の息子、あるいはこちらのほうが頻繁だったが、ラントンにあげてもよさそうなベルトなどを前にしてさんざん迷ったあげく、とうとう手ぶらで、財布はふくらんだまま、店を後にするときのことで、そんなとき、恥を忍んで告白すれば、確かに私たちは、自らの欲求、衝動、気まぐれをかくも完璧に制御して、それらを充足させるどころか満たさないこと自体に遥かに大きな悦楽の種を見出しえたことで、街の支配者になったような心持ちでいた。

それは紛れもない真実だ。だから、とまたも苛々と息子のことを考えて私は思う、だから前夫に小切手を渡すのが私には苦痛だった、吝嗇を知らない者には想像もつかないくらい苦痛だった。はじめ彼はそれを受けとろうとしなかった。

「おまえの金は要らない、大丈夫だ」と、あまり自信のない様子でもぞもぞと言った。

室内には、極度の貧困、喜びを伴わない断念の気配が染みついていた。前夫自身、ひどく痩せていた。彼はスペインへ行って挽回を図ろうかと思っていると言った。急に考え直したらしく、さっと小切手に手を伸ばすと、礼も言わずに取りあげ、つぶやいた。

「そうだな、これがあれば再出発の足しになるだろう」

ちょうど、なんとなくひと安心しながらポケットにしまおうとしていた小切手を、唐突に奪われた私は、ちょろまかされたような気分になった。むっとした目を、黄ばんだ壁、明るい色の木材でできた見すぼらしい家具へと移した。

前夫の髪の毛は以前と同様にふさふさしていた――灰色になったとはいえ、つやつやした巻き毛は相変わらずだった。彼の髪に手ぐしを通し、彼が笑いながら痛がるのを聞きたいがために髪のもつれを引っぱっている自分の姿が目の前によみがえった――そのときと同じ頭部、当時は明るい栗色をしていた同じ巻き毛、大きくふっくらとした同じ口がいまここにあって、あのころ、この口から出る台詞が、いつでも気取りのない、意図せぬ善良さの刻印を留めていたことは私としても認めざるをえない。ええ、そうよ、前夫はあの時代に私がめぐりあった最良の人間だった。私はことあるごとに彼にいろんな物を贈ったけれど、そうやって何度もプレゼントをしたのは私たちを大きく隔てる優しさの落差を埋め合わせるためで、というのもアンジュと出会う前、私がまだ秘密というものに縛られない精神、潔白な心をもっていたころでさえ、前夫に比べると自分には公明正大な、澄みきったところが足りないと感じていたからで、あたかも自分がいずれ裏切ることを、そうする理由がこれっぽっちもないときからすでに直感していたようでもあり、見通しの利く私の心が、これほどの善意、これほど愚かな心は踏みにじられる運命にあると予感していたようでもあり、あたかも、そう、人を愛するとき、なによりも癪にさわり、対応に困るのは、相手があらぬ方向、ときには悪い方向へと想念をさまよわせたり、曖昧な部分を見せたりすることを知らない場合なのだというようでもあった。

いかにも哀れな男に似つかわしい居間で、彼と向き合って、私は思った——あれだけ嬉々としてこの人の好きなものを買っていた私が、こうして不本意きわまりない気分で端金（はしたがね）を差し出して、しかもようやく彼が受けとったことに腹を立てている。

恥ずかしさに目がくらむ思いがした。前夫は、いまや辛酸を舐め、疑い深く、意地悪になっているのに、それでも私の躊躇、私の施しの醜さを見透かしはしなかった。

実際、取るに足りない額ではないか、まさにこちらが痛くも痒くもないように、一銭もあげなかったつもりでいられるようにと考えてはじき出した金額だ。

明るくて瀟洒だったこの同じ居間で、現在と同じように眩暈に襲われていたかつての自分の姿が眼前によみがえった、といっても当時そうなったのは恥や後悔のためではなく、陶酔と、理解を絶した魅惑のためで、自分がこれほどの幸運に恵まれたこと、こんなに好きな男を夫とし、息子はといえば、気づかぬうちに私が部屋を去ってはしまいかと考えただけで心配そうに目をぱちぱちさせて私を見あげるこの愛くるしい男の子なのだということを思って起きる眩暈なのだった。

さて、男の人は正しい、よい人で、子どもは母に恋いこがれておりました、というふうに、前夫の容姿の類いまれな美しさは、私が息子に聞かせてやったいろいろなおとぎ話にも似て、善良さを描き表すため、自分ではそうと知らずにそなえている並はずれた正直さをひと目でわかる記号にして物語るために与えられたものと思われた。時おり前夫としばらく会えずにいて、その美しさをあらためて発見する段になると、おろおろと迷い悩む若い気弱な私の心に、苦痛がかすかな閃光となって撃ちこまれた。彼の美しさは文字どおり私に打撃をもたらしたので、再会するときの私は痛みのせいでぐずぐずしてしまい、おそらく彼の目には冷たく堅苦しい様子に映っただろう。

自分が見目麗しいということを、前夫は気に留めなかったし、知りもしなかった。私はときに狼狽して、要するに粗野だからそんなことも理解できないのだ、と思った。でもほんとうはそうではないと私にはわかっていた。前夫はさまざまな天賦の才を授かっていた。それらの天分を自分では量れないという才能もまた持ち合わせていて、そのことが、言わば豊かな才をますます際だたせているのだった。

なにが残ったのだろう、と、貧相な居間で彼と向かい合わせに座ったまま、私は自問した。あの愛情、あの長く睦まじい結婚生活、お互いに交わしたあれほど多くの言葉、現在も私たちがつながっているはずだと信じた上でこそ意味を成していたあれらの言葉は、いったいなにを残したのだろう？

息子が私に抱いていた一途な愛情は、なにを残したのだろう？

当時の私はまだ気づいていなかったけれど、と私は思った、アンジュの影はすでに、私たちが三人揃って平穏に愉快に過ごしていたこの居間をほんの少し曇らせていた、部屋の隅にこっそりとうずくまって、私たちの未来を変えようとしていた、私はそのことに気づいていたわけではないけれど、私の心臓が他のふたつの心臓からかすかに身を引いて、より知識に傾き、より移ろいやすく、より懐疑を孕んで打っていたのは確かだから。

いま、前夫は身なりもくたびれたいやな男になっている。あの美貌は、かつての底なしの優しさが冷笑的な不信へ、馬鹿げた攻撃欲へと変化した途端、一瞬にして奪いとられたように思える。いま、私のほうは……。いえ、と私は思う、私は完璧にうまくいったわ。彼と違ってなにも失ってはいない、自分と極度によく似た人と再婚できたのだから。**私は幸せ、幸せいっぱい。**

陰鬱な沈黙がのしかかってきたので、私は前夫に尋ねた。

「仕事しなくなったのは自分で決めたの、それとも……」

「それともなんだ？」

「それともお客さんのほうから」と、言いづらくて身をよじらせながら私はつづけた、「あなたに声がかからなくなったの？」

「なんでだよ？」と彼は例の悪意のこもった頑なな調子で言った。

この人はなにもわかっていないのだ、と私は驚いた。状況をまるで理解していない――それともわざとやっているのかしら?

「しばらく前からいろいろ変なことが起こってるでしょ」と私は言った。「気がついたはずよ。あなたが影響を受けていないわけがないわ。アンジュも私も、学校に勤められなくなったのよ」

そう口にすると、目が涙でいっぱいになった。

「そんな学校の話なんか、俺には関係ない」と前夫は言った。「なんのことを言ってるんだかちっともわからないね。離婚のあと俺が働くのをやめた理由なら、おまえはよく知ってるはずだ」

私の弁護士、のちに友人になった人(スアールのお祝いのパーティーにも来てくれた)の言によれば、前夫が鬱病とアルコール中毒への転落を装って私の気持ちを動かし、圧力をかけてみせようとしているところが殊に遺憾であり滑稽でもあるとのことだった。

「放っておけよ、悔しまぎれの発作が行き着くところまでね、子どもだってそうだろ」とアンジュは私に言ったのだった。

それで私自身そういうふうに考えるようになったのだ、アンジュと私の弁護士という、二人ながら深慮に長けた人物に支えられて。

「いくらなんでもそこまで打ちのめされたわけじゃないでしょ」と私は皮肉っぽい微笑をつくろうと無理しながら言った。「私が出ていったくらいのことで」

前夫は答えなかった。彼の目が機械的に私の容貌へ(老いさらばえた? 醜くふくれあがった?)、ついでソファにやや身を沈めて座っているために常にも増して大きくぶよぶよして見えるに違いない胸まわりへと移るのを見て、私は彼の頭にどのような思考が、驚きがよぎったかを悟った——俺をあれほどの苦悶に陥れたのが、もう見分けもつかないような、この女なのか?

私は思わず大声をあげた。

「あなただってずいぶん変わったわよ」

しかし彼はなにも言いはしなかったのだから、私のほうが根拠もなく彼に挑みかかったかたちとなった。彼は疲れた手つきで額を拭った。

「わからない」と彼はつぶやいた、「どうしておまえが出ていったのか、俺にはわからないままだ。俺たちは幸せだったじゃないか、俺はそう思うんだが、違うか? だがそれもいまとなってはどうでもいい。なにもかも終わったことだし、消え失せたことだ、そうだろ?」

一瞬、私はいまこの瞬間と同じように、二人でこうして座っているところを想像したが、そこでは私たちは一緒に暮らしつづけるという別の人生を送っており、単にその日の仕事を終えてお喋りしているところで、アンジュの影に脅かされる心配もなく、互いに溶け合い一体となったふたつの魂の明るい輝きに満たされている。**もし私がアンジュの許へ去っていなかったなら、ここにいる私たち二人の頭上に災厄が降りかかり、二人して憎悪にあまねく取り巻かれるようなことは起きただろうか? そうでないとすれば、前夫は何によって二人を救ったということになるのだろう? 彼の善良さから発する眩しい光の輪が人を寄せつけなくするとでも?**

「アンジュと私が、趣味も意見もぴったり合うのはよくわかってるでしょ」と私は優しく言う。「私たちは何度もあなたを家に招待したじゃない? あなたと友人関係を築いていこうとあらゆる努力をしたのよ。手を差し伸べたのに、いつも拒絶したのはあなたのほうじゃないの」

私はそれ以上言いはしなかったけれど、当時の私の目には、絶望と憎しみに陥っているはずの前夫を受け容れ、慰めようとするアンジュが実に懐の深い、すばらしい人に見えた。もしかして、悲嘆に暮れているなんて嘘だ、あるいは多少ほんとうだとしても、だいぶ水増ししているのだという証拠を見せたいがために、アンジュは、無駄には終わったものの、前夫と親しく交流することをあれほど執拗に主張したのだろうか？　と、あれから何年も経って突然、疑問を覚えた私は、そのとき荒んだ俗悪な居間で花模様の簡易式ソファベッドに腰かけていたのだが、私たちが暮らしていたあの気の利いた部屋がこうなってしまったのは前夫の品のない精神、親ゆずりの習慣のせいだった。アンジュなら、たとえ一日だってこんな家具や小物のある居間で過ごすのは我慢できないはずだわ、と私は前夫に向かって言いたかった、彼に、彼のおめでたい苦悩ぶりに苛立って――さらに、こう言いたかった。人生はあなたが思っているよりも複雑なのよ、ふん、世間知らずで通るなんて、虫がよすぎるわ。

だけど、と私は思った、だけど……。あのころ、私の新たな恋愛生活に疵をつけていたひそかな後悔の念、アンジュと私が、言ってみれば、前夫を汚した、といううっすらとした自覚に私はふたたび襲われた、とはいえほんとうにそうしようと望んだわけではなかったけれど――それとも、望んでいたのかしら？　あのとき私は漠然と、前夫を裏切り、傷つけ、ついで派手さは抑えつつも贅沢なわが家に誘いこもうとすることで、私たちはそれとない快楽を覚えながら、自分たちを凌ぐなにか、悔しい思いにさせるなにかに泥を塗っているのではないかという気がしていた。

そのなにかとは、なんだったのだろう？　ある種の聖性？　しかしアンジュも私もそうした言葉はぞっとするほど嫌いだったし、それればかりか、そうした言葉が指しているようなものもすべて嫌っていた。

　とにかく、と、エスプリ＝デ＝ロワ通りに面した扉の前にたたずみ、その扉を開けてわが家に戻る決心もつかないまま、私は思う、とにかく私たちは前夫を刺々しく悪意のある人間にしおおせた、たとえばあの人は息子とラントンを別れさせようとするような真似ができる人になり、しかもそれは純然たるエゴイズム、愚昧、非寛容によるもので、というのも彼はラントンに関してとりわけなにか含むところがあるわけではなかったのだ。言ってみれば、と私は思う、だれからも害を受けたことがないうちは徹底して優しかった人間が、状況が変わるやいなや、苦渋に、幻滅に流されて、酷い愚行にふける人物へと変身したようなものだ。ということは前夫はひょっとすると、もしあそこまで優しくなかったなら、あれほど悪くもならなかったのかもしれない、と私は思う。これで彼が聖人ではなかったと証明できたことになるのではないだろうか？　なぜなら、もし聖人であれば、痛めつけられようとそうでなかろうと、同じ人物でありつづけたはずだから。むしろそれどころか、痛めつけられ、辱められることによって、以前よりさらに善人になってもよかったはずだ。

「俺をこけにするために家に呼ぼうとしたんだ」と前夫はアンジュについて言った。

「まさか」腹を立てたような口調で私は言った。

「あいつは俺が頭が悪いってことを、生きた証拠を使って、おまえに呑みこませようとしていた。おまえがもうひとつ納得しきれてないらしいと思ったんだろう。おまえの目の前で、あいつはありとあらゆる話題について俺に質問するつもりで、俺は答えられないだろうから、そうするとあいつの基準によれば、俺は恥をさらしたことになるわけだ」と、穏やかに、自信をもって、ほとんど他人事のように、前夫はつづけた。

　そう言いながら、苦々しくも恨みがましくもなく、彼はただ所見を述べるような、それほど驚きもしないといった様子を保っていて、そのとき私は、悲痛と、早すぎる老いの仮面の下に、かつての彼の外見、落ち着いた晴れやかな雰囲気が、こちらの気持ちを揺るがすような輝きを放つのを垣間見た。**そう、彼はあのまま、変わらずにいただろう、もしアンジュと私がああいうことをしなかったなら……。**

　まるで最後の手段に出るように、といってももはや擁護すべきものも勝ち得るべきものもありはしなかったのだが、私は手のひらに爪を食いこませ、醜悪なソファから身を乗り出して前夫の顔に顔を寄せると、ほとんど泣きつくような声でささやいた。

「だけど、よくわかってるでしょう……つまり、結局すべての根源は……私があなたを好きじゃなくなったってことなのよ！」

　彼は自分の両手を開き、ほのかに微笑しながらじっと手を見つめた。顔をあげたとき、私はまたも、そうであったはずの彼、私たちが割りこまなければそうなっていたはずの彼を見出した。

「それで？」と前夫は優しく微笑みながら言った。

　それから一瞬にしてその顔は、閉じこもった、いじけた、現在の状態に戻った。ひひっと笑ったのが、愛想悪く、愚かしく、偏執狂じみて見えた。

「ふうん、二人とも学校をクビになったわけか。そこまで行くなんて、いったいどんな悪事を働いたのやら？　普通、どんなに最低な教師でも、解雇はされないよな」

この人はなにが起こっているのかほんとうにまったく知らないのだ、と私は考えて、うんざりすると同時に戸惑った。きわめて学業に遅れをとっている児童を相手にするときのようで、どこから始めればいいのかわからなかった。

「あなたはこの状況にまるで気づいていないのね」と、躊躇しながら私は言った。「かわいそうに、あなた自身だって……。あなたを雇おうとする人がどこに残ってるっていうの？　ブルス広場からカンコンス界隈まで見渡したって、だれもいないわ、それは確かよ。烙印を押されてるのよ、アンジュや私と同じように。あなたは、ここにいるのがいやだからよその国へ行こうと自分で思ったつもりでいる、それに自分が働かなくなったのも、まあなんて言うか、自分でそうなるようにしたというか、またちは、そうね、あまりに落ちこんだせいで働ける気分じゃなくなったと勝手に思ったとか、とにかく、自分の個人的な理由によるものだと思ってるつもりでいる、だけどちっともそうじゃないのよ。街で見かけるのはごめんだと思われるようになった人たちがいて、あなたもその一人なの。アンジュと私もそうなのよ。ああ、信じられないならラントンに訊いてみればいいわ。あと、それだけじゃなくて」

私は息がかかるくらい、彼のほうへぐっと身を寄せた。彼はたじろいで、うるさそうに、わずかばかり後ろへさがった。**私のことが疎ましいって言うの？　私をいやがるなんて、自分は何様のつもり？**

「街もなのよ」と私は続きに入った、「いまにわかるわ、自分で試してみればいい、街そのものも私たちを追い出そうとしてるの。たとえば、どう説明すればいいかしら、きゅうっと縮まって私たちを外へ放り捨てようとしたり、怪物みたいにぶわっとふくらんで迷わせようとしたり、それに、私はこの目で見たのよ、街がかたちを変えて、見覚えのない姿になるの」

前夫は押し黙って私を見ていた。よそよそしい、困惑した面もちだった。私は自分が赤くなるのを感じた。

「お願い」と私は言った、「狂ったなんて言い出さないで。疲れたせいだとか、精神科医に診てもらったほうがいいなんて言わないで。ラントンに訊いてよ、アンジュでもいいわ、ほんとうだってわかるから」

「ふむ」と彼は言った。

そして、感情を排した、別に興味はないといった表情を無理につくってみせようとした。

私は心底から気力を失って、立ちあがり、玄関扉へ向かった、自分の足どりが重たげでもそもそしているのは充分自覚していたけれど（腿が波打ち、ぼってりした両膝がぶつかり合い、胴はカーディガンに締めつけられている）、それでも、彼がどう思おうとかまわず、そっけなく歩いていった。扉の把手に手をかける直前、前夫が追ってきた。

「来てみろ」と彼は期待あふれる声でぼそぼそと言った。

一瞬ためらってから、彼は私の腕をとって息子の部屋だったところへ連れて行った。ひと息にバタンと扉を開けると、うきうきと自慢げに、一歩下がった。まったく、と、私はアンジュの許へ帰るべく、ようやくエスプリ＝デ＝ロワ通りの建物の戸を押しながら思う、まったく、なんて哀れな、なんて惨めな男だろう。あらためて、恥ずかしさと、苛立ちと、理解しがたい気持ちが入り混じって頬がのぼせてきて、私は今度は玄関ホールで立ち止まり、高鳴る心臓が、**侮辱され憤慨している私の心が、**落ち着くのを待つ羽目になる。

「完璧な子ども部屋だろ、な？」と前夫は言った。

　こちらが感嘆の声をあげるのを早く聞きたくて仕方ないらしい彼は、私の背中を軽く突いて体ごと私を部屋の中へ押しこんだが、かつて息子が二十年近く使い、くまのプーさんからカート・コバーンにいたる歴代のアイドルの絵や写真が何枚となく飾ってあったその部屋について、息子は懐かしいからなにも動かさずそのままにしておいてくれと、家を出て長く経ってからも言いつづけ、ただあの子はおかまいなしにそこでラントンと、時おりセックスをしていて、それは二人が前夫に呼ばれて夕食をともにした後のことだったので、前夫は結果として二人を招待しなくなり、おかげでたぶん三人ともほっと胸を撫でおろしたのだと思う。

　だけどいくらなんでも、と私はつい興に乗ってしまってラントンに言ったものだ、義理の父親に聞こえるような場所でやるなんて尋常じゃないわよ、しかも勉強部屋で。

　ラントンは、私の大好きだった、あの軽やかで無邪気な笑い声を立てながら、かわいらしく顔を紅潮させた。そして息子をかばおうとしてか、やや気兼ねしながらもなんとなく誇らしげに、お父さん（彼は前夫のことをそう呼んでいた）が不器用に作った料理を食べたあと童貞時代の部屋で抱き合うことを思いついたのは自分、ラントン自身なのだと、私の息子は相手がだれであれ、進んであの子ども用の木枠のベッドに連れこもうとはしなかったはずだし、そもそもあのベッドは長身のラントンには小さすぎたと告白した。

　いま、その部屋にはピンク系統の色を連ねた細い縞模様の壁紙が貼られ、濃いピンクの絨毯が敷かれて、あちこちに置いてある大量のぬいぐるみも、どうやらピンク色であることを基準に選ばれたらしく、ごく薄い桃色から赤紫に近い牡丹色（フューシャ）までの色調が勢揃いしていた。木製の白い小さなベッドはピンク色のサテン生地をたっぷりとあしらった天蓋つきで、窓際に配されたそのベッドの向こうに、霧にぼやけて陰気に立ち並ぶフォンドーデージュ通りの建物が見分けられた。

「まあ」と、言葉が口をついて出た、「知らないの？　小さい子どものベッドは絶対に窓際に置いちゃいけないのよ。考えてもみてよ、もしも赤ちゃんが立ちあがって、おててでガラスを叩いて、窓から乗り出して、四階の高さから落ちたりしたら……」

　前夫は不安に襲われて目を剝いた。

「ほんとうだ、おまえの言うとおりだ」とつぶやいた。

　すぐにでもベッドの位置を変えたい気でいるのに、自尊心からぐずぐずしているのが察せられた。

「位置を変えましょうか？」と申し出ながら、その台詞に私自身が驚いていた。

　というわけで、気づくと私たちは孫娘の、スアールという私の知らない子のベッドを持ちあげ、壁際に寄せていたのだが、移動するとき痕をつけないよう気を遣った絨毯は、目が詰んで、艶があって、まさしく最高級品だった。

「これでうちのお姫さまも安心だ」と、前夫はほっとして、嬉しそうに言った。「おまえ、どう思う？」

　かつて私があれほど深く傷つけたこの男に対する愛情の残滓と憐れみとに阻まれて、私は彼が選んだ内装のすべて、お花畑やらキャベツ畑やらの真ん中に素っ裸の赤ん坊がいる写真ばかり使った数々のポスターから、この小さな部屋にのっぺりと広がるピンク色にいたるまで、なにもかも馬鹿ばかしいと思っているとは言えず、代わりにきつめの声で尋ねた。

「これだけのちゃらちゃらしたものを買うお金がどこにあったの？」

「有り金はたいたんだ」飾り気のない前夫の答え方に、私は自分の刺々しい口調を悔いた。

結局、と私は思った、私には関係ないことじゃない。すると、ポケットの中でくしゃくしゃになった息子の手紙が指先に触れた。怒りがどっと噴きあげて胃が捩れかえりそうになった。なんなのよ、と心中で私は怒鳴った、ありったけ遣いこんでおいて金がないと訴えるなんて、よく言うわよ！

これほどの俗悪さに、愚劣な散財に吐き気がして、私はどかどかと部屋を出た。

「あなたきっとこの部屋に、あの子専用のテレビも買うつもりなんでしょ」と私は吠え立てるように言った。

「うん、次の買い物はそれだな」と、前夫は相変わらず、孫のことを話すたびに現れる、ほとんど恍惚とした例の朗らかさを見せて言った。

私はこれ見よがしの溜息をつきながら、この人がスペインに発つと言っていたのを忘れているらしいことに思い至った。私たちはふたたび戸口まで来ていた。そこで、私の書斎だった部屋の扉の向こうから、かさかさと物音がするのを私は耳に留めたのだが、中庭に面したその小部屋は、私が授業の準備を整え、教え子たちのテストを採点するのに使っていた場所だった。あの書斎をどれほど愛していたことか、と私は少し悲しい気分で思い起こした。前夫の不意を衝いて、私はすいっと脇へ逸れた。かつての書斎の扉をバンと押したとき、背後では急に慌てふためいた彼が、やめろと叫んでいた。

そしていま、わが住みかの玄関ホールで、息をつきながら、私は自問する。あの部屋で見たものについて、アンジュに話そうか？　それとも、あの光景が意味するものを彼はもしかすると理解できないだろうか、あるいは、私の前夫のことにはどこまでも無関心な彼だから、聞いても馬鹿にするだけかしら？　ああ、でも以前とは違うのだ、と私は思う、アンジュに向かってなんであれ心を開いて語ることなどもうできない、彼に対しては警戒すると同時に体調を気づかわなくてはいけない——話せる人はもうだれもいないのだ。（ということは、話す相手は彼しかいなかったのか？　そう、そのとおり、おまけに私たちはそのことをずいぶん自慢に思っていた、まるで自分たちが尊大にも夫婦だけで閉じこもっていること、人がなにか語ろうとするのを聞くときはわざと注意力を散漫にし、わざとぼんやりして、他人の話など断じて頭に入れないようにすること、そうやって外から隔絶されたままぬくぬくと過ごすことが、勇ましい努力の結果ないし人並みはずれた威厳の証だったとでも言うように、けれどもそれは、と私は突如として思う、実は弱点の表れだったのを自分たちの好みの問題へとすり替えて自らを欺いていただけだったのかもしれない！）

駄目だ、と寂しく私は思う、私はアンジュには話さないだろう、コリーナ・ダウイと再会したことを、しかも、あのダウイが足を踏み入れる日がやって来ようとは想像だにしなかった場所で会ったことを、そう、想像もしなかった、あの腹立たしい、いかがわしい、堕落した人物が、かつて私の書斎だった、私の留守中にはだれ一人、前夫さえも、中へ入ることは許されず、その徹底ぶりから息子に長いこと「母の神聖なる書斎」と呼ばれていたあの簡素で素敵な小部屋に、のうのうと居座っているなんて。

そんなことがあるなんて信じられる？　と私はアンジュに訊いてみたい。何年ものあいだダウイのことなど考えもせず、コリーナ、というか、より正確に言えば、コリーナが体現している私のオービエ地区にまつわる思い出のあれこれが、質の悪い夢を通じて脳裏をかすめるようなことすらなかったのに、その彼女がフォンドーデージュ通りで、私の家財のど真ん中に腰を落ち着けているなんて、だいたいコリーナ・ダウイがこの通りへ乗りこんでくるほどの勇気が出せるとさえ私は考えてもみなかった、というのも私がオービエに住んでいたころ、住人たちは一様に市の中心街を忌み嫌い、怖がっていたのだから。

わかる？　と私がアンジュに問えば、彼は素直に、首を振って否定の意を示すだろう。いや、と彼は言うはずだ、その女を目にしたことできみがどうしてそこまで動揺するのかわからない、なぜならきみは、当然ながら、前の夫が具体的にどういう生活を送っているか、だれと一緒にいて、きみの持ち家のどの部屋を使っているのか知ろうとしたことはなかったのだから。彼はおそらく、優しいけれども上の空で、意図せず優越感を滲ませた、例の軽い微笑を浮かべるに相違なく、それは私が稀にオービエでの子ども時代を話題にするときいつも返事代わりに浮かべる微笑みで、彼はと言えばヴィタル＝カルル通りに育ち、「本物のボルドー人」であることに、きわめて自然な、明瞭な、根絶不可能な矜恃を抱いている。私はアンジュをオービエに連れていかないようにしたし、実際のところ彼が連れていってくれと言ってきたことはなかった。彼にしてみれば、そんな地区はありていに言って存在せず、同様に旧市街の外にある場所はどこだろうとボルドーの一部を名乗れるわけがないので、アンジュは信仰にも似た屈託のなさでこうした確信に頼りきって頑として曲げない、だからこそ彼はその件で人を説得しようとしたり、なんらかのかたちで話し合ってみようとしたりすることもなく、ただ高慢に、なにやらおかしがっているように眉を吊りあげるか、迎合する調子でほんのり微笑するかして済ませるのだ、私が折にふれ、うっかり自分の「ボルドーでの」過去を引き合いに出すたびに――きみが昔の自分をどう思おうとかまわないけど、と彼は言いたいように見える、でもボルドー人じゃないことだけは確かだよ。

いいえ、駄目だわ、と、薄暗い玄関ホールに立ちすくみ、アンジュに面と向かうため上へあがっていく決心がいまだ固められないままに私は思う、彼に話しても意味がない、私が何年も会わずにいたのに一目でコリーナだとわかったこと、しかもそれが、まさしく顔だちに表れたあの雰囲気、まなざしに含まれたあの表情に、アンジュのような人にとってはわざわざ意識しなくても読みとれるもの、つまりボルドー人であると主張しても無駄だというしるしがあったせいなのだということを、わざわざ彼に言っても意味はないのだ。間違いなく、彼は時おり無意識に、私の顔だちにその雰囲気を、まなざしにその表情を見てとり、感じとり、嗅ぎとっているのだし、この私が、自信、経験、習慣を積んだおかげでそうしたものを追い払えたと思っていても、やはり彼の目にはそのように映っているはずなのだから。

私はいまでは尊敬に値するブルジョワ女性で、服装も、髪型も、化粧もいつでも非常にきちんとしているし、話し方は早口で、声音はやや高め、文と文の間はほんのちょっとしか空けない。それでも、アンジュの目からすれば、ごまかせていないことになるのは知っている、また彼がそのことを重く見ているわけではないことも知っている、というのも、本物のボルドー人とそうでない者とを先祖伝来の熱心さで区別するとはいえ、彼はスノッブというわけではないからだ――スノビズムは彼にとって軽蔑すべき下品な代物ですらある。したがって彼がコリーナ・ダウイのことを、感じがいい、どころか魅力的だとかおもしろいとか思う可能性もある。ただ、コリーナがどこから来たかを彼が忘れることは決してないはずで、彼とコリーナの違いとは、二種類の生きものを取り返しのつかないかたちで隔てているような違いなのだ。

確かに、アンジュは私を愛しているし、彼は私を選んだし、私たちは結婚した。けれども私はしばしば、彼が私を妻としたのは、一度目の結婚ですでに子どもたちがしかるべき女性によって宿され育てられたからこそで、そうやって義務を果たした以上、今度はただ単に自分が気に入った女と結婚してもよかろう、いかなる結果も生じないのだからというつもりだったのではないかと考えた。要するに幸せに過ごせればそれでいい。私と関わり合いになるのはもはや彼自身のみであって、家族でもなければ、近隣一帯でもなく、真正のボルドー人種全体でもない。私はまたアンジュが、そういったことを自分では知らずにいるのもわかっている。彼はもともとそういうふうに、そういう物の見方ででききているのだ。すなわち、アンジュは邪念がない、だからいい人だ。

ああ、アンジュはほんとうに善人なのだろうか？　彼のあり方は善とは正反対ではないのか？

コンピュータの前に腰かけていたコリーナは、老けこんだ顔を私のほうへ振り向けた。

「ハロー、ナディア！」偽りのない感激を表して彼女は叫んだ。

立ちあがると、さっと私の体に両腕をまわして抱擁したが、それは手短かな、距離を置いた、手慣れたアメリカ式のハグで、背中をごく軽くとんとん叩くしぐさもついてきた。首を少し横に傾げて、にっこり笑いながら私を見つめた。

「ふうん、なかなか血色いいわね、どこもかしこもぽっちゃりして、赤ちゃんみたいよ」

彼女のオービエ訛りが私にはいやというほどよくわかった、尖った声、荒削りな発音、語と語がつながらず、聞き心地が悪く、抑揚がきつすぎる、でこぼこした話し方。これほど間近にこの訛りを耳にしたことは久しくなかったので、私は強烈な悪臭を嗅いだときのような衝撃を受けた。前夫でさえ、オービエを一緒に去ってフォンドーデージュ通りへ移って以来、こんな喋り方はしなくなっていた。

「私がなんでこんなところにいるのかしらって思ってるんでしょ？」とコリーナは言った。

「いいえ、ちっとも」とつぶやきつつ、私はコリーナ・ダウイが自身のことをなにか喋り出したりしたらと思ってぞっとした。

私は扉のほうへ一歩退きながらも、思わず部屋全体をさっと見渡した。そうしたらね、と私はアンジュに言いたい（けれど私はなにも言わないだろう、言ったってしょうがない）、心臓が我慢できないほどどきりきり痛んで、というのも書斎は私が残していった状態のまま、なにひとつその場にコリーナ・ダウイのような人物がいることを告げるものはなく、なのに当の彼女は、少しあとに前夫が話したところによれば、もうだいぶ前からそこを使っていたというのだ。ダウイは私の居場所に忍びこみ、私の肘掛け椅子にひっそりと陣取っていて、新たに運びこんだものは一台のコンピュータと、ほとんど肉体的な暴力に近いあの訛りだけだった。ダウイは疲れきったような容貌で、悲惨なくらい痩せていた。薄紫のサテン生地の室内着のようなものを着ていて、背中に龍の模様がついていた。前夫は私の腕に触れると、そわそわと不安げに言った。

「さあ、もう行ったほうがいいんじゃないか」

そこで、陰険にも、彼に逆らう目的で、私は考えを変えた。

「ちょっと待ってよ」と私は言った、「急ぐことはないわ」

ふたたび腰かけてコンピュータに向かっているダウイに、私は近づいていった。

私は尋ねた。

「仕事してるの？」

「これで待ち合わせを決めるの」とコリーナは言った。

ウィンクした拍子に彼女の顔半分が皺くちゃになって、同時に彼女は言い添えた。

「私の仕事知ってる？　彼がもう話した？」

私は前夫のほうへ振り返った。弱りきり、不服そうに、彼はもごもごと言った。

「セックスの仕事」

「まだやってるの？　その歳で？」と私は大声を出した。

「ちょっと、私たち同い歳でしょ」とコリーナは明るい声で言った。「それに、私が前にやってたことはこれとは全然違うわ」

私はわざとらしく鼻を鳴らした、だまされないぞと言おうとする人のように。とはいえ、実際は、私たちがオービエに住んでいた時分にダウイの従事していた活動が、正確なところ性労働に属していたかいなかったかを議論のすえ見極めたいとはまったく思っていなかったし、そもそも当時の私は、学校で完全に落ちこぼれてしまったダウイが、なんとか切り抜けていくため自分にできるかぎりのことをやっているだけなのだからと充分納得していたのだ。

「私はただ、あなたが彼女をここに連れこんだというのが許せない」と、前夫と二人で建物の階段を降りながら私は言った。

彼は足を止めると、口を少しひん曲げてつぶやいた。

「そうしなかったら俺はどうやって生活するんだ?」

「彼女の稼ぎで暮らしてるの?」

私は仰天し、くらくらした。考えもせず、憤然と言い足した。

「もう家賃はいっさい送ってこなくてけっこうよ、万一あなたに払う気があったとしての話だけど、私はコリーナ・ダウイの……売春の金なんて、まっぴらだわ」

「前はそんなこと言わなかったじゃないか」と彼は答えた。

「そんな昔の話!」

激昂のあまり私は嗄れた叫び声をあげた。

なぜなら、コリーナと前夫と私は青春時代に友人同士だったのだ、そしてコリーナは、すでに高校へ通うのをやめて、一人だけ金を持っていたので（**それに彼女は気っぷがよくて情にもろくて度胸があるから**）、当然のごとく私たちは彼女のおごりでプールに行ったり（**彼女の体は細くてすらりとしていて華奢な手脚は少年のよう**）、スケートリンクに行ったりして遊んでいた。私たちにプレゼントをくれたこともあったかもしれない、いやそうだったような気がする、洋服やら小物やら、さらには本やスパイラルノートや万年筆も、自分は使わないのに、勉強している私たちにどんどん買ってくれた気がしてならない。私たちは喜んで受けとったけれど感謝はしなかった、というのもダウイにはあまり敬意を払っていなかったから。どうやってこれだけの金を調達しているのか？　彼女が言わなくても私たちは知っていた。当時の私たち、つまり前夫と私は恥じらい深い思春期の若者だったので、だれの前でもその件に触れるのは問題外だったし、ダウイ自身も話さなかった。

彼女の繊細さを推し量るには、私たちは若すぎた。そう、ダウイにはあまり敬意を払わなかった。いまとなっては、どれほど彼女が思いやりがあって毅然としていたか理解できるから、まだとても若い女の子だった彼女に対して私たちが示した横柄な突き放した態度、高校生らしい無分別で自分勝手な愚かさを悔いることもできる、ええそうよ、思い起こせば後悔の念に駆られるべきところではある。でもだからといって、と私はアンジュに説明したい、やつれて顔色も冴えずみっともない恰好をして、おそらく煙草も吸っている五十代のダウイ、フォンドーデージュ通りの私の家に居座っているあの女に、私が一生かけて逃れようとしているものの見すぼらしい化身と別のものを見出そうなどという気持ちになるわけはない、それは私が共感に負けたりして受け容れてしまっては絶対にいけないもので、あの忌まわしい過去が、もしも私の行く手を遮るようなことをしてのけるなら、私は踏みにじってでも乗り越えなければいけないのだ。

「あなたはうまく脱け出したはずだったのに、ここへきてとんでもない具合に追いつかれちゃったというわけね」と私は前夫に言った。

するとと彼は、穏やかに言った。

「ナディア、おまえは性根が悪い」

そして、オービエ時代いらい三十五年ほどの間にコリーナと再会したことがあったかどうかと訊いてきた。

「いいえ」と私は言った、「今日がはじめてよ」

「そうなのか?」と前夫はしつこく尋ねた。

私は答えなかった。そこで彼はダウィの話を私に伝えたが、それによると私と彼女は六年か七年前に出会っており、ラ・ルーセルの警察署にまる一昼夜拘置されていた彼女が釈放されて出てきたとき、私、ナディアが入ってきたというのだ、たぶんラントンにちょっと会いにきたのだろう(と前夫は補足した)。ダウィは、本人の言によれば、そのとき一文なしで、体も心もぎりぎりの状態だったため、自制できずに腕を伸ばして私にすがりつき、どこかへコーヒーを飲みに行こう、それが駄目なら、というのは私が即座に断ったからだが、それならせめて少しだけお金がほしいと泣きついた、家に帰るバスの運賃さえ持っていなかったのだ。私は身を引き離し(とダウィは恨むでもなく語った)、警察署へ駆けこんだ、そして私は彼女がだれだかわかったとはっきり態度に示しはしなかったけれど、わかっていたのは間違いないというのだった。

ほんとうにあったことなのか、と前夫は訊いてきた。私は白状しなかった。代わりにただ、ありえないことじゃない、ボルドーで古い知り合いにぶつかったときのことをいちいち覚えているわけじゃないからと言った(実を言えばそんなことは一度も起きていない、私が暮らしているボルドーの中心部に、私の兄弟姉妹も、年老いた両親も、市の周縁からやってくることはないのだから)。しかし私はその出会いを覚えている、ええ、そのときのダウィの哀れな歪んだ表情も覚えているし、あのあと何度も夢に見てはおののいた。あんな面相と向かい合ってコーヒーを飲むなんて、たとえ彼女が黙ったままでいる、私になにも語ったりしないと約束したとしても、私の気力の限界を超えていたはずだ。

でもどうして彼女の手に十ユーロ握らせてやらなかったの？　吝嗇？　いいえ、違う——それなら、なぜ？　それはあの瞬間をほんのわずかだろうと引き延ばしたくなかったから、ダウイと私の間にほんの少しでも繋がりをつくりたくなかったから、たとえば彼女が金を返したいという口実をつけてあらためて私に会おうとするような危険に身をさらしたくなかったから。

　あのあと、コリーナが学校の前で待ち伏せているのではないかと怖くて仕方がなかった！　アンジュを捕まえて、彼と意気投合して、わが家に招待させて、それから、そうだ、私が彼女、コリーナに、どういう借りがあるか、彼女のおかげでオービエにおける私が物質面でどれだけ安楽な暮らしを送ることができたか彼に説明するのだ！　**コリーナがそんなことを口にするはずはなかった、当時の彼女は私たちに貸しをつくったというような考え方をまったくしなかったのだから。**

　あるいは彼女が、よかれと思って、私の両親、一生を過ごしたあの場所でいまや生涯を閉じようとしている二人の老人のことを話し出したらどうしよう、そうなればアンジュは私の主張に反して二人が死んでいなかったと知ることになり、彼としてはその二人がオービエの細長い板みたいな団地の中で生きていようといまいとどうでもいいだろうけれど、それでも私が嘘をついたことを咎め、私は奇妙な、卑しい人間のように見えてしまうだろう。

　というのも私はあの人たちのことは考えたことがないし、顔も忘れたし苗字も忘れかけている、その苗字は結婚のおかげでずいぶん前から私のものではなくなっているので。

「コリーナの話はもうやめましょう」と私が前夫に言ったのは、彼に付き添われてフォンドーデージュ通りを歩いているときだった。

でも私はどうにも抑えられなかった。言葉は私の言うことも聞かず勝手に口から漏れてきた、まるで私の戸惑った心、嫉妬深い心に押し出されるようにして。

「あなたは気にならないの？」と私は言った、「コリーナがお姫さまの小部屋のすぐ隣で仕事してることは」

前夫は答えたくないというそぶりを見せた。機嫌を損ね、屈辱を受けた気分でいるのが感じられた。疑念が私をとらえた。

「まさか彼女がおばあちゃん役を演じてるんじゃないでしょうね？」と私は言った、「赤ん坊には近づいてないんでしょう、どうなの？」

「ナディア、おまえには関係ないよ」と前夫は答えた。

彼は私の腕に手をかけていた。怒りで小刻みに震えているのが私の肌に伝わってきた。

「怖がらなくていいのよ、コリーナのことはラルフには言わないわ」と私は言った、「あなたが孫のために丹精こめて整えた部屋の壁のすぐ向こうで昔の女友だちが客を引いてるなんて話はしません」

ぎゅっと閉じた彼の唇が真っ白になっているのを見て、私に答えまいと力を振り絞っているのがわかった。私は声を和らげて尋ねた。

「ところで、ラルフの妻の名前はなんだったかしら？　赤ん坊の母親」

「忘れたのか？」

「ええ」と私は言った。

「ヤスミン」

「それじゃウィルマは？　知ってる？」

彼はしばし考えこんだ。

「ウィルマ、いや、わからない」と言った。

私は驚いて、まあ、と小さな声をあげた。

彼はそれを聞きとがめなかった。そのときだったのだ、ノジェが私たちの前方、トゥルニー広場の霧に浸かった菩提樹の木々の下に姿を現したのは。

19　きっとこの先二度と会えない

出発の前夜、私は寝室のベッドでアンジュとともに過ごす。傷口の膿はどうやら止まったものの、化膿はさらに進行して、傷の周囲にも広がりつつある。アンジュは体じゅう腐敗したように見える。首から下の皮膚は黒ずみ、顔は蒼白で灰色味を帯びている。床ずれができかけて痛がるので、手を貸して横向きに寝かせ、いまは飲むにも食べるにも、つねにこの不自然な体勢のままでいる。本人は意に介さない。ノジェが用足しのため洗面器を自宅から運んできたけれど、アンジュは排尿も排便も滅多にしない。

「今週に入ってから」とノジェは私に言った、「一回しかお通じがありません」

とはいえノジェが料理したものはなんとしても平らげねばならないとアンジュは思っていて、それは寝たきりの病人にしては相当な分量なのだ。なのに彼は痩せたままだし、ますます痩せた気もする。もうほとんど喋らない。寝室の空気は吸うに堪えない。ノジェはどんどん快活になって、若やいだ身のこなしで楽々と行ったり来たりしている。長年生やしていた顎髭を剃ったところ、すっかり感じが変わってさっぱりしたので、私の彼に対する感情は敵意のこもった不信の念からためらいがちな好意のようなものへと徐々に移っていった。ほんとうに、別人になった。出発前に私から彼へ言い渡しておくようなことも特にない。やる必要のあることは、彼の手でやってもらったほうが、私がやるよりもうまくいくだろう。

アンジュの抹殺も、実際、私より彼のほうがうまくやり遂げるに違いない。

彼には、アンジュが旅行できる状態になったらすぐに私に合流してもらうための手順だけを伝えておく。何度も計算したあげく、私は現金三千ユーロを彼に渡す。

「駄目で元々だけど」と私は言う、「シャール先生に診察してもらえるようアンジュをなんとか説得してみてください」

「アンジュがあの危険きわまりないたわけ者に診られるのをいやがっているのは理の当然です」ノジェは中身にそぐわない、うきうきした調子で言う。

そこで私は尋ねる。

「シャール先生についてなにをご存じなの？」

「存じておくべきことは存じています、つまりあなた方のような人々を憎んでいるということです」

そして、当惑しつつ興味を掻き立てられたというふうに言葉を継ぐ。

「しかしあなたはどこからも情報を仕入れるということをしないのですか？」

「しません」と私は言う。「アンジュも私も、新聞は読みません。ラジオは聴きますけど、音楽の専門局にかぎります、ジャズとクラシックの」

「それだから、だれについてもどんなことについても知らないのですよ」と非難がましくノジェは言う。

「私たちの暮らす社会には情報があふれすぎていますから」と私は言う。

ノジェは手を出して私の腹部をぽんぽんと叩く。

「この中に赤ちゃんがいるわけですか？」

「もう言ったでしょう、更年期です！ くだらないことを」

ノジェは屈託なく、愉快そうに笑い出す。

「そうとは思えません」と言う。

唐突に深刻な面もちになる。

「ともかく、シャール先生のところへ行ったりしてはいけませんよ、あなたに黙って胎児を消しにかかるでしょうから」

朝早く、アンジュの傍らで目を覚ますと、彼はまだ眠っている。ノジェがすでに、暗闇の中でベッドの足下に立っている。朝食の用意ができていると私に告げる。

私はアンジュにキスをする、落ちくぼんだ頬に、熱をもってかさかさになった唇に。泣き出してしまって、とても困惑する、というのもノジェは寝室から出ていかないのだ。

「私たち、はじめて離ればなれになるのね」と、私はひそひそと言う。

突如としてアンジュが目をかっと見開き、表情のないまなざしで私を凝視し、それからふたたび目を閉じる、私をじっと見つめたことで精根尽きたというように。

「さようなら、ナディア」と彼はつぶやく。「絶対に戻ってくるなよ」

「あなたが私のところへ来るんですもの、ね、あなた」と私は、自分が過ちを犯しつつあるという気持ちに苛まれながら言う。

アンジュなら、私を見捨てたりはしない——それとも、見捨てるだろうか？　そうなれば私は、病を負った身で、見知らぬ人の手に引き渡され、じわじわと私を締めつけて隠微かつ冷徹に収縮していく狂った街、次第に狭まって私たちを押しつぶそうとする街の中心に取り残されることになるのか？　ということはオービエに、あの二人の年寄りとその他の親族一同の許に留まるべきだったのかしら？　ほんとうはあそこにいるべきなの？　殺意を秘めた街の心臓部から遠く離れて。

「もしもあなたが手当てさせてくれていたなら」と私は、もうほとんど望みはないと知りながら、彼の耳許にささやく、「ああ、あなた、もしそうしていれば一緒に発てたはずなのに……」

彼は枕に載せた首を、うんざりしたように横へ振る。それから精一杯の力を出して口を私の頬すれすれに近づける。

「ナディア、子どもが産まれるのか？」

「違うわよ」と私は慌てて言う、「なに言ってるの！　生理はなくなったけどそれは当たり前よ、この歳なんだから」

「そうならいいが」とアンジュは言う。

衰弱しすぎてそれ以上なにも言えずにいるのが見てとれる。彼の右目から一粒の涙がこぼれ、枕へ落ちて消える。熱が高いので肌に残った涙の筋はたちまち涸れる。

私は立ちあがり、着替えたいから向こうへ行ってほしいとノジェに言う。

「急いでくださいよ」と彼は言う、「温めたものが冷めてしまいます」

寝室を出ると、私の肺はふうっと膨らんで、じんじん痛む、一晩中あの部屋の腐臭に満ちた熱気の中にいて肺がこわばっていたせいだ。私はアンジュに最後の一瞥を投げる。彼は険しい顔つきでまどろんでおり、唇が少しだけ動いていて、まるで夢の中でだれかを叱っているように見える。

「それはちょっと多すぎるわ、全部は食べられません」と、台所へ入ったところで私は言う。

温めたとノジェが言っていたのは溶けたバターがぎとぎと光る何個かのスコーンで、焼いた小ぶりのソーセージとスクランブルエッグが添えられている。加えて、ホイップクリームを上に載せたフルーツサラダと、ノジェ手作りのマドレーヌ、端っこをあえてほんの少し焦がすのが彼の流儀だ。

「ご出発のお祝いですから」と言う彼の優しそうなふりがあまりに巧みなので、私は出されたものを食べきらなくてはならない気になり、それに、不穏な感じはつきまとうものの、あまりにおいしい。

食べ終わると、体が重たく、落ち着かなくなってくる。寒い外のことを考えると怖ろしい。ノジェに二杯目のコーヒーを、さらに三杯目を頼む。ようやくカーディガンを着こむけれど、もはやボタンは嵌らない。

とはいえ息子の住む土地は暖かい、始終とても暖かいのだから、着いたらカーディガンはスーツケースの奥へ突っこんで忘れてしまえばいい。

「路面電車に乗るのですか?」とノジェは愛想たっぷりに訊いてくる。

「ええ、そうしないと」と私は言う。

途端に顔がかっと火照って、赤くなる。汗が胸の谷間、下着の内側を伝う。私は恐怖を隠そうと躍起になる。

「そうしないとしょうがないでしょ?」ふふっと笑って言いながら、ハンドバッグの留め金をかけ、ピンクの口紅を引く。

「ええ、タクシーだけはやめておくべきでしょうね」とノジェが言う。

「高いお金を出してタクシーに乗る習慣はありません」と私は言う。

だが、私が本心を偽っていることを、ノジェはしっかりと見抜いている。私が用心してタクシーを呼ばないのだということ、運転手によってはただちに車から放り出されたり、得体のしれない界隈の奥深くへ迷いこまされたりする事態を避けようとしていることがわかっているのだ。

私はスーツケースを手に、廊下へ出る。ノジェのほうへ、やや堅苦しく、やや冷たく、指先を差しのべる。

「それじゃ、さよなら」

「さよなら」とノジェ。

彼の手が私の指に触れた瞬間、たった一度だけ、私はひいっと猛烈にしゃくりあげ、胸が張り裂けそうになる。

「彼を救ってやって」と私は言う。「どうかお願いします、ノジェさん……」

「そういう類の情に訴えるには少々遅きに失すると思われませんか?」いきなり怒り出したノジェは声をあげる。「もしあなたがあれほど私のことを蔑んでいなければ……」

「すみません、ごめんなさい」と私は畳みかける。「とても後悔してるんです、ほんとに」

きわめて気まずい空気が二人の間に立ちはだかる。私はスーツケースをつかむと苦心して階段を降りはじめる。ノジェは手助けを申し出ない。私が踵を返すやいなや背後で扉がバタンと閉まった。

20　路面電車に笑われてもかまわない

エスプリ゠デ゠ロワ通りは真っ暗で、しんとしている。通りを照らす役目を負うはずの街灯が投げかける白い光はすぐさま霧に打ち負かされてしまう。

スーツケースの側面についた把手を握って引っぱると、凹凸のある歩道に車輪の音がガラガラと轟いて通りじゅうが目を覚ましそうに思えるのに、煤けた建物の並びは死んだように静まりかえったままだ。私は旅行に備えてヒールの高いショートブーツを履いてきた。それがコンクリートの上で犯罪の前兆を告げる例の靴音を鳴らす。コツ、コツ、実に女性的な、実に欲望をそそる音。私はできるだけ速く歩いていて、胸が苦しい。けれども、足を速めると、ヒールの打ちつける慌ただしい音が自分の恐怖を暴きたてるようで、ますます怖くなる。

もうこの街には暮らせない。この街は私を脅かす、とろ火であぶるように殺していく。せめてこの

街が私の両足を捕まえて狂気に陥れる前に出られますように！

ブルス広場に到着したときには、息も絶えだえになっている。ここでは、オレンジ色をした大量の強烈な電灯が、靄をも貫き、巨大な広場を、修復された冷たく壮麗な建築群がおとぎの国めいて白々と並んでいるのを、火事にも似たきらびやかさで包んでいる。隅から隅まで現実感のない光景に私は眩暈を起こす。無人の広場をこんなに明るく照らして——ああ、なんのために、と私は思う。

白く真新しい石畳の上で、私の足音は一層やかましく響く。攻撃の的としてはこれ以上目立つ場所もない。私はがたごと揺れる大きなスーツケースを引きずって小走りで広場を横切り、路面電車の停留所に着く。するとカンコンス方面から電車がやってくるのが目に留まる、というより、あれがそうなのだろうと推察する、それは眩しく発光するかたまりで、まるで自らの照明に灼かれて白熱し、周囲の霧を液状に溶かし出しているように見える。

私は線路に近づく。ぎこちなく手をあげながら、そんなことをするには及ばないと同時に考えている、路面電車は各停留所に停まるはずだから。

電車はそのまま通過する——あまりの速度に、凍える風を受けて私はよろめく。一歩、後ずさる。手のあげ方が弱々しかったから相手には見えなかったのだ、と私は思う。**でも相手ってだれのこと？目にも入らなかった運転手のこと、それとも電車自身？**

私はがたがた震えながら、ベンチに腰かける。あの電車が客を乗せていたのか、あるいは空の車両だったのか、知る術はない。速すぎたし、皓々と湧き出る光もきつすぎて、内部を見分けるどころではなかった。

正面には、道路と岸辺の向こうに、河が、一面霧にけぶって見える。その泥くさい息、黒い水から立ちのぼる悪臭をたっぷり含んだ冷気がこちらまで届く。

別の路面電車がひゅうっと音を立てるのが聞こえてきて私はさっと立ちあがる。腕を伸ばして、振る――またもや目の前を通りすぎ、またも尋常でない速度、車窓が放つぼうっとかすんだ燃えるような輝きに目が眩む。しばらく経つと、三台目、ついでさらにもう一台が、すぐ近くを、私の鼻先をかすめ、呼び声も空しく行き過ぎる――ブルス広場にはどれも停まらない。

これ以上待っていると列車を逃しそうなので、私はあきらめる。スーツケースを引っぱってリシュリュー河岸通り沿いを進む。辺りはまだ暗闇。路面電車が双方向に数多く行き交う。百メートルほど歩いたところでそうっと振り返ると、私が離れたばかりの停留所に一台停車している。降りる乗客が何人か、広場のあかりに照らされて松明のように輝いている。

路面電車はすべてブルス広場に停車するはずでしょ？

私はのろのろと歩む。鉄道の駅は遠く、脚に力が入らない。ひさしぶりに、私は激しい侮辱を受けたと感じている。

路面電車に全幅の信頼を寄せたのに、相手は私をはねつけたのだ。

私は急に、なにもかもやめにして、この時点で、いますぐ、アンジュの許へ帰りたくなる、彼の傍に横たわり、彼とともに呆けたまどろみへと落ちこむに任せたい、眠りが破られるのはノジェがこっそり入ってきては私たちに無理やり食べものを詰めこませるひとときだけ。それでも私は歩きつづけるし、引き返すよう仕向ける考えが何度生じたとしても自分はきっと進みつづけると知っている。私はまだ生に愛着があるのだ、愚かにも、粗暴にも。そうですとも、私は生きることに飽いてなどいない、そして私の好きな、大好きなアンジュが私を動顚させるのは、なによりもそのせいではないか、あの人がなんとも形容しがたいやり方で、執念深く、強情に、死と交わっているから、自らの肉体をなげうって腐敗にゆだねようとしているからではないか？　私はそんなものはもう見たくない。

私はようやく、河岸を離れ、ドメルク通りへ入って、あとはまっすぐ行けばサン＝ジャン駅だ。何度も路面電車が私を追い越していき、どれも満員の乗客を乗せていて、たぶん全員この路線の終点であるサン＝ジャン駅を目指している。ある停留所の近くへ辿り着いたときにちょうど路面電車が減速して停止しようとしたので、私は最後にもう一度だけ、乗車を試みようかと迷う、小さな人だかりが停留所の屋根の下で肩を寄せ合って冷たく湿気た霧から少しでも身を守ろうとしているさまを見て勇気づけられ、この人たちなら悪しき力を働かせて私に目をつけるようなこともないだろうと思う。それに何人かは顔だちや体つきから見てどうやら私と同じ種類に属している気がする。以前の私なら、あそこにいる二人の女、それとたぶんあの男に、私自身となにか共通点があるなどとは決して気づかなかったはずだ。いまの私にはわかる、新たに生じた、ある鋭敏な感覚が知らせてくれる。慣れた匂いや親しんだ味が二種類あるときに考えこまずとも識別できるのと同じように、私は一方では自分と似た人たち、そして他方では、かつては自分もむしろこちらに属していると思っていたのに、いまはアンジュや私を含めた一同を、ごく率直に、仲間とは見做さなくなった人たちを、ただちに分けることができる。

もしもあの三人が路面電車に乗ろうと考えているのであれば、と私は思う、もしも三人が充分にそれができると確信したからこそ、じとじとした、ほとんど吐き気がするほど臭うこの寒気の中で待つという挙に出ているのであれば、私に成し遂げられない理由はなさそうではないか？

私はスーツケースを片脚で支えながら、歩み寄る。停留所の屋根の下まで来たところで今度は後ろ向きに何歩か下がる。路面電車の扉が開いたとき、私は断念して逃げ出し、駆けるように歩道を進むので靴のヒールとスーツケースの車輪がとぎれとぎれのけたたましい音を立てる。馬鹿、間抜け、と憤激して私は思う、ほんとうに人混みに紛れられるとでも、数分なら自分のことを忘れてもらえるとでも思ったの？　浅はかだ、どうかしている。あなたが乗れるわけないじゃないの。あの三人が乗れるのは、あなたとは少々異なる境遇にあるからよ。あなたはあの三人より悪いのかもしれない、いや、そういうわけではないとしても、より厳しく懲らしめられているのかもしれない。いや、やっぱり悪いのかも、ええ、そうね。

あれほど目標まで間近に迫って、いったいどんな激烈な障害が路面電車に乗ろうとする自分を妨げたことかと想像して、私は怖くて苦しくてぶるぶる震える。凄まじい一撃、容赦ない転落、それに私にはわからないけれど、もっといろんな辛く屈辱的なこと——なんて馬鹿なことを考えたのだろう、あと五百メートルも歩けば駅に着くのに！

路面電車が私の脇を嘲るような鋭い音をあげて通り過ぎる。私と同類の三つの顔が、三つとも車両の最後尾に、悲愴な花束、踏みつぶされる定めを負った悲しげな暗いひとまとまりの花のように集っていて、その三つの顔が悲嘆と憐憫の表情を浮かべて私を見つめる——かわいそうな女、歩きを強いられて、あんなに太って、もたもたして、寒さと疲れで真っ赤になって！　この痛ましげな同胞愛に私は傷つき、恥を覚える。なんて醜い人たちだろう、なんて惨めな、意気のあがらない人たちだろう、と私は思い、もしかしたら彼らのほうも私を見ながら同じ言葉を頭の中で使っているのではないかと考えて気が沈む。でもそれなら彼らも、こう思っているのだろうか――私はあんなものとは絶対に関わりたくない、と?

21　彼女は私についてなにを知っているのか

私はトゥーロン行きの列車にぎりぎり間に合う。やや気後れぎみに、たったひとつの空席に腰をおろすと、私は赦しを乞うような調子にならないよう努めながら、傍らの若い女に目で尋ねる。相手は少しうろたえつつも、ふと微笑む。そこでこちらは座席に深く座り直して身を落ち着ける。

私の心は浮き立つ。私とこれほど異なる女性が、混雑を強いられたこの車内で、私が隣にいることを受け容れてくれたのだ。中央の肘掛けはひとつが二人分で、腕が触れあう。彼女は気づかないらしい。私は嬉しすぎて、得意げにくくっと笑ってしまう。彼女はそれにも反応せず、窓のほうを向いて、握りこぶしを顎に当てているので、こちらから見えるのは、華奢な、厳しい横顔だけ、薄い唇は乾燥してささくれ立っていて、その浮いた皮を彼女は時おり、無意識に歯でこそげ取る。金髪を、黒いビロードのリボンを使って襟足でまとめてある。スカートも、厚手のセーターも、ストッキングも、すべて黒い。目は青く、まるく、濃い隈ができている辺りへ血管が脈打ってひくひくと動いている。

透き通るような、支配する側にいるこの女が（彼女は私が横に座るなどという事態を侮蔑もあらわに拒否することもできたはずだし、そうなったとしても私は、彼女にこの席を私に明け渡してもらうため誰かに訴え出るようなことはできなかっただろう――私の味方につく者がいるわけはない）、深い悲しみの虜となってすっかり放心しているのを見て私は内心ほくそ笑む。苦しんでるわ、と私は思う、あらまあ、ずいぶん苦しんでること！　私よりもっとかもしれない――そんなことがありうるかしら？

彼女は微動だにせず、視線は車窓の向こうに広がる耕地が走り去っていくのをじっと見据えつつも、見ていない。車掌が乗車券を要求すると、片手だけを鞄の方向へ伸ばす。切符を拝見しますと二度も言われてやっと彼女の耳に届く。車掌は私にはなにも言わない、私の存在に気づいてさえいないようだ。安らかに、私はまどろむ、両手を結んで載せた腹はふくれていて、中でノジェの料理が発酵してうごめいている気がする。ときどき薄目を開けると、ジロンド地方から遠ざかるにつれて霧が裂け、ついでほぐれていくのがわかる。アジャンの少し手前で、私は数か月ぶりに空を目にする――青白くくすんだ空ではあるけれどそれでも空には違いない、ボルドーに居ついていたあのもやもやした分厚い雲、気を狂わせる思考や、毒を含んだ夢の数々を愛しいわが街に閉じこめて逃げ場を塞いでいたものから、解き放たれたのだ。

目を閉じて私はぼんやりと、いつの日か自分が勝者となって帰還するだろうといったことを思い浮かべている、いつか私はわが街からあれを追い払ってみせると……瘴気を？　害毒を垂れ流す贅言を、闇に埋もれた虚飾を？　ああ、もうわからない。

モンペリエで、漂ってきた匂いにはっとして目が覚め、それを嗅いで私は自分が空腹であること、空腹でたまらないことに気づく。車内にはもうほとんどだれもいない。隣の女が固ゆで玉子をちびちびと齧り、黄身の細かいくずがスカートの上へぽろぽろ落ちるのもかまわずにいる。

おなかが空いたわ！　どうしてノジェはツナかチーズのサンドイッチでも作っておいてくれなかったの？

彼女は口をつけないも同然の玉子を銀紙にくるむ。こらえきれず私は尋ねる、自分の図々しさに呆れながら。

「玉子の残りをいただいていいですか？」

以前なら口に出そうなどと考えもしなかったこのような問いかけに、想像していた以上に自分は精神的に落ちぶれたのだという思いが確実なものとなる。私はいまとなっては軽蔑すべき人間で、そうなったが最後、かつてのように、完全無欠な品位とか名誉とかを保つべく努力することもやめて、公共の場で人に聞こえるのも気にせずぶつぶつ言ったり冷笑したり、列車で隣り合わせた女性に、その人の歯形の上から私の歯を、金属みたいにつやつや光るゆで玉子のやわらかな白身に当てる許可を願い出たりしている。なんという見下げはてた要求だろう、と私は思う、私のような肥満体を抱えた女の発言となればなおさらのこと！

私は真っ赤になった。そこで言い直す。

「すみませんでした、こんなことをお願いするなんて、どうかしていました」

彼女は口の片側だけを動かして、引きつった微笑を返してくれるけれど、その微笑にまったく和らげられることのない怖ろしいまでの憂愁が、鳥の目のように小さくてまるい目の、青い瞳に宿っている。彼女は銀紙の玉を私に差し出す。

「どうぞ、私はもうおなかが空いていませんから」

ついで足下に置いてあった鞄の中を、急に熱心に、まるで私を失望させないよう気づかっているような調子で探ると、一本のきれいな黄色の、黒い染みひとつない大ぶりのバナナを引き出して、私にさらに言う。

「これも召しあがってください、私は要りません」

私の小卓の上へそっと置く。私は猛烈に気が弱くなって、目がうるむ。玉子を銀紙から取り出す。そして隣の女の、不幸な、ためらいがちな歯が白身につけた筋目を見つめてから玉子にかぶりつくが、そのとき自分の歯が彼女の残した歯形から逸れないように、ぴったり跡を追って食べるようにする、それが私の謝意を裏づける迷信めいたしるしとなるかのように。同時に、そうすることで、あの小さな明るい瞳を曇らせている絶望を払いのけられるならいいのにと思う。若い女の気落ちした様子はもはや私に喜悦など少しもあたえはしない。

彼女はぞっとして身を遠ざけねばならないようなものを私のうちになにも見出さないのだろうか？　それとも自らの苦悶のために茫然として、そのせいで……警戒することを忘れてしまっているのだろうか、視界がぼやけたり、周りのなにもかもがどうでもよくなったりしているのか？　自分が口をつけた場所に私が口をつけるだけで、現在ある不幸に加えてさらなる悪運に見舞われるかもしれないということにさえ思い至らないのか？

列車はマルセイユで停車する。日暮れどきだ。隣の女を除いて乗客はみんな降りてしまった。赤く暑い夕日が駅舎のガラス屋根を真紅に染めるとともに車窓から射しこんで彼女のやつれた顔にもかっと照りつけるので、その顔は唐突に興奮したような、ほとんど嬉々とした表情に見えるけれど、錯覚にすぎない。

「あなたもトゥーロンまでいらっしゃるのですか?」と私は言う。

「ええ」と彼女。

「降りたら」心臓を高鳴らせて私は言う、「私は船に乗ってCまで行きます」

「私もです」と彼女は言う。

よかった、という気持ちを押し隠すため、私は唸り声のようなものをあげる。これほどの心痛を前にしては、どんなかたちであれ喜びを表現するのは汚らわしい気がしたから。

列車は出発しない。だれも乗ってこない。二人きりだ。夜の帳が降りて、若い女の頬に射していた見せかけの活気を残らず吸いとり、骨ばった額に墓石のような鉛色が戻る。彼女はいきなり立ちあがり、私の膝につまづきかけてよろけ、こちらがよけようとする間もなく、私の両膝をまたいで通路へ出る。

「おかしいと思いませんか、いつまでも発車しなくて」と、彼女はそわそわと私に尋ねる。

「そうですね」と私は言う。

そう口にした瞬間、私の意識の中に巣くっていた懸念が殻を破って出てくるのを感じる。

彼女はつづけて、トゥーロンに着くのが遅れて船を逃したりするわけにはいかないのだと言い、見ていると彼女が行ったり来たりするたびに細い両脚が焦れったそうにスカートの生地を蹴って、ばさっ、ばさっと風に舞う帆の音を立てる——あの風、ああ、私たちはなんとか早く風が吹いて双胴（カタマラン）ヨットの帆をばたつかせ膨らませてほしいと祈ったものだった、それは私たち、アンジュと私が、アルカション湾の凪いだ透きとおる水の上で、夏の朝のきらめく光の向こうにアンジュが両親から受け継いだ別荘が、つい先ほど私たちが後にした明るく静かな浜辺にたたずんで小さくなっていくのを見ていたときのことで私はしかしそうした至福のさなかにあって心につぶやいていた、私はほんとうに、レジャー用のヨットとたわむれる穏やかな順風をもたらす風の神にだけ願いを託していればいいこの女なのだろうか、そうだとすればどうやって私はここまで辿り来たのかそしてそれは正しいこと善いことなのか、それともそんな自分を遺憾に思い、口うるさい老いた両親の信ずる脅しに満ちた陰気な宗教を捨てて逃げたことを後悔するべきなのか、その両親についてアンジュは（透明な庇のついた紫色の洒落た帽子、ミラーレンズのサングラス、健康な甘い体臭）彼らがオービエの団地で鬱々としていることを知らず、彼らは彼らで自分たちが死んでいること、死んだことに私がしていることを知らなくて、ただもしかすると時々はっとして首筋に急に手をやったりあるいは胸の下や下腹などに呪いによる謎めいた傷を受けたと感じ、もしかすると目に見えない責め苦に苛まれて衰弱しながら、人知れず考え、見抜いているのかもしれない、この悪が、家を出ていらい三十五年ものあいだ、一度として訪ねもしなければ電話もかけてこない娘の許から来ているのだということをそしてそのとき彼女が私に話しかけているのが耳に入るが、話しながら彼女は相変わらず背の高い水鳥のような硬直した長い脚で通路を行き来しており、苦く沈痛な相貌を照らすのはいまや天井に点いた青白い常夜灯と駅から入ってくるあかりだけで、歩行のリズムにしたがってその悲しみに暮れ青ざめた顔にふと影が横切ると、頭蓋骨のかたちが浮かびあがる。

彼女の話の最初のほうを聞き逃したのが口惜しい。私に話しているのだと気づくまで、聞いてはいなかったけれど聞こえていたはずの言葉がどういうものだったか思い出そうと無駄に骨を折るうちに、いま彼女が語っている話の筋道がわからなくなる。私は一人きりの夢想の中へふたたび沈んでいく――実に好都合だ、と私は思う、なぜなら私は打ち明け話というものに対して激しい恐怖を、嫌悪を抱いているはずではないか？ ああ、この人に関しては話は別なのだ、自分の口に触れた食べものをこの私の口という冥府の只中へ潜りこませることを承諾してくれた女の人なのだから。なのに私は混乱して、話についていけず、なにひとつ理解できない。いくつかの単語――火事、現地、遺骸を、といった言葉を私はどこにもつなげられない。それでも取り返しのつかない不幸の重みはひしひしと伝わってくる。茫漠としたこの重荷だけでもすでに私には負担で、手いっぱいに感じる。どんなに傷心の彼女に寄り添い、少しでも気が紛れるような優しい言葉をかけてあげられたらいいかと思う。ところが充分すぎるほど身に覚えのある例の冷たく厳しい不信の念がここで私の落ち着かぬ心を硬く凍らせ、ひそかに私はこの女の苦悩を知らずに済んでいることにほっとしている、彼女への感謝の思いは私自身にとって、いま感じている安堵、氷のような警戒心よりも遥かに強いのに。

どうしよう？ 自分自身の性格を軽蔑する気持ち、私がそうでありどうしてもそうなってしまうものを厭う気持ちが押し寄せてきて私を呑みこみ、その末に、ほとんど広大無辺とも言うべき理解の閃光が下って（こうした当てにならない知性のひらめきはときにアルコールの摂りすぎによってもたらされる）、私はようやく、私たち、アンジュと私と、また身体的には似ていなくても自己本位な魂の奥底において確かに私たちと同類であるすべての人々が味わわされた苦難の理由を、感得し承認し批准する。

女は語りやんだ。感情の昂ぶりに軽く息を切らしている。私はうつむく――彼女はいまや自分のことをわかってもらったと思っている、胸襟を開いた相手がどれほどの悪人か知らないのだ！　彼女に起きたことはなんだったのだろう、私になにを打ち明けたのだろう？　正確な、乾いた、個性を欠いた言葉で簡潔に教わることができればいいのにと思う。

外は闇夜だ。女は私に名前を聞き、私は答えるけれど相手の名前を尋ね返すことができない、もしかしたらさっきもう言ったのかもしれないと思って。

「私の名前は、ナタリー」と彼女はつぶやきながら腕をあげて髪の結び目を直す。

そして言い足す。

「列車はこれ以上先には行かないと思います、降りたほうがいいでしょうね、そうしませんか？」

私は座席から体を引き抜く。

「でもここからどうやってトゥーロンまで行けばいいの？」不安のせいで泣きつくような甲高い声になって私は言う。

閑散としたホームに白い制服姿の年老いた車掌が通りかかる。私に先立って車両を降りたナタリーが呼びとめ、トゥーロン行きの列車はどこですかと詰め寄る。

「今夜はもうありません、明日にならないと」と彼は当然のような口調で言う。

ついで、茫然自失した私たち二人の顔だちをひと目見るや、彼は一目散に駆け出し、走るにつれて上着の裾の部分がでっぷりした尻に当たってぱたぱたと跳ね、そこでナタリーが小走りで追いかけながら、呼びかけて、情報と事情説明を求めると、彼はさらに速度をあげて私たちの視界から消えてしまう。

「なんだか私たちが脅かしたみたいね」と、彼女は例によって翳りのある、歪んだ微笑を見せて言う。

私は試しに問いかけてみる。

「ええ、どうしてかしらね？」と言う。

「さあ、知りません、でもたいしたことじゃないわ」と、しばし沈黙したのち彼女は言う。

あらためて顔の片側だけ使って唇を悲愴な具合に引き伸ばすと私を真正面からじっと見つめるのが、それ以上言わせるつもりなのかと身がまえているようでもあり、また私を安心させるためにおばあさんや小さい子どもに対する調子で笑いかけているようにも見えて、しかし、安心するどころか、このまるくてきらきらして、慰めようのない心労に浸された目、それに自分に起きた出来事を私に伝えたという彼女の思いこみからくる、通じ合ったような信頼と親近感に類するものを前にして、私はほっとする気分とはほど遠く、目を逸らし、あてどもなく視線を漂わせる。突然、彼女の表情になにか不気味なものを感じとる。

あまりに変だ、と私は思う、対立するまるい目と瘦せこけた顔、悲嘆と威厳、人物全体の美しさとほぼ醜いと言っていい細部、尖った鼻、削げた頰、貧しい髪の毛。変だ、とさらに私は思う、私を退けないばかりか、引き寄せて傍へ置いておこうとしているように思える。というのも、私にさよならをしてわが道を行くのではなく、ここで彼女は力強い、よく通る声で私に言うのだ。

「さあ行きましょう、車を借りるのよ」

「それがいいんでしょうか？」私は狼狽する。

「船に遅れないようにするにはそれしかないわ」と彼女は言う。

「遅れるわけにはいかないのよ」と私は泣きそうになって言う。

「そうでしょ、私だってそうよ、ね？」彼女は私を見据えて言う。

　すると憂いげな闇が瞬時にその目を満たして瞳の青さをすべて奪いとり、私は平気を装ってスーツケースの把手を握りつつ、自分自身への憎しみでほとんど酔ったようになる。彼女の後についてホーム沿いに歩く、真横に並ぶだけの思い切りはつかない。**足手まといにならないように、人々がちらりと見て不当にも彼女と私を結びつけたりすることのないように。**けれども私たちはだれともすれ違わない。まだ八時そこそこなのに大きな駅舎は無人に見える。

「切符には、あの列車がトゥーロン行きだとちゃんと書いてあったのに」と私は不満げに言う。

「ええ、仕方ないわ」と彼女は、またしても、少し間を置いてから言うので、思うに彼女は言葉を一つひとつじっくり選んで私を傷つけたり心配させたりしないようにしているのか**あるいは私の疑惑を覚まさぬようにしているのかもしれない。**

「私、マルセイユ＝トゥーロン間の分を払い戻してもらうわ」と私はつづける。

「やめておきなさい」

「どうしてよ？」

「あなたが苦情を言ってどうなるというの?」と彼女は歩みを止めず、穏やかに言う。「あなたは人を咎めるような立場にないかもしれないわよ。結局あなたのせいだということになるでしょう。なんとか理屈をつけて、間違えたのはあなただという証拠を出してくる」

「でもあなたは、間違えたわけではないでしょう? トゥーロンまで行くつもりだったんでしょう?」

「ええ、そう。私に関して言えば、あのままトゥーロンまで乗っていくことにはなんの問題もなかったの」と彼女は躊躇しながら言う。

「私のせいでマルセイユで止まったの?」

彼女は答えない。私はまず驚愕し、それから単に戸惑う。怖くなって彼女に近づき、ぴったりくっついて歩く。彼女は大きな黒い肩掛け鞄だけを提げている。

「どうして私はいつでもなにも知らないままなの?」と私は声を尖らせて言う。

「テレビは観ないの?」

「ええ、夫と私はテレビには反対ですから」と、私は口調を変え、それなりに毅然と言う。けれども夫婦用のベッドの上でゆっくりと死んでいくアンジュの幻が私を苦痛の針で刺し貫く。テレビについて弁じようとしていたことが喉元で詰まる。

けちな照明の灯った駅構内のホールで、ナタリーはまっすぐユーロップカーのカウンターへ向かう。大きな影のかたまりがホールの方々の隅にどんよりと溜まっていて、その辺りがなんとなく雑踏でひしめいているような不安定な感じがするけれど、人は一人も見当たらないので、おそらく暗闇が一日の間にそこを行き交った人々のぴりぴりした気ぜわしい痕跡を亡霊のように留めているのだろうと私は思い、それから、ひょっとするとその人たちはまだそこにいるのに私には見えないのかもしれないと考えて、視線を逸らしナタリーの背中を見つめながら、もうそうするほかはないのだから、彼女の行動にわが身を完全にゆだねようと決意を固める。

彼女が小声で話しかけているのが私の耳に聞こえていて、その相手の女性従業員がこのホールの中で目に見える、少なくとも私の目に映る唯一の人間だ。ナタリーはクレジットカードを差し出す。

「あとで精算するわ」と私は言う。

「いいわよ、大丈夫」と彼女は言う。

私はほっとしたついでに、あさましくも、浮かれた気分になる。

22 暴走に死す

そう、私は泥の中のうなぎのように、どろりとした昏睡から覚めかけていて、唇は貼りつき、瞼は重たく、膀胱は耐えきれないほど満杯になっている。

「トイレに行きたいんだけど」と私は嗄れた声でもぞもぞと言う。

顎が痺れきっているのでそうっと手で触れながら、きっとだれかの見事なパンチの一撃で骨が粉々に砕かれたことを裏づける感触が指先に伝わるだろうとほぼ確信している。ところが指に感じるのは、口の辺りの、睡眠中に溜まったべとつく泡だけだ。ナタリーの声がずっと遠くから、音量も弱まり速度も間延びして、触ることもできそうなもわもわした雲を成している私のまどろみ——手を伸ばすだけの力が私にあったなら——に抗いながら、私の許へ届く。

彼女がノジェと同じ言葉を用いるとはいかにも奇妙ではないか？　こう尋ねてくる、というか、ほとんど断定するのだ。

「妊娠しているのね？」

「いいえ」私は憤然と言う。

だが石灰粉がいっぱいに詰めこまれたような私の口からは声とも言えないごぼごぼした音しか出ない。ばつが悪くて、私は咳払いをする。

「むしろ逆です」と私は苛ついた口調で言う、「生理はしばらく前からないけどそれは更年期だからです、それにトイレに行きたくなるのは妊婦だけじゃないでしょ？」

そのときかなりのスピードに運ばれている感覚が体じゅうの麻痺した筋肉に伝わってくる。**私は殴られたの？　麻薬を打たれたの？**

自分が腰かけている座席のざらざらした布地を指先でこすり、その座席から自分の腿の肉がはみ出ているような、私には狭すぎるような気がする。用心しながら、私は首を横へひねって、遅れて届いたナタリーの声の方角を向く。

どこにいようと、こんなふうにがっくりと眠りに落ちてしまったことは未だかつてなかった。薄暗がりのなかに、鋭い横顔の輪郭、への字に曲がった唇の端がなんとか認められる。彼女はハンドルを握っている。**あ、トゥインゴだ、アンジュと私が一時期もっていたのと同じ車種。**闇は深く、道路には私たちだけ。ナタリーは高速を出していて、小型車は繰り返しバウンドし、カーブのたびにキイッと鳴る。

「少しスピード落として」と私は言う。

彼女は何秒かじっとやり過ごしてから、そっけなく答える。

「船を逃したくないの」

フロントガラスの向こうには、完全に静まりかえった夜しか見えない、ぽつぽつと穴を穿つようにどこかの家のあかりが過ぎ去ってもいいはずなのに、それさえない。農村なのか、海辺なのか、それとも未開発の工場用地？

路面は舗装がひどくて車はがくがく揺れる。ナタリーは防風林沿いに急停車する。私はあたふたと降りる。早くも尿が何滴か腿を濡らしている。生ぬるいそよ風を尻に感じながらこうして排尿するのはなんとも生き返る心地で、そのため、夜の闇からも、私たちを取り巻く見えなかったり存在しなかったりするあらゆるものの闇からも遮蔽されて、私はナタリーへの気兼ねを忘れる。遥か下のほうから、ひたひたと打ち寄せる波音、優しく押し流される小石のぶつかり合う静かな音が聞こえてくる気がする。穏やかな愉悦に、肺がふくらむ。

車に戻ると、ナタリーは運転席の窓際へ身を寄せて顔を窓のほうへ向けたままで、それは私が用を足すところを見られたり聞かれたりしたかもしれないと思って困惑することがないよう配慮していたと私に示すつもりに見える。

「ありがとう」私は元気いっぱいに言う。

彼女はふたたび発進する。妙にはあはあと息をはずませている。髪が乱れて、頬や額を覆い隠している。さっきと違う。不意に彼女の体から強い匂いが立ちのぼる、いやな匂いではないけれど、まったく嗅いだ覚えのないもの。二人とも黙ったまま、速すぎるスピードで、のっぺりした暗闇の中を走っていく。

村とか、スーパーマーケットの駐車場のネオンサインとかがあっていいはずじゃないのかしら?

「ナタリー」と私は言う。

彼女は四分の三ほど、私のほうへ首を向ける。私は叫び声をあげ、目を閉じる。まっすぐ前方だけを見つめるようにして目を開けて、そのままでいる。

暗く翳った顔面は完全に肉が崩れ落ち、すでに腐乱した屍体の頭部、そこへだれかが悪ふざけか人を脅かす目的で金髪のかつらを載せたよう。

私の唇も手も震えている。ナタリーは死んでいるのだ、と私は思う。どうしてこんなことが起こりうるの? 現実に起きていることなの?

そして唇のない大きな口が、欠けた黄色い歯並びを見せていまにもカチカチと滑稽な音を立てようとしている、だから彼女はなにも言わないのだ、なにも言えないのだ。

恐怖のあまり、ハンドルを握る手に目をやることもできない。

赤茶色の産毛に覆われた力強い手をここにあるのと同じハンドルにかけて、おもちゃの車に体を押しこめているように見えたアンジュ、でも現在そこにある手は違うのだ、車の形も色も変わらないのに。

ナタリーは死んでいる、と私は思う、そして私は生きているけれど運転しているのは彼女で、彼女はずっと前から死んでいて私にそれがわからなかったのはちゃんと注意して相手を見ていなかったからだ。ほんとうに自分が恥ずかしい、それに怖くて仕方ない！　彼女はこれから私をどこへ連れていくのだろう？　私はいったいどこへ連れていかれるのだろう、誤って友だちだと思いこんだこの幽霊に。あるいはもはや私は亡者たちの友であって、ほかにはどんな人とも物とも付き合えない羽目に陥ったのだろうか？

23　もう彼女のことは知りたくない

実に意外なことに私たちは最終的にトゥーロン市への入り口を示す標識の前を通りすぎ、どことも知れない土地を猛然と疾走してきたすえ目的地に辿り着いたことが判明する。

「時間に間に合うわ」とナタリーが言う。

その声音が快く、落ち着いて人間的だったので、私は思いきって彼女を見やる。列車にいたときと同じ女に戻っている――鋭利な横顔、肉に埋めこまれたビー玉のような目、不安げな口許。手を見てみるとハンドルを握りしめる細くて長い指が見える。私は芯からほっとして笑い出してしまう。

すると、狂い咲いたような照明の渦、カーニバルの幻影が忽然と現れて私たちの目は眩む。ナタリーは港の駐車場に車を入れる。二人とも、目をぱちぱちさせてから車を降りる。私はそう頻繁にナタリーのほうを見る勇気は出ない、またしても身の毛のよだつ姿に変貌していたらと思うと怖ろしく、それに自分が幽鬼に変身することを彼女がどの程度まで自覚しているのかもわからないので、疑ったり怯えたりするところを見せて彼女を困らせたくない。ただ、たぶん、と私は悲しく苦い思いで認めるのだが、私はもう彼女のことを好きにはなれないだろう、というのも彼女といて私が感じるのは、いつ表に躍り出るか知れない、まったき恐怖の感情なのだから。

私たちはやや気後れした足どりで（あの彼女までもが！）、燦々ときらめく巨大な光の集積へ、ちかちか明滅する電灯が一面に高くそびえ立ってそこから安っぽいながらもなかなかに甘美な音楽が流れ出している場所へと向かう。最後の乗客が何人か入っていくところだ。切符を取り出すと、ナタリーはすぐに私が一等で行くのだと見てとる。

「残念」と彼女は言う、「一緒じゃないのね」

正直にがっかりしているように見える。

「あなたはこれから大丈夫？」と訊かれて、彼女がこんなにまで親身に気づかってくれることに、私は感動すると同時に怯む。

もう彼女は信用できない。私にこれ以上なにを見せようというのだろう、なにを思って私と会えなくなることを残念がるのか、どのような魂の懊悩を抱えているのか？　身に起きた不幸について私がなにも聞いていなかったと察したのだろうか？　私が、恥ずかしいと言えなくもないことだけれど、聞かずに済んでありがたかったと感じているのを察したのか？　それで報復として、もしも運よく同じ二等船室に乗り合わせたなら、前にも増して凄惨な話をこれでもかとばかりに聞かせてやろうと思っていたのか？

私はもごもごと、こちらはなんとかなる、ここまでくればもう、うまくいかないことが起きるいわれなどないのだからといったことを言う。

「それでもやっぱり気をつけたほうがいいわ」とナタリーはささやく、「あなたのような人にとってはほんとに大変でしょうから、ほんとに不当な……」

「『あなたのような人』ってどういう意味？」と私は言う。

彼女が、ゆっくりと首を振りながら、悲しげにちょっと微笑むのは、私の質問を真面目に受けとっていないのか、あるいは答えとなる言葉を唇にのせることで、自らの口を汚し私の耳を傷つけることを拒んでいるのか。

「あなたがなんのことをおっしゃりたいのか私にはまったくわかりません」と私は少々居丈高に言う。

彼女に対する憎悪の念が急に湧きおこる。気を遣ってのこととはいえ、そんなものの言い方はすべきじゃないわ、と私は思う。

それから、互いの切符が同じ等級でないために私たちは別々の列に並んでから船内へ入るが、その入り口は船の脇腹のきらきらと眩く輝く肉をぶすりと切り裂いたようで凶器は鑿(のみ)か他のなにかでそれを使って夫のやわらかな生身を深く刺しそしてめちゃくちゃに痛めつけた、その目的は彼が二度と立ち直れなくなるようにすること自分がだれなのか自分がなにをしたのかを理解しこの悪が自らにもたらされたのは自業自得だという考えに染まりそしてしまいにはその悪そのものに似てくるようにすることだった。

繊細なつくりの、おびただしい食器がテーブルを飾り立てていて、これから使われるためにあるのだとはとても思えない。

「こんなにきれいなものでお食事をいただくなんてねえ！」少しばかり陶然としながら、私はだれかに言う。

私は座っていて、あふれんばかりの照明と琥珀色の光沢がきらびやかに辺りをつつみ（金色の額縁が映りこんだ何枚もの巨大な鏡、クリスタルグラスの透明な輝き、ナイフやフォークのちらちらと光る銀色）、正面にはあの厳格で無愛想な男、すなわち船長がいる、例の慣習の命ずるところにしたがって船の主は乗客たちを富の度合いによって区別し、一等室の客をテーブルに招いて自ら歓待するのだ。

ああ、と私は、幸せに浮き立ち、ほんの少し動揺しつつ思う、特別扱いされるのはなんて気分がいいんだろう、どれほど長いこと私は特権というものを享受せずにいたのだったか？

なにしろ、船長が私を見ている。私たちは向かい合わせで、彼は一定の間を置いて私のほうへ目を向けては微笑し、その格式ばった作り笑いを招待客のだれに対しても一律に差し出すのだが、それはまるで、と、うろたえてしまうほどの安堵に浸って私は思う、まるで海には海の規則があり、そこには私のような人間を嫌悪もあらわに遠ざけるという決まりなどいささかも含まれていないかのようで、もしかすると、一年前から私たちの、アンジュと私のボルドーでの生活を支配してきたそのような作法を気にかけることばかりか、その存在を知ることさえ、含まれてはいないのかもしれない。

なにしろ、船長が見ている。食卓に着いている人々はだれも私に似ていない。なのに私はそこにいて、居並ぶ年老いた顔はそれぞれ私と目が合うごとに会釈し、私は酔いがまわったような、にこやかな、驚き醒めやらぬ、興奮した面もちで会釈を返す。光の氾濫に目が痛くなる。目を休めるためにときどき瞼を閉じる。そして目を開けると、なにひとつ変わってはいない、数知れぬ光源から発する常軌を逸した過剰なきらめきも、私に対する船長の冷たい礼儀正しさも、隣り合った人たちが、余分な皮膚をだらりと垂らした、小刻みに震える皺だらけの容貌でごくかすかにお辞儀をしてくるのも変わらず、それらの控えめな挨拶は私たちが同じ仲間に属していることを明瞭に述べている。

自分は金持ちなのだ、と私は思う、ここでは重要なのはそのことだけ、それ以外のことは問題にならない。すばらしいことじゃない？　単純かつ公正なことじゃない？　ナタリーやら、彼女が見せるお情けやら、撤回したところでもう遅い「あなたのような人」などという認識やらがいやでたまらなくなってきて、こうして私の周りで私におそらく多大な財力があるということだけを判断基準にしている年寄りの観光客たちが実に好ましく思えてくる。私がそうだということになっているものは、と私は思う、要するに、どこにいても宿命的に目についてしまうわけではなくて、地中海を行くフェリーの豪華な船室にいれば見えなくなってくれるのだ、それがなんなのか私にはいまだにわからないけれど！

少し頭がぼうっとする。給仕が私の前に二分の一のオマール海老にマヨネーズを山盛りにしたのを置く。船長が冗談を言う。みんなが笑う。私は思わず顔を赤らめ、頬が上気してじっとりと汗ばんでくる。笑い話をやめてほしいと思うけれど船長は調子に乗って喋りつづけ、受けがいいので気をよくしている。私に注目している人が特にいるわけではなく、その点では危険はない。

それでも私の心は不安に掻き乱される、**私の心のいまなお誠実な部分は憤慨し屈辱を覚えている、でもその心は勇敢ではない、まるで勇敢ではない。**

マヨネーズを口にすると、ノジェがつくってくれるのとは正反対で、しぶくて塩辛くて、涙と鼻汁を混ぜたみたいだ。周囲ではまだ笑っていて、いくつもの肉体が陽気にひくひくと痙攣している。船長が冷やかしを言う。話題は、気味悪くて不愉快で、我慢ならないほど愚鈍で醜い人々のことで、それはアンジュと私のことでもあるし、前夫とコリーナのことでもある。諧謔としてもつまらないし、扱い方も露骨だ。ああいや、全然おもしろくない。

アンジュは私と結婚したために罰されたのだろうか？　彼が目をつけられたのは私と似てきてしまったせいなのか、人が自らの内部に深く入りこんだ悪に対して警戒を怠り、そればかりか善と取り違えることで、しまいには自分自身がその悪と同じものになっていくように。

全然おもしろくないわ、と私はテーブルにナイフをかんかん叩きつけながら叫びたい。船長はふざけつづけて、興に乗るあまり次の揶揄の文句をまだ発しないうちに爆笑し、そこで一同は、彼の言葉をいまかいまかと待ち受け、じりじりして興奮を高め、フォークはそこここで持ちあがったままオマール海老を忘れ、いまにも噴きあがろうとする哄笑がふくれた頬の中で足踏みし、ときには肝心の瞬間を待たずに小さなげっぷのひと連なりのようなものとなって漏れる。私の目に涙がじわりとあふれてくる。でも私はここにいる、自分の金銭に守られて、この光の狂乱の中で人知れず――ここにいる、きちんと化粧して、この場にふさわしい髪型で、確かにずいぶん太りすぎているし照明の熱で多少汗を垂らしてはいるけれど、とはいえこのテーブルを囲んでいる人たちはみんな太りすぎで、汗っかきで、容色も衰えているではないか？　私はここにいて、そのことはいずれにせよものすごく嬉しい、すると不意に自分の笑い声が、船長の新たな機知に応える笑いの渦に加わっているのが耳に届き、それから私の笑い声はだんだんしっかりして、大きくなって、目に浮かんでいた涙は消える。大口を開け、テーブルへ身をかがめて、私は喉が張り裂けそうなくらい笑う。

見るとナタリーが、こちらの部屋と普通の部屋とを隔ててはいるけれど暑くて仕方ないので開けっ放しにしてある両開きの扉の向こう側を通っていく。彼女はためらい、一瞬、歩きかけの姿勢のまま片足で立ち止まる。前歯を突き出した私の笑い顔を彼女が見ているのが目に入る。気が違ったような歓喜の発作にとらわれている私は、相手の姿を認めた身ぶりをこれっぽっちも示せない。ああ、と私は思う、彼女はさっきの冗談を聞いてしまっただろうか？

25　私は彼女を抱きしめる

そして夜になってみると、なんたる驚き、私の寝台に、しょんぼりと背中を小さくまるめた掃除婦が腰かけているのだが、小ぶりな金ボタンのついたマリンブルーの制服を着た彼女の役目は、晩に備えて船室を整えること、ベッドを出したり、化粧室に石鹼やタオルが揃っているか確認したりすることだ。

いま、彼女は、そういうことはなにもしていない。深い悲しみに肩をひくひくと震わせていて、色の濃い上衣の布地に覆われた脊椎骨が尖った先端を見せてぼこぼこと連なっているのが目につき、それはまるで、実のところ、あまりに憂いが深くて自分自身のことをなにもかも忘れ去っているので、この骨の突起を通して自分のもろい内面をさらけ出してしまっていることにもかまってはいられないのだというように見える。

「あら、あら」と私は言う。

彼女は、嘆きで皺だらけになった顔をあげる。

「なにかお力になれますかしら?」と私はちょっと気づまりな、怯えた気持ちになって言う。

「なんでもありません」と彼女は言う、「私のことではないんです」

「あなたのことではないって、どういう意味?」と私は言う。

この女は私と同年輩だ。私はどうしていいかわからず、彼女と並んで寝台に腰をおろす。

「ある女の方のことで」と彼女が言う。

苦悶に引きつった口がぎこちない笑いのように歪む。

「ああ」と言う、「むごい話なんです、私、立ち直れなくて」

悪寒が私の背筋に走ったのは、二言三言話してくれた内容から、それが彼女がいましがた支度に行った船室の客であるナタリーのこととわかったときだ。

「あの人、どうしていましたか?」と私は言う。「あの人は(私は喉をひくっと鳴らしそうになったのをこらえる)普通にしていましたか?」

「普通? ええ、もちろん、でも」と女は言う、「あんな不幸に見舞われて人は普通でいられるものでしょうか、あの方になにがあったかご存じですか?」

「いいえ、ちっとも」と私は大きな声で言う。

そのとき私は立ちあがろうとしかけるが、疲労感のようなもの、自分の中でなにかが降参したような、放棄したような、悔い改めたような、力尽きたような感じに引き留められて、そこで私はうつむき、ぶるぶると震え、**剝き出しの首筋は斧の一撃とその凄まじい重み、間違いなくやってくる最期のときを告げる凄まじい震動を受け容れる。**

「あの方のご主人」と、ぎゅっと閉じた膝の上で両手をこすり合わせながら女は言う、「それに二人の幼いお子さんの写真を見せていただきました、男の子と女の子と、にっこり笑っているご主人、申し分のない一家です、それでご主人は子どもたちを連れて夏休みにあちらの貸別荘へいらしたのです、あの方は仕事があったのでそこにはいなくて、あとから合流する予定だったのですけど、そうしたら夜中に別荘が火事になって、男の子は火傷を負いながらも逃げのびました、そこでご主人は娘のほうを助け出そうとその子の寝室へ向かったのですが、間に合わなくて二人とも焼死したのです、父親も子どももです、ご想像つきますでしょうか? 生きながら焼かれて。男の子は第三度の火傷を負って入院中で、あの方はその子に付き添うために、向こうへ行くのです。四人家族だったのが、いまでは二人きりで、年端もいかない子どもは包帯だらけで痛い痛いと苦しんで、母親のあの方は、頼る人もないままで。あの方は涙も見せずに語ってくれたのですけれど、そうしたら、どうしてだか、泣き出したのは私のほうで……どうしてだか……」

私は無理にでもこうつぶやかなくてはいけないと思ったのだが、打撃の激しさに顔じゅう硬直して、顎も動かない。

「大丈夫よ……」

私の声はかすれて、聞きとれない。女は悲嘆に力を失って、私の胸に頭を預ける。赤毛に染めた髪の根元だけ白髪まじりになっていて、青みがかって冷えびえとした真っ白な地肌が見える。自分の手が細かく震えながら、二段階に色分けされた髪の毛を不器用に撫で、なおいっそう不器用な手つきで、磨き抜かれたきれいな石のようにつるつると光る冷たい地肌をマッサージしているのも見える。女は激するでもなく、ただ静かにすすり泣く。きっと、と私は思う、後悔に苛まれてどうしようもなく混乱した私の心が早鐘のように鳴るのが彼女には聞こえていることだろう、聞いて、どう思うだろうか？

フェリーの揺れにつられた一定のリズムで私の手はいまこの見知らぬ顔の濡れたこめかみをぽんぽんと優しく叩いている。共感をこめて、しかも傷ついたアンジュを相手にしたときのような嫌悪が入り混じることもなく他人をこの身に抱き寄せるのは、ほんとうにひさしぶりだ。

以前こんなふうに人を抱きしめたのは、父親と母親の体を肩の辺りにぎゅっと押しつけたあのときが最後だったのではないだろうか、それは私がオービエを離れた日のことで、その抱擁に同情の念をいっぱいにこめたのは自分がこの地には二度と戻ってこないとわかっていたから、そしてそのことを両親が知らずにいたからで、つまり早くも二人を欺いていた私は、自分は決して二人の許を訪れることはないはずだし、父母のほうも、ぼんやりした顔だちに抑揚のつきすぎたあやふやな喋り方のままはるばる街なかまでやってきて私に会おうとするようなことができる人たちでは決してないはずだと思い、二人の身になって果てしない心痛を覚えていたのだ。

26　遅すぎた

はじめに扉を開けたのはパジャマのズボンを履いた老人で、詫びを言って隣の扉を叩くと若い男の声が応え、そうやって同じことを二等船室の廊下づたいにひたすらつづけたのは、ずいぶん風変わりなやり方ではあるけれど、それというのもこの辺り、どこかの部屋に、ナタリーがいるはずなのだ。

彼女の不幸を知ったと、気の毒に思っているといますぐ言いたい――そう言えないままでいては耐えられなくなる気がする。なにも言わず、無関心を纏っていた私のせいで傷つけてしまった人に一刻も早く会いたいという切迫した思い、熱に浮かされたような猛烈な欲求に突き動かされて私は廊下を端から端へ駆けずりまわり、ナタリーがそこにいないとわかってからもそうするのをやめられない。

どうしたら彼女は、と私は思う、あんなに思いやり篤く救いの手を差しのべていられたのだろう、どうしたら私が彼女の話を聞いてなんの反応も示さないのに動じることもなく、地に足の着いた実行力を発揮して惜しみなく私を助け、支えていられたのだろう？　私なら、絶対、そんなこと……。どうしよう、どうしよう、足下に身を投げる、それくらいのことはしないと……。もしかしたら、私のごとき女にはなにも期待すべきでないと考えたのだろうか？　私の無感動な、無礼な態度も、こうした類の人間にしてみれば普通の反応の仕方だろうと彼女が前から思っていたのを単に裏づけただけで、そんな人たちを守ってあげるのが慈悲深く寛容な彼女の好むところだということなのか？　いやそれはともかく、あってはいけないこと、見過ごしにはできないことなのだ、彼女がこの船のどこかの片隅で、眠っているか起きているかわからないけれど、私から伝えなければ、きちんと表明しなければならないことがあるのにそれを知らずにいるなんて——かくも許しがたい侮辱がもたらした傷痕を抱えたまま、すぐそこで生きて呼吸しているなんて……。

そして私は、列車の中で彼女が話し終えたときに頭に残ったいくつかの言葉を思い出す、火事と子どもたちのことを思い出す。どうしよう、どうしようと小声で口走りながら、廊下に敷かれた花柄の絨毯の上をよろよろと進む。

どこにいるのだろう、いまこの瞬間どうしているのだろう？　見つからなかった——もしかして、彼女と気づかなかったのか？

そのとき私は廊下のいちばん向こうの端、中甲板へ降りる階段が口を開けている辺りに、掃除婦がいるのを見つける、先ほど涙に濡れた頬を私の胸にもたせかけたあの女だ。私は呼びかけ、階段のほうへ走る。昂ぶった声で私はナタリーの部屋番号を訊く。百五十号室という答えに、私は違うとは言えない。百五十号室の扉を開けたのがだれだったかもう正確には覚えていないけれど、ナタリーでなかったことは確かだ。それともだれか他の人と同室なのだろうか？

あらためて私はその扉に近づく。ドンドンと叩く。静寂。いや、そうかしら？　なにか衣ずれのような、消そうとしてはいるものの完全には消しきれない物音が聞こえる気がする。もう一度叩いて、ささやく。

「ナタリー」

それから扉に耳を当ててみる。すると扉の反対側で私の耳とちょうど同じ位置にもうひとつ別の耳が押しつけられているらしい響きが深々と伝わってきて、ぎこちなく息を吐く音、ひそやかな呻き声、どうにか抑えようとしている泣き声とも取れるような音が聞こえてくるように思える、でもそれは夜風の音なのかもしれない、と私は思うけれどもそう信じているわけではなく、いまと同じように私は、聞こえるのは風の音だ、風そのものが私に電話をかけてきたのだと自分を納得させようとしたことがあった、それは遥か昔、電話が鳴って出てみるとなんの応答もなく、だれの声もしないけれどただ息をする音、抑えつけた、痛々しい、恥ずかしくて慌てふためいているような、気まずくて悲しすぎて縮みあがっているような呼吸の音が聞こえてくるので、私のほうは沈黙で応じるかあるいは二、三の皮肉な台詞を口にしたりしたのだがそうしたのは電話の向こうにだれがいるのか自分が知らないわけではないことを隠蔽するためで、相手が実際のところ私に向かって話しかけられる状態にはなくそれでも私の声を、ほんの少しでもいいから、どうしても聞きたいという気持ちに抗えずにいるのだということ、風の音などではなくて父親か母親かあるいはその両方が吐く息の音なのだということが私にはわかっていて、電話の向こうにいる二人の姿がありありとこの目に見えた、二人は受話器にしがみついてそれぞれ互いになにかひと言発してほしいと何度も目配せを交わすものの眼差しは交わされるたびに絶望の度合いを増し、言葉はどうしても出てこないまま、生まれかけるやいなや行き場を失っては死に絶えて、呼吸音はだんだんかぼそく、苦しげに、惨めなありさまになっていき、でもきっと夜風だ、と思いながら私は扉から身を離す、今晩のナタリーは私に姿を見せたくなくて扉を開けないのだろう。そして私はのろのろと足を引きずって自分の階へ戻りつつ、自分はいつでもだれに対しても、これまでに体験したいかなる状況においても、時機を逸してきたのだと感じている。

27　これがそう、私の息子

私はいま乗客たちの群の中にナタリーを見つけ出そうとしていて、タラップの手前から下のほうをうかがう私の頭上では太陽が、まだ淡く白っぽいとはいえ早くもぎらぎらと射しはじめ、早朝の空気は猛暑の兆しを湛えて打ち震えている。

息子との再会を待ちあぐねていたのに、こうとなってはあの子が遅刻するか、いっそ船着場まで私を迎えに来るのを忘れるか怠るかしてほしいとまで思う、それくらい私はなによりもまずナタリーに会っておきたい。

息子の家まで私を車で連れていってくれるのが彼女だったらどんなにいいだろう、一緒にレンタカーに乗れたなら私はもう彼女が変貌するのではないかと怖れたりしないし彼女のことならなにひとつ怖れはせず、その代わり必ず身の潔白が証明できるよう弁解に努めて、同時に彼女が私のことをどういう人間だと思っているか——ないしは私についてなにを知っているのか尋ねてみることもできる。

それから許してくれるよう懇願するのだ、耳をふさごうとばかりしていた私を、そしてこれからはいままでの私よりも善良になってみせると約束しよう。

でも、と彼女はもしかすると魅力あふれる寛大な微笑を見せて言うかもしれない、あなたには人間らしさにあたるようなものはなにも期待されていないのよ。

いや、彼女がそんなことを言うわけはない——むしろこう言うだろう。

「かわいそうなご両親に会いにオービエへ行きなさい、思いやりをもつことにしたつもりなら、まずはそういうかたちで示せばいいでしょう、あなたに対してなんの落ち度もないあの人たちのところへ訪ねていってあげるのは当然のことよ」

「なんの落ち度も、ね」と私は軋るような声で言うだろう、「だけど落ち度じゃないのかしら、それも最悪の部類に入るんじゃないかと思うわ、あの地区の境界線や、いくつもの厳格な儀礼や、自分たちの慣習から外れるものすべてに向けた理解しがたい執拗な警戒の中に私を閉じこめて、冴えない人生に繋いでおこうとするなんて。私も歳を取ったから多分いまでは少しあの人たちの顔に似てきているはずで、そんな二人の顔を見るくらいなら死んだほうがましだわ、見放され打ち捨てられて老境を送っているのを前にしてお定まりの後悔と追憶の混じった憐れみの念が胸にこみあげるのを感じるくらいなら死んだほうがましよ、つつましく謙虚でいるのが習い性になっている老人というものは、だれもかれも途方に暮れているようだったり哀れげに訴えているようだったりして、見る者の心を捕らえて放さないわけだけれど、だからといって別にそういう老人たちは相手の厚意を受けるにふさわしいほどの行いをしたことがあるとはかぎらないいんじゃないの？」

しかし乗客たちの波はゆっくりと流れ去って、ナタリーはその中にいない。

ほとんど絶望して、私もまたタラップを降りていく。黒い服を着た私はもう暑くなってきて、頭がちくちくとむず痒い。

船の到着からほんの数分で、濃厚な青白い空の色を押しのけて目に鮮やかな紺碧がなだれこみ、そのけばけばしさに埠頭の敷石も人々の容貌も港の奥にある白や黄色の建物までも青みを帯びて見える、まるでこれほど強烈な色が現れては地表のすべてがその色に染まるしかないのだというように。

私が目玉までじりじりと灼かれていたせいなのだろうか？　タラップを降りたところで私は一人の男と激しく衝突してしまう。顔が相手の肩に当たり、私の眼鏡が飛んで地面に落ちる。相手は鎖骨に私の歯がぶつかったので痛がってあっと叫ぶ。私は大声で言う。

「眼鏡を踏まないように気をつけて！」

私はかがみこんで眼鏡を拾うが、起きあがりながら目に留めたのは、白い布靴（エスパドリーユ）を履いた両足、長くて無毛で妙にひょろひょろして日に灼けた男の脚で、カーキ色のだぶついたショートパンツを履いているけれど、その下はピンクと白の縞模様のトランクスなのがはっきり透けて見えて、そればかりか、と気づいて私は狼狽する、濃い色をしてつやつや光った鼠蹊部の体毛まで見えるように思い（そしてそのとき、香り高い石鹸で洗った清潔な秘部のほんわりと温かな匂いがしたような気がする）、するとずっと遠い昔、かぼそいとはいえ頑丈な二本の脚が私の腰を捕らえ胴まわりを縛りつけてあまりにしぶとくぎゅうぎゅう締めあげるので仕方なく叱るとようやくしがみつくのをやめて床に飛びおりたという記憶、それは私が仕事を終えてフォンドーデージュ通りの家に帰りついたときのことで、そのたびに息子は不安な小猿のように飛びついてきて――あの下肢の生温かく力強くそれでいていかにも細っこい感触の記憶が荒々しいまでにまざまざとよみがえって、私は言葉を失い、震え出す。この男の両脚、ああ覚えている、つくったのは私だ。

片手でどうにかこうにか眼鏡をかけながら、もう一方の手で息子の腿に触れる。相手は跳びのく。

「ラルフ、私よ」と、すっかり立ちあがって私は言う。

だが、そのとき、息子の美しさに私は喉を締めつけられる。息が詰まって、片手を胸へもっていく。以前から見惚れるような若者ではあったけれど、人を惹きつけはするもののやや締まりがなく茫洋として、だらしないとも言えそうな顔だちだった。魅力ある部分が散乱し、長所になりうるだろうと思える点は多々あっても確固たるものにはなかなかならなかったその青年が、美男の原型へと変身し、父親である前夫にも増して信じがたいほどきれいになっていて、こうした類の美形をかつてのアンジュと私なら、ある種の頭の悪さと自動的に結びつけて冷笑しただろうということはわかっているのだが、しかし、私の息子だからなのか、それとも毒舌家のアンジュから受けた影響が彼の許を遠く離れたいまとなっては薄れてきたからなのか、現在のラルフの美しさは私を啞然とさせ、怖気づかせ、そして、胸の奥底で、私を苦しめる。

彼は眉根を寄せて私を見つめる。細部にわたってじろじろ眺められるよう、前もってサングラスを外した。驚いたように、混乱したように微笑むと、歯並びが覗く。

「お母さんなの？」

「わからなかった？」私はうわべだけ軽やかに言う。

相手は思わず私の全身をさっと見渡す、私が記憶の中にあるのと同じ自分の母親であることをちゃんと証拠立ててくれる部分がどこかにないか探そうとするように。長いこと、ほんとうに長いこと会わずにいたのだ。私のほうは、相手を見つめながら、賛嘆の念を隠さず、わずかに兆した苦痛のせいで口が見苦しく歪んでいるのが自分で感じられるけれどそれも隠しはしない。

私はややぎくしゃくと歩み寄り、挨拶のキスをしようとする。相手は一歩前へ、といってもほんの少しだけぐずぐずと進み出て、頭をかがめて私の唇が頬をかすめるに任せるものの、私には触らないし私のキスに応えることもない。確かに、私の息子でもあるこの男は、見た目は衝撃的なほど完璧ではある、でも……。

漠とした窮屈な思いが、まとわりつくように、微妙に、気づかないほどほのかに私を包みこむ、まるで息子に近づくことで巨大な蜘蛛の巣に絡めとられてしまったように。

この子の姿かたちの、と私は思う、どこが変な感じがするのだろう?

もはや埠頭には私たち二人しかいない。白い石畳が跳ね返す陽光のせいで私はほとんど目を開けていられず、猛然としつこく襲いかかってくるこのどんよりした暑さに自分の体の肉が不安を覚えているのがわかる。呼吸が定まらない。

息子の人相のどこが変な感じがするのだろう?

「ずいぶん太ったね」と、つっけんどんな声で彼が言う。

「そう、困るの?」

「医者としては、そうだね」と彼。

「わが息子ラルフとしては?」と私。

「その場合も、ちょっとね」と、苦りきったようにははっと笑って彼は言う。

「更年期なのよ」と私、「だけど信じてくれない人たちもいて、私が妊娠してるんだって思いこもうとするの、馬鹿みたい」

「調べるのは簡単だよ」と息子は言う。

彼は目を逸らす、たぶん会話が思いがけず立ち入った方向へ進んだので対応に困ったのだろう。

身につけている白い麻の半袖シャツは奇妙にぴったりしていて、幅広で平らな胴体の輪郭をくっきりと現し、金属製の小さなボタンがいまにもはじけそうに見える。このとおり、細いながらも筋肉のついた体の線、小柄な背丈、瘦せて骨ばった顔だち、ふさふさした巻き毛の黒髪、長く濃い睫毛にふちどられた茶色い目――すべて記憶どおりだということはわかる。でもそのほかは? 私が正確に見極められずにいるもの、まだ私には名づけられないけれど確かに息子のまなざしから湧き出ている異様なものはなんなのだろう? これはラルフであって同時にラルフではない、息子に他人の目をあたえたみたいだ。そしてその他人というのは冷ややかに熱狂した男、頑なな昂揚、人と分かち合えない情熱に燃えた男で、その思いが内からあふれ出す唯一の場所である彼のまなざしは、秘めてはいるものの揺るぎない狂信の相を表している。

なんということだろう、というのも息子の性格の目立った特徴をなしていて苛々させられることも多かったのは、今日私の目に映っているのとは逆のものだったはず、むしろなにに対しても一様に示す、絶え間ない、相手をうんざりさせる皮肉な態度、出来事の一つひとつにいちいち嘲るように面倒くさそうに距離を置くやり方だったはずではないか――たとえば、私が覚えているのは、ラントンと別れると私に告げたときの、他人事みたいでなんとなく冷やかすようでもあった顔つきで、つまりそうやって私の様子を観察しつつ、この報せに接した私が万一、意気消沈した気配を少しでも見せようものなら飛びかかって（なぜなら私はラントンが好きだった、大好きだった）、悪意たっぷりに揶揄してやろうとしていたわけで、それはまるで母親が息子以上に息子の恋人を愛するということが感謝に値する優れたふるまいではなく奇怪でいかがわしいことだと言いたいかのようだった。

この男、毛を剃った両脚でしっかりと立ち、照りつける太陽に勇ましく顔をさらした男の目には、もはや嘲笑の影はなく、代わりに強硬な、ほとんど残忍なまでの険しさがある。

私はハンドバッグを開けてラントンの手紙を出す。

「はい」と私は言う、「忘れないうちに、ラントンからよ」

彼は動揺のかけらも見せずに奪いとる。手紙をまるめると、ゴミ箱を探すように辺りを見まわす。おそらく見つからなかったためだろう、くしゃくしゃになった手紙をショートパンツのポケットに突っこむ。

「返事を書かないと駄目よ」と私は不安に駆られて言う、「そうでないと、私が渡さなかったんだって考えるわ」

「まったくかまわないね」と息子は言う。

「だけど、もし私が従わなかったと思った場合、彼はアンジュに復讐するのよ」と、私はぼそぼそと言う。

「あいつの出まかせなんか信じなくていい」と息子。

断定的な口調が、この件はこれまでだという意志を私に伝える。

彼は私のスーツケースを持ちあげる。その瞬間、彼の口許が震え出す。口ごもるように、

「ああ、お母さん……」

そしてすぐさま自分を取りもどす。きゅっと唇を閉じ、私に背を向けると、スーツケースを手に、駐車場へ向かって歩き出す。堅苦しい、どこかもったいぶった感じで歩を進めるのを私は見ている、あの子が、地面に足を擦りつけるようにスニーカーを引きずって、背中をまるめ、首をだらんと垂らし、ボルドーの街路を倦怠に任せてあてどなくさまよっていたあの息子が。いまはなんてしゃんとして、しゃちほこばっているのだろう！　この乾ききった土地ですっかり鍛えあげられたのだ！

彼の後を追って歩いていくと、ショートブーツの靴底を通して敷石の熱さが伝わってくる。

どことなく容貌に見覚えのある、透明な庇のついた帽子をかぶった背の高い男が、正面から私たちのほうへ向かってきて、そっぽを向いたまま息子とすれちがう。私のところまできて立ち止まる。帽子の庇が、額に、頬に淡い影を落とし、藤色に染めている。私がかまわず歩きつづけようとすると、相手はぱっと跳んで私の目の前に立ちはだかる。歩みを止めるのは私の番だ。高まる危惧に全身が萎える。小さい、甲高い声で呼ぶ。

「ラルフ！」

男は憎々しげに、にやりと笑う。私はこの人がだれなのか知るべき義務が自分にはあるのだと、知っているべきだし自分がここまで卑怯でなければもう知っているはずなのだと感じる。

「ラルフ！」

けれども息子は、もうずっと先へ行っていて、気づいてくれない。

「ラルフ！」

私の声にはいまや怒りが混じってはいないだろうか、目を眩ませ、うっとりと酔わせるこの怒りは、自らが発した力を糧としてますますふくらんでいき、私はすっかりその中に巻きこまれては、あとになってから戸惑ったもので、それは息子があのころ私の腕の中に飛びこんだのち小さな両脚を私の背中にしっかりと結わえつけたままいつまでも離そうとしなかったときにいつも起きたことなのだが、そうなると怒りのせいで私は自分の力の強さも過剰な反応も自覚できなくなった、というのも場合によっては息子をあまりにすげなく押しやったので、はずみで彼は家の玄関の床へ逆さまに落ちたりもしたのだ。そしてある日、落ちたときにこちらが心配になるほど激しく床に頭をぶつけたことが確かあった、一度は少なくともそういうことがあったはずで、そのとき私の常軌を逸した怒りはたちまちすうっと冷えて、私は彼の許へ駆け寄り、抱きしめて優しく揺すり、自分を惨めに感じながら、内心でこの子がいまの場面を忘れてだれにも話さないでいてくれるよう、母親の思い出としてこれだけは留めずにおいてくれるよう祈ったのだった。

男は私の足下に唾を吐く、といっても唾はほとんど出ず、実を結ばない。ある罵りの言葉を浴びせてくるけれど私には理解できず、「…ぎりもの」という終わりの部分しか聞きとれない。私は怯えて叫び声をあげる。男は私の脇をすり抜けて大股に去っていき、埠頭への進入を禁じる仕切りのチェーンを跳びこえると、コンテナの向こうへ消える。

車の横にいる息子に追いつくと、相手は待ちかねて怒り出す一歩手前でいる。たったいま遭遇した出来事について私はなにも言わない。息子は私に後部座席に乗るよう身ぶりでうながす。

息子の車はたいへんな高級車に見える。白くて、巨大で、新車らしい。陽光を受けてピカピカ光るので私はちらりと目をやることしかできない。格段に重たく分厚いドアを開けると、私は座高が低くふわふわした黒革のシートへ、ほとんど吸いこまれるように、身を投げ出す。

アンジュと私は、大きな自動車を買う人たちについてはとにかく言いたい放題で、凶暴なまでの侮蔑の念、荒れ狂うような敵対心を掲げてそういう人たちをやっつけた、自分たちはと言えば誇り高く清廉にもトゥインゴの狭い空間に太った体を押しこんで、実は資金面からすればヴィクトル＝ユゴー通り沿いで見かける広告に（そこでしか見かけなかったのは私たちがテレビを観ないからだが）パワーと快適さにまつわる性能の数々が謳われているようなあれやこれやのセダンを買うこともできたのだと確認して満足しつつ、値段を見てはこんなものにこれほどの額を支払うとは呆れ果てた愚行だと二人して声をあげ、しかし自分たちも、その気さえあれば、この馬鹿げた贅沢品、自分たちの心安らぐ成功を俗悪に飾り立てる一品を手に入れるのも造作はなかったということ、また他人もそれを知っていることに興奮するのだった。

なのにいま、と、おそろしく居心地の悪い気分で私は思う、私の息子自身が、そうした猥褻な類の自動車に乗っているところを見せびらかす欲求を感じているのだ。

オービエにいるあの二人の年寄り、たまたま私の両親であるあの人たちは、高級車が団地の駐車場へやってくるたびに訓練を積んだ耳でその音を聞きわけてはばたばたと窓際へ駆けつけたものだった！誇らしげに、なんとも嬉しそうに、眩しくきらめく幸運のしぶきを体に浴び、こんな車がたった十分でも駐まってくれる場所に自分たちが住んでいることを有難いとまで思う様子になって、妬んだり羨ましがったりするようなことは決してなかった、そんな考えを起こすには従順すぎたのだ。こんなことなど思い返さずにいられたらいいのに、あの人たちのことなど記憶から追い払えたらいいのに。

「はじめまして、どうぞよろしく」と、耳に快い、低い声をした女が言う。

助手席に腰かけたその女は、シートの隙間から片手をこちらへ差し出す。

「お母さん、ウィルマ」とラルフは手短かに言う。

私はおずおずと手を伸ばす。彼女は私の手に軽く触れるだけで、握りはせず、私は相手のやわらかく温かい肌の感触に身震いしながら、かさかさでぼってりして怯えた自分の手は、たぶん蜥蜴でも触ったような感じがしただろう、と思う。

「よいご旅行でした？」と彼女は尋ねてくる。

しかし、早くも彼女は向こうを向いてしまい、返答の内容にも私が返答を発することそのものにも関心を示さないので、こちらは黙ったまま、ふがいなく無念な気持ちで、自分の思考力や判断力やあらゆる物事を相対化する能力が、手放しの賛嘆の念、そして苦痛を感じながらも相手に従わざるをえない気分という高波に呑みこまれていくのを感じていて、いままで私が長いことその波に襲われずに済んでいたのは、どんな人や物に接しようとそれらに屈して崇拝してしまうということの決してないアンジュの自信満々な態度に守られていたためだった。

現在の私は、殻のような甲羅のようなものを剝がされ、ひよわな、惨めな、生白い剝き身をさらしている。

私は仕事もなく、一人きりだ。自分に価値がないという思いから救い出してくれるものはもうなにもない。だから、まだ若くて自衛の術をもたなかったころ、たとえばアンジュの娘たちであるグラディスとプリシラとか、あるいは教え子の母親たちの中でも毅然としていると同時に肉感的で、横柄かつ無邪気な部分を大いに備えたタイプに出会ったときと同じように、私はいま、この見知らぬウィルマ、こちらの知るかぎり、こうして息子の傍らに妻のごとく控えている正式な理由とてない女が、意図せぬ尊大さをかすかに交えつつ私のほうへ振り向いて、日に灼けたきれいな顔だち、ファウンデーションで肌理を整えた、とは言ってもオレンジがかったその色味が察せられるのは艶がなく少し色の薄い首の肌と比較した上でようやくといったところなのだが、その顔を四分の三ほど見せただけで、そう、この摩訶不思議な、型どおりとはいえはっとするような気品を湛えた、息子よりは私の年齢に近い女が、唐突に、あらゆる目に見えない崇高な存在が溶け合って一人の目に見える人間のかたちをとったかのようにして姿を現しただけで、私は相手に権威があると認めて逆らいもせず、精神の自由と独立心という、自分がなにより大切にしているはずのものを死守すべく闘うことも放棄してしまう。

ああ、私はなんて弱いのだろう、なんという弱さ。このウィルマというのは、と私は思う、なんなのだろう、いったいこの女とどういう関係を結んでいけばいいのだろう？　こちらがラルフの母であるからには、格別の敬意を払ってもらうよう要求するべきなのか？

息子がエンジンをかけると、私は座る位置を少しずらしてウィルマの横顔がもっとよく見えるようにする。空調が唸る。寒いくらいだ。

空調つきの車とそれを購入する人たちについて、アンジュと私は言いたい放題だった、息子の生活に関して早くも知りえたわずかばかりのことについて私たちは言いたい放題を言った……。

彼女の明るい栗色をした髪の毛は肌に近い色合いで、直毛で、艶があって、一分の乱れもなく肩にかかっている。色の濃い産毛がうっすらと頬骨の辺りに生えている。目は息子と同じで黒く、アイラインとマスカラで大きく見せている。

早朝に港まで義母を迎えに行くのに、この女は完璧に化粧したのだ、ふっくらした大きな唇は鮮やかな赤で、ぬらりと光っている。服はベージュの麻のパンツスーツらしい。私はコホッと咳払いをして、それから尋ねる。

「ヤスミンはどこ?」

息子は微妙な操縦をおこなって駐車場を出ると、広くて埃っぽい道路に入る。眉をひそめたのが見える。女のほうは、曖昧に微笑んでいる。

「なに言ってるんだよ?」と息子は激情を押し殺して言う。

「ヤスミンよ、あなたの奥さんのことを言ってるのよ」と私は言う。

熱い息、むっとくる呼気が私の耳を蒸らす。なにかの毛が首筋をかすめる。私は勢いよく振り返る。巨大な犬の口が私の顔の真正面に出現して、もし私がもう一度でも口を開いたら、ずたずたに引き裂いてやると脅しているように見える。犬は、たぶん、トランクの中で眠っていたのだろう――私が質問を発した途端にひょいと現れたのは、もしや息子の無言の命令に応えたのだろうか？

私は移動して窓際にぴったりと身を寄せ、気味の悪い獣からできるだけ遠く離れる。

「犬好きだったなんて初めて知ったわ」と私は軽く息を切らして言う。

「ボルドー・マスティフなんだ」と息子が言う。

「名前はアルノー」とウィルマ。

「アルノーね」と、私は目に留まらないほどの薄笑いを浮かべて言う。

まったく虫酸が走る、とアンジュも私も思っていた、あの若いブルジョワ連中ときたら、見せびらかして歩くのにやけに大型で怖ろしい形相の犬を選んでおいて、人間まがいの名前をつける、まったくなんて醜悪な連中だろう！

道路の両側には建設中の一戸建てが並んでいて、裸のコンクリートブロックから錆びた鉄筋が突き出ている。太陽はいまや高く昇り、車窓を通して、朝の、希望に満ちた、生まれたての暑気の匂いが伝わってくる気がする。私は身をかがめて息子にぐっと近寄ると、首筋に私の生温かい口気をたっぷり吐きかける、犬好きになったのだからかまわないでしょ、と私は思う。一閃、夢の断片のように、こうも思う——私のかわいい男の子の爽やかなうなじ！

私はつぶやく。

「それで、ヤスミンは？」

息子はハンドルの真ん中を平手でバンと打つ。そして怒鳴る。

「黙れ、いいな？」

ここまで喧嘩腰で来るとは予期していなかった。反射的に、悲しくもないのに涙が出てくる。見るとウィルマが息子の剝き出しの膝に、なだめるように手を置き、その手を離すと、手形が琥珀色の肌にしっとりと残る。彼女は表情のない、駆け引きするようなまなざしを私に投げかけて、現時点における趨勢を判断する。

「礼儀がなってない」と息子は小声で言う。「母さん、ぼくは恥ずかしいよ。ウィルマの目の前でなんだってそんなこと訊けるんだ？　そういうことは言わないものだろ、わかってるはずじゃないか、そんなこと訊くものじゃないって」

「いいのよ、たいしたことじゃないわ」とウィルマは冷静につぶやく。

「そんなわけない」息子は金切り声になりかける。

「ごめんなさい、ごめんなさい」と、しょげかえって私は言う。

挽回するために、孫娘の様子について尋ねようと思うけれど、まだあの名前を発音する決心がつかない、スアールというあの恐るべき名は私の耳には挑発か、嘲笑か、露骨な厭がらせか、もしくは刺々しい悪罵のようにすら響く。ウィルマはそんな私の思いを見抜いたのだろうか？

「ラルフと私は、とても静かに暮らしているんです」と彼女は、そのような安定した生活を掻き乱す可能性のある発言はしないでほしいと私に頼みこむかのように言う。

「ええ」と私は言う、「ラルフの父親も言っていました……孫はとてもおとなしい赤ん坊だって」

私の台詞の末尾は重い静寂の中へ沈んでいき、言葉を捕らえて呑みこんだ沈黙は、私の前に座っているこの見知らぬ二人の呼吸音によって遮られることさえなく、まるで二人が空調の効いた車内の空気をはじめとして、私となにひとつ共有せずに済ませるために息を止めているように思える。私自身の呼吸だけがふうふうと響きわたり、そこへトランクにいる獣の、ハッハッと短く区切られた、じっとり湿って苦しげな息の音が伴奏を加える。

私がさらに尋ねたのは、答えに興味があるというよりは自分と犬の呼吸をひとつに結びつけているリズムを破りたかったからだ。

「元気にしてるの？　赤ちゃん」

またもや、永久不滅の、責めるようなこの沈黙。どうにも手の打ちようがなくなって、私は窓のほうへ顔を向ける。なにか耳障りなことでも言ったかしら？　こちらが「スアール」と言わないので気を悪くしたのかしら？　でも即座に二人とも示し合わせたように押し黙るほど、その点を聞きとがめるとは考えづらい、それとも……二人はなにもかも知っているのだろうか、私の心配事をなにもかも把握しているのか……そんなことはありえない、まるでありえない……。

四輪駆動車は突如として広い道路を外れるが、それまでの道沿いには、新築だったり打ち捨てられていたりする別荘の並びがやがてなくなっていくその向こうに、海が不動のまま暗い色をして、陽光も青空も受けつけずにいるように見える。

「あの海はきらきらしないのね」と私は言う。

息子が冷笑する。

「そういうのを詩的表現と称して子どもたちに教えてたのか？」重苦しい皮肉をこめて言う。「追い出されたのも不思議はないね！」

「私は」と腹に据えかねて私は言う、「私はあなたが優しい人になって、いろいろあっても私のことを好きでいると決めたんだと思ってた、こっちだってなにがあっても結局あなたのことが好きなんだから！」

「確かにそうだ」と、息子は瞬時に気を落ち着けておとなしくなるけれど、狂乱の澱が胸のうちにわだかまっているらしく、そのせいで声が熱っぽく震える。

私たちがいま進んでいるのは石ころだらけの狭い険しい坂道で、急角度のカーブが何度も何度もつづく。息子は山の中に住んでいるのだ、と私は少し心配になる。

車が、先へ行くほどにますます難儀しながら、干上がって黒々としたイチゴノキの木立や、黒い幹に黒い裸の枝を垂らした背の低い樅の木の間を這いのぼっていくにつれ、海は、小さくなって鈍色の一点の染みとなり、やがて視界から消える。そして私たちは山塊の裏側の、闇に閉ざされた斜面に入り、私の心臓は胸の中で縮こまる。

日陰は果てしなく、何キロも先まで連綿と広がって、焼けて黒焦げになった樅の林を、寂寞とした谷間を覆いつくし、谷底に細ぼそと流れる黒い川は、この距離からだと、暗色の氷が張って固まったように見える。息子は空調を止める。

急に寒くなる。気づくと辺りはしんとして、犬までもがなるべく体力を温存しようとしてか、息をつくのをやめている。息子は暖房を入れる。いつまでも終わることなくゆっくりゆっくりと私たちは登っていき、こうして私はアンジュからどんどん離れて確実に彼を見捨てようとしている気がする、ここから彼の許へふたたび降りていく道のりはあまりに遠い。

わが息子とこの女、年齢と、確信に満ちた物腰と、美貌によって、われながら認めがたいと思うほど甚大な影響を私の身に及ぼしているこのウィルマ（私は彼女を振りまわすことなどできない、なんの支配力も持ちえないしそんなことは想像すらつかない、それに私はラントンに対してしたように彼女に気に入られようとすることもないだろう、ラントンは若かったし、実は母らしい母もいなかった、母親は幾度となく生き方と結婚相手を変えて、新たにできた子どもへそのつど愛情を移していったため、ラントンに残された分け前はあまりに少なくて彼にはなにも感じられなくなってしまった）、息子とウィルマはサン・アウグスト村の山腹にある、広大な家に住んでいる。

　肝心なのは極力冷静な調子を保ってこの状況を描写することだ、というのも私が勝手に変えられるような部分はなにひとつないのだから。けれども私にとっては、こんな状況は、まったく予想外だった。

　私は孫娘の名前と対峙せざるをえなくなること、その名から自分の口を守り通すとでも言えばいいか、そうするための口実がもうどこにも見つからなくなってしまうことに戦々兢々としていた。だがもしかするとそれにも増して怖れていたのは**どうやって認めようどうやって白状しよう**つまり、子どもの顔を目の前にして、おそらく多少は色の濃い瞳が白目のなかに多少はくっきりと映え、多少はきれいな肌をしているのを見て、息子がわれわれの恥ずべき血を継続させたのだと確認せざるをえなくなることだった。

　私は前夫に、あの純真で人がよくて知識を欠いた男に、この点に関して孫がどういった様子をしているかとは訊けなかったけれど、実のところそればかりが気にかかっていた。たとえ訊いたとしても彼には私がなにを言いたいのかわからなかっただろう。

私は絶対にテレビなんか観ないわ、と私は彼に言う。私の精神はあなたと違って、ああいうくだらないもののせいでぼんやり曇ったりはしていないのよ、と言い足す。俺はテレビでいろんなことを学ぶよ、と、あの純粋無垢な男は言う。彼はこう言ったっていいはず、言う権利があるはずだ――ナディア、おまえは俺よりも悪に詳しいし慣れている、テレビを御法度にしたからといっておまえは守られたわけでもなければ純度を高めてもらえたわけでもないんだ、テレビを禁じたことでおまえが飛びこんだ先は、浄めの炎じゃなくて、もしかしたら、そうだな、泥どろの沼だったのかもしれない。俺はと言えば、テレビは好きだけどいつでも根っからの自分でありつづけた――誠実な心をもった前夫は私にそう言ってもいいはずなのだ。

ところが、スアールのいかなる小さな顔だちも、私は覗きこむには及ばなかった。

「あなたの娘はどこなの？」到着するが早いか私はラルフに尋ねた。

眩暈に襲われて、倒れないよう車体に寄りかかった。カーブつづきだったので頭がくらくらした。胃もむかむかする。息子は二、三の聞きとれない言葉をもぐもぐとつぶやき、額に憤怒の皺を寄せ、なにも知らず理解もできずにいる哀れな母親に向かっていまにもその怒りをぶちまけそうだった。

昔、ただ眉根を寄せただけでこの子を怖がらせたのは私のほうだった、怒り出すかもしれないと思わせただけで泣かせてしまうこともあったのは私のほうだった――いつだったのだろう、息子が何歳のときだったのだろう、恐怖を感じる側が一方から他方へと転じたのは。私のかわいい男の子は、私のことを芯から慕い、怒らせてはいけないと怯えて、理由がなんであれこちらが腹を立てているような態度をとれば平気ではいられなかった、それが青年になってみると、どうにも捉えどころのないきっかけで癇癪を爆発させるので私はなにか言おうとするたびに一語一語じっくり検討する癖がついて、それでも相手の不満を回避できるかどうかいつも確信がもてず、そんなとき私は受け持ちの児童たちの何人かと似たような状態になったもので、その子たちは、私が質問すると、錯乱して深淵へと身を投げるように思われるのだが、そうしながらたぶん彼らは、夢の中にいるときみたいにふんわりゆっくりと永遠に落ちていけますように、そして同様に、不安に責め苛まれた自分たちの顔の正面に見える私の相貌もまた、時空を超えた闇の中でふわふわと、優しく辛抱強い顔のままで漂いつづけてくれますようにと祈っている。

私は勇気を振り絞ってさらに尋ねた。

「娘はここにいないの?」

「いない」と、息子の返答はとりつく島もなかった。

息子と例のウィルマが一緒に暮らしている家は、谷を一望に収め、道に背を向ける恰好で建っており、すべて灰色の石造りで厳めしく高々とそびえ、登っていく途中、まだ数キロメートルは離れた場所からでも目に入る。

「ほんとにがっかりだわ」と私は言った、「やっと孫に会えると思ってたのに」

「それは無理だね」と息子は言った。

すっかり子どもに対面するつもりで覚悟を決めていた私は、その子がいないと知って、正直に口惜しく、悲しくさえなって、思えばほっとしてもよかったはずなのだが、そうはならなかった。

私は驚きをこめて問いかけるように眉をぐっと吊りあげ、ウィルマと目を合わせようとした。しかし彼女は目を逸らすことで、自分にできることの埒外にある話題には首を突っこまないという控えめな女性らしい態度を見せ、そこで私は、子どもの母親であるヤスミンは彼女ではないのだとはっきり悟った。というのは、車の中にいたとき、このウィルマというのはもしかしたらヤスミンなのではないかという考えが浮かんだからで、息子の結婚相手の名がヤスミンだったとアンジュも私も覚えているつもりでいたけれど、それはもしかしたら記憶違いだったのかもしれないし、あるいは別の名で呼んでほしくて改名したのかもしれないと思ったのだ、**私自身、もしもヤスミンなどと名づけられていたら必ずやそうしたはずだ。**

そういうことなら話はおそらくとても簡単だ、と私は思い、この思いつきのおかげで安心しきって笑い出しそうになったくらいだった。

そのヤスミンについては、写真ですら見たことがなかった。息子が結婚したと私にひと言告げたのは、ある日サント＝カトリーヌ通りでばったり会ったときのことで、彼は妻についてそれ以上私に語るのを拒み、ただヤスミンという名前だけを口にした（それともほんとうはウィルマと言ったのだろうか？）。

息子が妻に関して私に語りたがらなかった理由はと言えば、以前彼がラントンと付き合っていたころ、私が、あの子の言によれば、ラントンを横取りしたからなのだった――ラントンを奪い、自分を騙してラントンを寝取ったのだ、とまで息子は言った。それは象徴的な意味合いでということだけど、実際にやったよりもさらにひどい、と、あの子は仰天した私の顔を目の前にして言い添えた。だからもう、妻のヤスミンには近づかないで、そっとしておいてくれ。

「だけど」と私は反論した、「私があなたの妻にいったいなにをするっていうの、なにがそんなに怖いのよ？」

彼が怖れているのは……。その言葉を繰り返そうとするだけで体が震えてくる。怖れているのは、私が、妻の人となりに愛情と関心を抱いていると見せかけて、彼女に自分自身のことを軽蔑に値する恥ずべき人間だと信じこませるよう煽りたてるのではないか、ということだった。

「だけどいつ私が人にそんなことしたのよ？」ふたたび大声をあげる私の目から絶望の涙がどっとあふれた。「いつ私がそんなことをしたの？」

息子はにやりと笑うと、憎悪をあらわにして、無慈悲に逃げ去った。どうして実の息子に、あんなに自分を愛してくれた一人息子にここまで憎まれるようなことになってしまったのか、私にはわからなかった。その後、息子が新妻のヤスミンを連れてサン・アウグストへ移住し現地で仕事をしていると知り、ついで女の子が生まれたのだった。

「ほらね」と、誕生カードを受けとったときアンジュは私に言った、「もう彼は恨んでないよ、きみがおばあちゃんになったことをこうして知らせてくれるんだから」

「そうね」と、はじめのうち満足して私は言った。

ところがそのとき赤ん坊の名前が目に飛びこんできて、私は息子が通知を送ってきたのはひとえにこのためではなかったかと考えた——このSouhar（スアール）という六文字がかたちづくる切先で私の心臓を貫き通すためではなかったかと。

こうして息子の暗い家にいるいまとなっては、あの忌々しい名前のことは大した問題ではない。落ち着かない。子どもと母親はどこにいるのだろう？　二人に会うことをあんなに危惧していた私が（と同時に息子が会わせてくれなかったことに傷ついてもいたのだが）、ここへきてその二人のことを案じている。

息子と例のウィルマが暮らしている家は村でいちばん大きいらしく、村にはほかに鼠色の質素な住宅の群がひと握りだけ、なんの飾りもない小さな教会を取り囲んで互いに身を寄せ合うようにうずくまっている。その中心から外れているとはいえ、なにかあれば見すぼらしい家々の住人たちに筒抜けになる程度には近い距離にある息子の広壮な邸宅は、道とは反対の面に、幅の狭い窓を三層にわたって連ね、谷間の眺めを近所の人々の目から完全に隠してしまっている、いやむしろ、見下ろせば視界の果てまで延々とつづくこの憂鬱な眺望から村人たちを守ってくれているのかもしれない——度重なる山火事で荒れ果てた木々、動かない川、一面に広がる冷たい日陰。

灼熱の暑気はおしなべて山の向こうの斜面、海に面したほうへ集まっている。こちらにはまったく感じとれない酷熱のせいで立ちのぼる目に見えない靄がサン・アウグストまで届いて空気をゆらゆらと震わせる。この大気の微細な振動が蜃気楼を発生させるのだとウィルマは私に言った。彼女が言うには、時おり村の上空に水面らしきものが揺れている感じがすることがあって、もしそういうことが起こったら、万一その架空の湖に椰子の木影が映っているのまで見えた気がしたとしても、そのときはただ目を閉じればいい、そうすれば幻は消えるというのだった。

息子はトランクから犬を降ろした。首輪を外して自由に動き回らせてやろうとしているところで、犬をどこかにつないだり引き綱を使ったりするのは二人とも好きではないと先ほど息子とこのウィルマは言っていた。

「アルノーはとびきり上等なんだ」と、そのとき息子はやや脅すような声で言い、それはまるで私があからさまに疑義を呈するか、悪い犬だということを見せつけたいがために犬を興奮させるに違いないと予測しているような口ぶりだった。

でもこの子は私が犬に興味がないこと、私にとって犬など存在しないも同然だということを知っているはずなのに。犬にまつわる台詞はなんであれ私には耐えがたいほどつまらない。だが放そうとした瞬間、息子は戸惑いと驚きを表しながら犬を取りおさえた。アルノーは私に飛びかかる寸前だったのだ。

「変だな」と息子は言った。「家で犬を飼ってた？」

「まさか」と、襲われかけた恐怖が収まらないまま、私は言った。

「でもその服に雄犬の匂いがついているはずなんだけど」息子は考えこむ様子で言った。

「それ以外にありえないわね」ウィルマがそっけなく言った。

「私はなにも隠そうとしてなんかいません」と私は言った。

三人とも不満を残しつつ、犬のことと犬が私に示した感情をめぐる議論は棚あげとなった。息子とこのウィルマは、アルノーの態度がなにに基づいているのかについて自分たちの理解がかくも不充分であることを実感して機嫌を損ねているばかりか、苦しんでいるようにすら見えた。自尊心と愛情に痛手を負ったそのありさまから、二人がどれだけ犬をかわいがっているかが推し量られた。ということはこの人たちにはこんなふうに愛せる子どもがいないのだろうか、それともあの女の子ではふさわしくないというのか、期待を裏切るような子、醜かったり、望ましからぬしるしが目につきすぎたりするような子なのか？

ウィルマはなにかを許してもらおうとするように、赤毛の犬の大きな脇腹を撫でた。犬の正面にひざまずき、麗しい顔を犬の鼻づらすれすれまで近づけると、言った。

「さあ、どうぞ」

すると犬は女の頬を、鼻を、口許をべろべろと舐めつくした、息子と暮らしているこのウィルマ、私との面会にあたって今朝がた入念に化粧を施してきた女の。犬の長い舌はファウンデーションも頬紅も口紅も、マスカラまでも拭いとり、そうされながら女はややわざとらしくはしゃいで笑った。

息子は自分も顔じゅう舐めてほしがった。ウィルマが立ちあがったとき、二人は互いに犬の口の真ん前に陣取って祝福を授かろうと、ふざけて競い合った。ウィルマが立ちあがったとき、顔はすっかり化粧を剝がれて、白く、産毛に覆われ、誇らしげで、満足そうだった。こうして犬の唾液でつるつるに光った素顔をさらすという出方にはなんとなく私に対して挑むようなところがあって（強烈な臭い、饐えたような臭いがこちらまで漂ってきて、その肌がどれだけべとついているかも手に取るようにわかった）、まるでこの取り澄ました女は、こんな状態になってさえ魅力が減じたとは思えないでしょうと私に言おうとしているようだった。

私は顔を逸らした。息子の家の玄関に向かって歩いていった。息子があれほど必死に私を慕ってくれたかわいい子、あそこまで私を愛してくれた人間がほかにいただろうか、飼い犬のよだれにまみれ、おぞましい悦楽に浸った姿をひけらかして立ちあがるところを目に入れる気はさらさらなかった。まったく、この人たちはよほど寂しいに違いない、と、ついで私は思った、アルノー相手にへりくだって、自分たちからしつこくお願いしてかわいがってもらうなんて。

乾いた穏やかな寒さだった。ゆらめく広大な青空が息子の住居をつつみ、振り返ると、道を挟んで、教会の周りにひしめき合う小さな家々があり、ひっそりして一見すべて空き家と見紛うくらいだけれど、よく見ると、窓にはそれぞれ真っ白なカーテンが掛かっていた。

ウィルマは扉を開けるためハンドバッグから大きな鍵束を取り出した。離れるよう私に身ぶりで示した。息子がまず犬の首輪を引っぱって家に入れた。犬は、後ろに私がいるので、首をこちらへねじ曲げて、グルグルと唸り、言うことを聞かない。垂れさがった黒い口に泡を吹いて猛り狂っている。

「やっぱり犬の臭いがついてるはずなんだよ、そうじゃなきゃおかしい」と息子はある種の怒りをこめて叫んだ。

「アルノーは征服心がとても強いんです」とウィルマは言った。

「あなたたちが心から喜んで私を迎えているわけじゃないのを感じてるのかもよ」と私は冗談めかして言った。

「うん、そうかもしれない」息子は真面目な、深刻とすら呼べそうな口調で言い、そこには悪意も、傷つけてやろうという意図もこめられてはいなかった。

彼が持ち前の皮肉を失ったらしいことに私は胸を揺さぶられた、あんなに相手をしょっちゅう疲れさせるほどの皮肉屋で、状況によってはほんとうに伝えたいことの逆をわざと口にしているのかそれとも言葉どおりに取るべきなのかわからなくて手にあまるような子だったのに。

今日、サン・アウグストの、息子の領地にいる私は、この子の発言の意味について、もはや迷うことはない。発する言葉の一つひとつに絶対に文字どおりだという表示を刻むようにして彼がかちりと嵌めこんでいく熱烈な厳格さは、私の記憶にあったこの子の姿を、もし顔を整形したとしてもこれほどではなかっただろうというくらい遠くへ押しやる。そのため、息子の顔だちを見ても、そこまで見覚えがあるのかどうかわからなくなってくる。むしろ、と私は思う、サン・アウグストのきつくて荒っぽい訛りを身につけていてくれたほうが、こんなふうに厳粛な、真摯な物言いに陶酔するよりはましだったはずで、昔のこの子はこの手の喋り方を、ときに私やアンジュが教育に関してなにか立場を表明するような折に見出したと決めつけては、機会を逃さずいちいち嘲ったものだった。私には言葉の裏の意味というものがちっともわかっていないと責め立てて、かくも挑発的な罵倒を前にした私の様子を、またたじたじになってると言って冷やかした。

あんなに優しくて感じやすくて甘ったれだった私のかわいい男の子が、どういうわけで私にはもはや好きになれないあの青年に変貌してしまったのだろう?

ところが彼は、私の前夫、つまり自分の父親に対して痺れを切らすことは決してなかった、息子の好むようなユーモアや物の見方などわかりっこない人だったのに。

それはラルフが父は素朴な善人だから必然的に愚弄を聞きとる耳をもたないのだということを感じとるか理解するかしていたためでラルフは父のそういうところをどこまでも尊重していたしもしかす

るとそうした無垢のありようが自分に欠けていることを悔やんでいたのかもしれず、さらにもしかすると自分を堕落させたというので私を恨んでいたのかもしれない、たぶんそう思っていたのだろう、物事を多様な角度から検討してみる能力を身につけさせられたせいなのだと、だけど私はあの子の諧謔趣味も陰気な笑い方も大嫌いで、当てこすりが度を超えると、あの子自身のことも、ふと憎くてたまらなくなった。

そういった悪癖を捨て去った息子に再会したのだから私は喜んでもいいはずだ。なのにどうして気がかりで、胸が痛むのだろう？　冷酷なことに変わりはないからか？　実際、頑なで、残忍だからか、しかも私に危険が及ぶ可能性はますます高くなった気がする、本人は寛容になろうとがむしゃらに望んでいるというのに。私はあの子に言いたい――あなたはどうしたって父親のようにはなれません、もう遅すぎるし、あなたはそういうふうにはできていないもの。ああ、私はこうも言いたい、苛立ちを覗かせながら――だいたいあなたのかわいそうなお父さんが心からのお人好しだったせいでどういう結果になったたか、見てわからないの？　恥ずかしげもなくコリーナ・ダウイに生活を頼って、恥ずかしげもなく他人のものになった家に居座って、恥ずかしげもなく年に数回会えるかどうかという孫のために馬鹿ばかしい部屋を設えて、おまけに、恥ずかしげもなく、ボルドーで、世間にああいう顔だちをさらして、その顔が疎まれていることも理解できずにいるのよ。

息子はアルノーを伴って家の奥へ姿を消した。それから戻ってきて、犬を診察室に閉じこめておいたと言うので、私は息子が医者だったのを思い出した。勤務しているところを見たことがないため、どうもその点を忘れがちだ。

私が知っていたころの息子は学生で、あまりに学業が長くつづいたおかげで、私はしまいには目的は勉学そのもので、それが職業に行き着く日は決して来ないのだろうと漠然と思うようになっていたのだが、その医者の道を息子が選んだのはラントンの勧めにしたがってのことだった。

ウィルマは私の腰を後ろからそっと押して中へ入らせた。広々とした玄関ホールは暗くて寒い。木や革でできた仮面が剥き出しの石の壁に掛かっていて、ほかにも枠に張った毛皮、それに猪の頭部を剝製にしたものがおびただしく飾ってあった。

「狩猟に行くようになったんだ、ウィルマと一緒に」と、息子がちょっと得意げな面もちで言ったとき、私はずらりと並んだ猪の頭を見つめながら、もしアンジュがこんな殺戮のさまを目にしたらなんと言うだろうかと考えていた。

狩猟家ほど忌まわしい人種はいないね、とアンジュはよく言っていた。

「それじゃ射撃を習ったの？」と私は弱々しい声で尋ねた。

二人とも、てらてらと光る顔面を私のほうへ向けた。

この国の狩猟家は全員死刑に処すべきだね、とアンジュは言っていた。

「もちろんだよ」と息子は言った、「ウィルマが教えてくれた」

二人の相貌が闇に沈んだ広間に仄白いあかりを投げかけるのは、欲望が、誇りが二人を内側から輝かせていたためで、その間、おそらく二人は灌木林(マキ)での度重なる猟、私がのちに彼らの寝室で目にすることになる強力な武器をたずさえ、群を離れた雄猪だとか、狂乱の態で子どもたちを先に逃がそうと急きたてた末に、やがてアルノーの鼻づらの下で恐慌の強烈な臭いを立ちのぼらせる雌猪だとかを追いかけるところを思い出していたのに相違なく、私はあとになってから、黒い獣のかくなる恐怖が、食卓に出てくる、息子の手作りのテリーヌをひと味変わったものにしているのだろうかと考えた。おののきは肉の香りを増すものだろうか？

のちほど大いに驚いたことに、息子は見事な料理の腕前を身につけ、赤身の肉に精通しており、そればかりか、明らかに、血を好む傾向をもつようになっていた。

私はなんとか頑張って、感心したように仮面や猪の頭を眺めた、息子とこの女のところにこれからご厄介になるのだから。

「すごいわね」とつぶやいて間もなく、このひと言がどれほどラルフを喜ばせたかを私は見てとった。彼は思わず微笑んで、それは昔のままの微笑、にっこりしながらためらい、おどおどしながら同時に幸せそうな、少年の微笑みだった。

宿題やらお絵描きやら、果ては私のためにこしらえたプレゼントの善し悪しまでをも私の判断にゆだねようとするとき、この子はこんなふうに微笑んだのではなかったか、お母さんの評価が好意的だとわかったときもやはりこんなふうに微笑んだのではなかったか、たとえば、大事なラントンを私に紹介したとき。

それから、ふたたび、彼の顔は決然とした謹厳を示して固くなった。

「家の中をご案内します」とウィルマが言った。

「そうだね」と息子は言った、「案内してやって」

それが終わりしだい私を診察するよう彼はウィルマに頼んだ。

30 彼女はなにを見たのか

ウィルマの診察室で診察台に横たわって、私は邸内を見てまわるのについてこなかった息子のことを考えている、だだっ広くて暗すぎるこの住まいにいつからあの子がこの女とともに暮らしているのか私には推測もつかない――数週間、数か月、一年以上？

息子は二階から上には足を踏み入れたことがないのではないかという気がしたが、そこは一階よりもさらに冷えて薄暗く、たくさんの部屋に分かれていて、そのほとんどが空だった。私の寝室にはベッドと書きもの机と椅子が一脚、備えられている。ベッドにピンク色のモール地のカバーが掛けてあり、自分なら犬の寝床にだって使わないその布地を目にした私はすっかり困惑して、つい顔を赤らめてしまった。

ウィルマはそれに気づいた。

「私たちが家を引き継いだときからあったものばかりなんです」と言った。「人を招くことがないので、上の部屋は改装していなくて」

息子がいないのをいいことに、私はなにげない口調でウィルマに尋ねた。

「娘の部屋は？」

「娘ってどの？」とウィルマは反射的に言った。

彼女の頬が桃色に染まった。私の視線を避けるために、スーツケースを廊下から寝室へ運びこんだ。

「どのって」と私は言った。

ところが、子どもの名前、あのスアールという呪わしい名は、どうしても私の唇から出てこようとしなかった。

「わかってるでしょう」と、絶望に駆られたような声になって私は言った。「お願いだから、演技はやめて！　私の孫……」

あのおぞましい名を前にして逃げようとするたびに、私は罰を受ける定めにあったのだろうか？

「そのことについてはラルフと話してください」と彼女は打ち切った。

私たちは先ほど昇った石造りの大階段を降りていった。玄関ホールへ着くと、ウィルマは鍵を使ってひとつの扉を開け、彼女の診察室へ私を入れた。

「あなたもラルフと同じ一般医なんですか？」と私は尋ねた。

「いいえ」と、この女は答えた、「私は産婦人科の専門医です」

それから、温和な、医者らしい声音で、

「服を脱いでください、お義母さん、それからここへ横になって。すぐ戻りますから」

サン・アウグストのささやかな村にあるウィルマの診察室は、ボルドーでは見たこともないほどモダンで設備も整っていた。絨毯から肘掛け椅子まで、なにもかも白と鮮やかな牡丹色（フューシャ）で統一されている。事務机は横幅をたっぷりとった一枚のガラス板で、それを支える四本の脚は牡丹色。コンピュータはマックで、やはり同色をしているし、私が寝ている診察台のマットレスも、照明類も収納用品もすべて同様だ。

部屋の窓は、一方は底深い黒い谷間、もう一方は教会の周囲に集まった家々に面している。カーテンはない。頭を少しもちあげると近所の家の窓が並んでいるのが見えて、こちらが向こうを見ているように隣人たちも窓からこちらを、息子と暮らす産科医であるウィルマの診察室で診察台に横たわっている裸の私を見ているのだと想像することもできる。もしくは、あれらの家々は住む人もなく放置されたきりで、サン・アウグストにいまいる人間は、私たち三人だけ。

戻ってきたウィルマは白衣を着て髪の毛を襟足でまとめ、端正な顔は丁寧に化粧を直してある。手入れもせずに放っておいたぶざまな体を丸出しにしたこんな姿で、彼女に面と向かうのは居たたまれない。片手で目をふさぐ。ぼそぼそとつぶやく。

「気後れしてしまって……」

「そんな必要はありません」とウィルマが言う、「私は単に医者なんですから」

「私は素敵な女性だったはずなの」と、不意に喋らずにいられなくなって私は言う、「なのに、どうしてそうなったのかわからないんだけど、年月が経って、まったく世話を焼かないままでいたら体が、なんて言えばいいか、知らない間に逃げていってしまって、それは私が気にかけてやらなかったからなの、体は体で勝手に生活していて、もちろん毎日、目の前にあるのよ、でも実は、私にはなにも見えていなかったの……」

「落ち着いてください」と優しい声でウィルマは言う、「私はそういうところを調べるわけではないんですよ」

私は涙に濡れた目を見られないよう横を向く。

家じゅうが完全な静寂につつまれている。息子はなにをしているのだろう？　私たちを観察しているのかしら？　ぼんやりとだけれど、この部屋が私たち二人のものとは違う呼吸の気配でざわめいているような感じがする。

この女、ウィルマは、行ったり来たりしながら、手袋を嵌めたり、器具を用意したりしていて、足下を見ると濃い紫色をした中ヒールの上等な革のパンプスを履いており、白衣に半ば隠れた菫色のスカートから伸びる両脚は、ふくらはぎが奇妙にたくましくて、くるぶしもずんぐりと太く、その点に気づいた私は、全体にはとても細身なのにと動揺する。私はささやく。

「私のおなか、変な具合にふくれていると思いませんか？」

「まあ診てみましょう」とウィルマは小声になって言う。

なにかを予感したらしく急に声つきが変わった。両足をあげて足台に載せながら、私は自分の腿の肉が揺れ、かつ震えるのを感じる。肌が白いわけではないのに、静脈瘤の細い筋がうねうねと走っているのがずいぶん目立つ。

ウィルマはそっと私の両脚を広げ、ゆっくりと膣の中へ膣鏡を差しこむ。

「冷たいわ」びくっとして私は言う。

ウィルマは返事をしない。私が少し頭をあげて、彼女と目が合うと、その目は恐怖と惑乱に充たされている。

彼女は診察用のスツールから一気に立ちあがる。両ポケットにぐっと手を突っこんで、通りに面した窓のほうへ行く。それから戻ってきて、座り直し、ふたたび膣鏡を覗く。調節ねじを回して、開き幅を広げる。私は唸り声をあげる。すぐに彼女はねじを元の方向へ回す。

「あの」と私は言う、「どうなんでしょうか？」

返事はない。私はもう一度訊く。頑なな沈黙。

彼女の肩ごしに向こうを見やると、いつの間にか窓の外側の縁に小さな白い雌鶏がいて、不安げながらも気を張りつめてじっと片脚で立ち、冷徹な目つきで私を見つめている。私は尋ねる。

「鶏を飼ってるの？」

ウィルマは一瞬、意味がわからず、ついで背後を振り返る。

「ええ」と、話題が変わったのでほっとしたように、「でも世話をする時間がなくて、卵も集めていないんです。もしご興味あれば、どうぞ」

「そんなこと、やったことないわ」私は少々むっとして言う、「それに私だって時間があるかどうかわからないのよ。ここで学校を見つけて、仕事を再開しないと」

「それは無理ですよ、こんなおなかで」とウィルマはなぜか悲痛な大声を出す。

手荒に膣鏡を引き抜き、小型の金属バケツに放りこみ、乱暴にスツールを押しのける。立ちあがると、ほとんど腹立ちまぎれといった感じで手袋を剝ぎとる。

「いったいだれを相手にこんなことをしたんです、お義母さん。自分の命になんてことをしたんです？」

苦心のすえ私は上体を起こし、白と牡丹色のタイルを張った市松模様の床に届かない足をぶらつかせて診察台に腰かける。怖ろしくて、がたがた震えている。

「それで……なんなのか教えてください」と私は金切り声をあげる。

そして、ひそひそと言い足す。

「この上まだ私に罪があるっていうの？」

ウィルマの茶色い切れ長の目は、憐れみのようなものに動かされて和らいだように見える。時間を稼ごうとして、髪を留めていたゴムを、ゆっくりと、あでやかな手つきで外す。

「だけどいくらなんでも私の過失じゃないでしょ」と私は言う、「閉経しただけなのに」

「ああ、お義母さん」と彼女は言う、「全然そうじゃないのよ！」

「それじゃどうして生理が来ないの？」

彼女は為す術を失ったように、首を横へ振る。

「とにかく」と言う、「病気ではありません。ただ……なにかが中にあるのだけど、それがいままで見たことのないものなんです」

私は突然、彼女がさらに言葉を継ぐのではないかと怖くなる。ぎこちなく診察台から飛びおりる。腹の中にあるものが、私の身ぶりに驚いて、鼠蹊部の上の辺りでゆらりと揺れてから、元の位置に戻り、動かなくなるのがわかる。

私は慌てて服を着る。ウィルマのほうは白衣を脱ぎ、その下から菫色のぴったりしたアンゴラのセーターが現れる。顔の皮膚は極端にぴんと張っているのに胸元は艶がなくて少したるんでいる。**息子と暮らしているこの女はもしかすると私よりもずっと歳をとっているのかもしれない。**

彼女のほうを見ず、ズボンのボタンを留めるのに骨を折りながら私は尋ねる。

「私のおなかはこれからもっと大きくなるのかしら?」

「ええ」とウィルマ、「まだ始まったばかり、だと思います」

「止めることはできないの?」

「普通とは違うんです、お義母さん。そういう危険を冒すべきではないと思います。様子を見ましょう」

「あの」と私はつぶやく、「もしかして……邪悪なものなの?」

「ええ」とウィルマが言う。

彼女は、怯えを隠そうとして、無理やりくすっと笑う、まるでこのやりとりに面白おかしい雰囲気をつけ加えることがいまからでもできると思っているかのように、でなければ少なくとも、そうした芝居が不可欠であるかのように、といってもそれはお互いを慰みものにするためではなく、そうでもしなければ今後顔を合わせるたびに私たちは双方ともに衝撃を受け、茫然として口も利けなくなって、同居をつづけていくことができなくなるからだ。

そこで私は最後の問いを発する、息子の家に住み、もしかすると、と私は思う、ある意味で息子を檻に繋いでいるのかもしれないこの産科医に向かって。

「この中にあるものって、食べもののせいで生じた可能性はないのかしら?」

相手は驚いて眉をあげる。

「まさか」と言う、「食べものとはまったく関係ありません」

31　息子のところは食事がひどい

私たち三人は寒く陰鬱な食堂で夕食を摂るが、そこは息子とこの女にとって、言わば自分たちの手柄を知らしめるための常設展覧会場でもあった。石の壁に並んだ額入りの写真は、どれもこれも猟師の出で立ちをした二人のどちらかを写したもので、雉や鶴を脚のところで摑んで掲げたり、がっしりした軍靴で猪や鹿の胸前（むなさき）を踏みつけたりしていて、一様に浮かべられた満面の笑みは、軍人風の、喜びに欠けた、私欲や快楽のためではなく公共の利益につながると真剣に信じた上で殺す者の笑い方だ。ウィルマの笑顔はきっぱりとした有無を言わせぬもので、後悔も引っかかりもまったくないけれど、息子のほうのきれいに盛りあがった唇はどうもいくらか無理に開かれて、目に留まらぬほどわずかに迷い、ほんのかすかに震えたまま凍りついているように見える。

　私たちは樫材のテーブルに着いており、部屋の家具はひとつ残らず焦茶色で重々しい。犬のアルノーが扉ひとつ隔てた向こうにある息子の診察室で吠え立てている。

「あいつ、いつもはぼくらと一緒だから、どうしてこんなことになってるのかわからないんだ」と、心配で気が気でないらしく息子は言う。

「犬のことなのに子どものことを話すみたいな口調ね」と私は言う。

　息子の顔が引きつり、硬くなる。狭い窓の外は真っ暗な夜。犬の鳴き声に間が空くごとに、あますところのない静寂が訪れる。

　息子は、黒っぽい色の肉がワイン色の濃厚なソースに絡んだ料理を盛った大皿をテーブルへ置くと、さて私向けにたっぷりと取り分けつつ、この野獣肉（ジビエ）を調理するのに何時間もかけたと顔を赤くして言う——ああ、この子がつくった料理を味見させてもらうなんて、私としても鼻が高いわ。**どうすれば二十年ものあいだ教えこんできたことをいまさら帳消しにできるのだろう、どうすれば不安に悶え怒りを溜めながら母親の下す判決を待つ心持ちから息子を解放してやることができるのだろう——私の判定なんかどうでもいいのよ、と私は言いたい、ほかの人たちが意見するのとちっとも変わらないのよ！**

息子はウィルマの分を私のよりさらに大盛りにして、それから自分の分を、ほんの申し訳程度に盛りつける。

「私が太ったって文句言ってたじゃない」と、不満を訴える犬の鳴き声に掻き消されないよう私は大声で言う、「こんなに食べさせられたらいつまで経っても痩せないわよ！」

息子はつぶやく。

「ウィルマが説明してくれたから、どうして太ったように見えたのかちゃんとわかった、ぼくが悪かったよ」

私は慌てふためいて、彼に向かってばたばたと手を振り、先の主張を引っこめる。私の中にあるもののことに言及するなんてもってのほかだ。

私は食べはじめる。強烈で複雑な肉とソースの味にびっくりして、たちまち疲れてくる。顎がぐったりと重たくなり、嚙みつづけるのが急に耐えがたく苦痛になるけれど、なんとか感想を思いつくため、どういった性格の味わいなのかということに意識を集中させる。うんざりして、私は息子においしいとだけ言う。

ほんとうはおいしくない、癖がありすぎるし攻撃的だし筋だらけだ、私を試練にかけようとでもしているのだろうか？

息子は疑う目つきでちらりとこちらを見るが、私がそのまなざしをしっかりと愛想よく受け止めると、優美な顔だちを嬉しそうに紅潮させそこで私は自分の好きだったあの子がこのとおりまだ、辛辣で神経質、苦々しげで恨みがましい大人の顔だちの裏側に生きているのを知ったけれど、大人になった姿は私には他人のようで、不愉快で、ラントンとは大違いでラントンのほうは初めて会ったときから血がつながっているような気がしたし好きだった、そう、息子よりもずっと、それはもしもラントンが死んだなら絶望したに違いない一方、息子が死んだとしてもそこまではいかないばかりか密かに安堵したかもしれないくらいで、というのもそうなれば神経がすり減るような苦いものとなってしまった二人の関係という私の人生にのしかかる重荷をおろすこともできたし、スアールなどという名前に気持ちをじくじくと蝕まれるようなことも起きなかったはずだからなのだが、それでも、息子の顔が電灯が点くようにぱっと明るくなったとき、そこに私の好きだった子どもをふたたび見出すことができるなら、私は現在の息子であるこの男のことも少しは愛せるようになっていくのではないだろうか、苦々しい態度も神経質な恨みも私の好きだった子どもの姿をちっとも隠しきれてはいないのだから、だけど私はあの子をほんとうに愛してきたのか、ちゃんとした愛し方をしてきたのか……。

私はフォークを置き、口を拭う。腹が動いている。テーブルの下だから、見えないはずだ。

「ラルフ！」

息子がびくっとする。犬は鳴くのをやめ、静けさが私たちを取り巻く。

「ラントンに手紙の返事を出しなさい」と私は言う、「絶対にそうしなきゃ駄目」

「あいつがぼくになにを要求してるか知ってるの？」とラルフは冷ややかな声で言う。

「いいえ」と私。

「それならどうして返事しろなんて言えるんだ？」とラルフ、「なにも知らないくせに」

彼は不機嫌に自分の取り皿を押しやる。ウィルマが手を伸ばして、彼の頭を撫でる。息子は、気を鎮めようと深呼吸をする。

「私が知っているのは」やっとの思いで私は口にする、「アンジュの命が危なくなるっていうことだけよ、もしラントンに返事しなかったら」

彼は憤然と立ちあがる。

「ほら見ろ、やっぱりあいつは汚い奴じゃないか」と息子は怒鳴る、「これでもまだあいつをかばうつもりなのか！」

「彼のことをかばってるんじゃないわ」と私は言う、「アンジュのことなのよ」

「だけどアンジュは、もうおしまいだよ」と息子は言う。

のろのろと座り直す。私は目を閉じる。耳鳴りがする。息子は不意に怒りから覚めて、つぶやく。

「あいつはぼくにボルドーに戻ってほしいって、またやり直そうって言うんだ」

「そう」打ちのめされて、私は言う、「まだあなたのことが好きなのね」

私は泣き出す。

「それじゃアンジュはどうなるの？」

「どっちにしても、彼はもう見込みがないらしい」と息子は言う。

私は尋ねる。

「だれに聞いたの？」

「リシャール・ヴィクトール・ノジェ」と息子。

「その人が彼を死に追いやってるのよ」と私。

「いや、そうは思わない」と息子が言う。「お母さんのせいだと思う」

怒りに駆られて、私は泣きやむ。そして叫ぶ。

「いいですか、私は一度だって、アンジュに悪いことなんかしてません！」

「自分ではわかってないだろうけど」と言う息子の和解を図るような口ぶりが、なによりも私を脅かす、「お母さんは彼を行ってはいけない方向に引きずっていった。彼は、はじめは困ったことになるような理由なんかなかったんだよ、無実だったんだから」

息子はウィルマのほうへ振り向くと、状況を完全には呑みこめずにいる人間に要点を説明するように、「お母さんの夫のアンジュは、生まれも育ちもきちんとしてて、自分のことを恥ずかしい人間だと思ったりしたことはなかったんだ」

「そのとおりね」と私は言う。「それで？」

「お母さんと結婚したのが間違いだった」と息子は言う、「ボルドーから遠く離れて暮らすならともかく」

「アンジュはボルドーから出るなんて絶対いやがったはずよ」と私は言う。

「まあ、実際もう二度と出ることはないだろうね、愛しい故郷から」感じの悪い悲哀をこめて息子は言う。

動揺が収まらないまま、私は意味もなく繰り返す。

「ラントシ……まだあなたのこと好きなのね……」

そして私たちはしんと黙りこみ、静かすぎて、私は犬がまた吠え出してくれないのを惜しむような気分にまでなる。

息子は、椅子の脚で床のタイルをキイッと擦って立ちあがると、デザートのチョコレートムースを取りに行く。冷えるのにまだ短パンを履いている。すべすべの細い脚は思春期の男の子みたいで、足下が少しふらついている。

私は自分とは別の、ある混沌とした生命が身動きするのを感じて、片手を腹に当てる。もうこれ以上食べられない。何から何まで黒ずんだここの食物に厭気がさしている。なのに、またもや敵意すれすれの悶々とした期待のせいで落ちくぼんで見える目をした息子が、ボウルいっぱいのチョコレートムースを私の前に置くので、食べないわけにはいかないし、かつ相手をなだめるため、さもうまそうな「うん」という声を何度か洩らさないわけにもいかない。一口ひと口が拷問だ。もう食べられない！　それでもスプーンにもう一杯、さらにつづけてもう一杯、ぐっと喉の奥へ押しこむと吐き気がこみあげる――ムースが喉を通らない……。ごくりと呑みこんで、つかえは取れる、流れていく、残るスプーン二杯分が私の目にはとてつもない量に映る、乗り越えられない……。

息子は私が食べているのを幸せそうに眺め、片時も目を離さない。

私の中のあれは、この一口ひと口を栄養にしているのだろうか？

「アンジュに近づかなければよかったんだよ」と息子が突然言う、「後ろから飛びかかるようなことをしたからいけないんだ」

「後ろから?」と私は言う。

「いけなかったのは……」

息子は言葉を探し、それから一瞬、きつい甲高い笑い声を立てる。

「……彼を誘惑して、結婚にまで持ちこんだこと。お母さんに捕まっていなければ、彼はいまあんな状態にはなってないはずだもの」

「あなた、いい歳して」と私は言う、「いまだにお父さんと離婚したからって私を責めるなんて!」

「お父さんもかわいそうだけどその話をしてるんじゃなくて」と息子は穏やかに言う、「いまの夫の話をしてるの、ちゃんとわかってるくせに」

私は平然を装うためボウルの内側をスプーンでこそげて、多すぎたチョコレートムースをいまや隅々まで平らげつつあり、怒りに燃えている以上、それは息子の気持ちを逆撫でしないようにすることとは関係ない。喉元まで食いものがいっぱい詰まって、もうじきバチンとはじけて方々へ散らばりそうだ。

もしそうなったらあれは具体的にどういう姿かたちで出てくるのだろう、どういった性質のものでどのくらい化けものじみているのだろう?

「ここへ来ればもっと軽くてバランスのいい食事が摂れると思ってたのに」私はめそめそと言う。

「そのことは心配しないで、お義母さん」とウィルマが言う、「体の具合にはちゃんと気をつけますから」

息子が仕掛けてきた攻撃には一抹の真実が含まれているのだろうか? それにしてもどうして、と悲痛な気持ちで私は思う、干からびた話を、昔の悔恨や昔の不行跡をよみがえらせる必要があるのだろう、その後何年にもわたって品行方正を貫いたのなら、完全な忘却という恩赦を賜ってもいいようなものではないか？　いったいどういうわけでこの子は、わが息子は、あのころ私のことが気に入らないからといってこっそり育み、のちには父親と離婚するのが不当だと思ったからといって私に面と向かって投げつけたあの疑惑を、いまだに記憶の片隅に留めているのだろう――私がアンジュとくっついたのは社会的に成りあがって自分の血筋を洗い流してしまうためだという、あの疑惑を。

ああ、と私は息子に言いたい、あなたはまったく見ていて胸の悪くなるような苦行を重ねてのたうちまわっているのね！

「だいたい、あなたの娘は？　それに母親、例のヤスミン」と私は言う、「どうして二人ともここにいないのよ？」

自分が口を醜く歪めてにやりとしてしまったのを感じる。この反撃でよかったのかどうか自信がなくて、声が震える。息子は蔑むような沈黙を守り、私のほうへ顔を向けようともしない。

とはいえこの子は現場にはいなかったのだ、私が、狙った男に近づく際の古典的な手管を実行に移したとき、アンジュの周りをうろついたあげくとうとう手抜かりなく準備を整えた色香の罠にかけたとき、それは確かに真実だけれど、その場にいなかった息子が、私の感じていたこと、手に入れたいと思い、手に入れてやろうと決めた同僚の男に対する私の愛について、なにひとつ知りうるわけがない。ほんとうに好きなわけじゃなかったんだ、と息子は言うに違いない、でもこの子がなにを知っているというのだろう？　好きなわけじゃなかったんだ、と息子はふてぶてしく言うに違いない、自分がどういう出自でどういう人間か忘れてもらうことだけが目的だったんだと——でも、母親が、父親とは別の男に抱く思いについて、息子が知っているわけはないのだ。

「あなたは恋愛というものをまるでわかってないのね」と私は言う、「ラントンのことも見捨ててしまったし……」

「あのクソ野郎のことはもう喋るな」と息子は乱暴に言い放つ。

ウィルマが部屋を出ていく。間もなく戻ってきた彼女は重量感のある細長い金属製のケースを手にしていて、それをテーブルの隅に置く。息子に向かって、今日の午前中に届いた、まさに自分たちが憧れていたとおりのものだと言う。

息子は歓喜の叫びをあげ、この子はこれと似たような叫び声を、と私はいやでも思い出してしまうのだが、フォンドーデージュ通りの家でクリスマスの朝がめぐってくるたびにあげたもので、わあっという息子の嬉々とした声に前夫のほうは和やかな優しい微笑を口許に浮かべたのに、私は笑おうとしても、しかめたような顔にしかならず、それは普段は甘やかしていたにもかかわらずわが子に対して理不尽な嫉妬を覚えたからで、私はこんな実り豊かなクリスマスを過ごしたことなんかなかった、と思いながら、自分がこの子くらいの歳だったころ、たったひとつきりで貧相で選び方もまずいプレゼントを前にして毎年のごとくがっかりしたのと同じ顔をこの子がするところを見てみたい気すらしたのだった。

注意深くウィルマはケースから金属の部品をいくつも取り出すと、組み立てて、猟銃を完成させる。息子に手渡すと、彼は重さを確かめ、撫でる。なんて嬉しそうな顔！

彼はふざけて、私の胸の辺りに狙いを定める。そこで、ふざけて、私は両手をあげる。

「お慈悲を！」

たぶん私は充分おどけた口調を出せなかったのだろう。息子はうろたえて、武器をおろす。

32　二人の間には何があるのか

息子の家での最初の夜は、おそろしい苦痛のうちに過ぎていく。まるでウィルマの検査を受けたことで、私の中に宿るわけのわからないものが突如として自信をもったばかりか厚かましくさえなったかのように（それともあのソースつきのジビエのおかげで一挙に成長したのかしら、と私は思う）、体じゅうに痙攣が走り、なにか体の内側から、獰猛に、気がふれたように鉤爪で引っ掻かれている感覚に見舞われる。

「猫が一腹(ひとはら)まるごと袋に詰められて暴れてるみたいなの」とウィルマに向かって言ったのは、私が精も根も尽き果て、助けてもらうか慰めてもらうかしようと決断して、深夜に寝床を出たときのことだ。

二人の寝室の扉を叩くとすぐさま開けたウィルマは、まだ寝巻にもなっていなかった。常夜灯のやわらかいあかりが部屋をつつんでいる。ウィルマの背後に、金属製の武器がいくつも壁に掛かってぎらぎら光っているのが目に入る。息子の黒い頭部がシーツからはみ出たまま、じっとしている。眠っているのだ。

「いまのところは、なにも差しあげられません」とウィルマはささやく、「お義母さんの場合どういう処方にすればいいか、考えてみてからでないと」

「だけど一睡もできないの」と私は言う。

彼女は心から同情しているけれど力になれない、というふうに肩をすくめる。それから視線を移す。私たちは二人揃って、息子のぐしゃぐしゃになった髪が、ぴたりと位置を定めたような按配で枕に載っているのを見つめる――そよとも揺れない髪の毛、どうして、と私は思う、この女が看守のごとく息子を見張っている気がするのだろう?

「あなたのラントンですけど」とウィルマはつぶやく、「ラルフはその人のことばかり考えています、夢を見るとその名前を口にします」

物思いにふけりながら、悲しげに、こう言い添える。

「ラルフもその人のことがまだ好きなんです、間違いなく……」

「ラントンはボルドーではとても権力があるの」と私は言う。「アンジュに悪さをしようと思えば、彼なら簡単にできるわ」

「だからって、どうしようもないでしょう?」とウィルマは冷酷に言う。「おやすみなさい、お義母さん、なるべく眠れるように努力してみて」

毛むくじゃらの影のかたまりが、石のように横たわる息子のベッドのほうで唸り出す。犬のアルノーは床に飛びおり、爪が床板をガリッと引っ掻く。ウィルマは扉を閉める。

その彼女、威圧的なその女が、息子に向かって、私を彼の、ラルフの回診についていかせてはどうかと言い出す。息子は快諾する。

早朝は明るく、凍えるように寒い。これから長い一日が待っているのだし、下山するときの寒さのこともあるから、朝食にも肉を食べなくてはいけないと息子は言い切る。ピスタチオ入りの野兎のテリーヌを出してくる。ウィルマが自分用に分厚いひと切れを取るのを見て、それにテーブルにはほかにコーヒーとパンしかないので、私は息子がにっこりと差し出してくれる野兎のテリーヌを受けとる。またしても、癖のきつい、少しぽうっとしてくるような一品で、私のほうは食欲と味わう喜びとを無理に奮い立たせて食べるけれど、もはやおそるおそるではなく穏やかな満足感で表情をほころばせる息子の様子は、朝も早くから野生の獣肉を食らうのに要する労力を充分に埋め合わせてくれるように思える。

ウィルマはどんどんお代わりして、がっつくと言っていいほどの勢いで食べる——そもそも、野兎のテリーヌだというのに、パンなしで、フォークを使って貪っていて、合間にブラックコーヒーをごくごくと飲む。

私たちがいま、こうしていただいているのは、あなたの子ども、あの赤ん坊じゃあないわよね、と私は冗談めかして息子に言ってみたい。

でもなにも言わない。彼は私の目の前でウィルマが猛烈な食欲を見せるので居心地の悪い思いをしているようだ。とはいえ彼女は気品があって美しく、薄紫のガウンを着た体はすらりとして、寒さはまったく感じないらしい。ラルフの回診に付き添っていただけますかと私に頼むとき、その声には柔和ながらも命令に近いものがある。

つまり彼女はこの子の傍にいつも目付役の女を置きたがっているのか？

玄関ホールで、ラルフは私の肩に毛皮のジャケットをかける。

「その恰好じゃ寒いから」と言う。

私はとっさに払いのけ、毛皮は床のタイルへ滑り落ちる。

「ごめんなさい」と私は言う、「でも動物の毛は大嫌いなのよ！」

彼はジャケットを拾い、毛皮をなだめすかそうとするような手つきでさする。

「そうは言っても」と彼は言う、「そのうち慣れないわけにはいかないよ」

「どういうこと？」と私は言う。

相手は答えず、扉のほうへ向かう。医者鞄を手に提げて、ボルドーワイン色の革のロングコートを羽織った後ろ姿。私は尋ねる。

「ウィルマから、膣鏡でなにが見えたのか聞いたんでしょ？」

彼は強情に首を横へ振ることで、断じて答えないという意志を私に伝える。それから、「さあ、お母さん、行こう」と、いかにも優しげに言うので（お母さんという単語の発音は甘えているようにすら響く）、私の唇はわななき、いまにもなにかを口走ろうとするけれど言葉は出てこなくて、その意味合いも意図も私にはまだわからない。

家の前の歩道では、女が何人か、きらめく冷気のなか身を寄せ合って待っている。みんな私と同じくらい小柄で、髪は濃い茶色で、暗い色合いの肌をして、ウィルマと同様、こめかみのほうへきゅっと吊りあがった切れ長の真っ黒な目をしている。私のほうへ興味津々といった、にこやかな視線を送ってくる。

私はぼそぼそと息子にあの人たちはだれなのか尋ねる。

「ウィルマの患者たち」と彼は言う。

そして、あの人たちは道の反対側、教会の周囲にひしめく小さな家々の住人だとつけ加える。

「いつか見に行くといい」と息子は言う、「革を使って仮面を作っている人たちなんだ、家の玄関ホールにあるようなやつ」

私は自分が仮面など手に入れてなんの役に立つのかと訊く。息子は言い淀む。腕を前へ伸ばし、リモコンで自動車のドアを開ける。それから、たぶん初めて、まっすぐに私の目をじっと見る。

「自分の大事な人の顔を再現してもらえばいい」と言う。「そうしたらその人と一緒にいられるよ、壁に飾っておけば、前を通りすぎるたびに見守ってくれる」

息子は鞄をトランクに入れてから、運転席に座る。私はくるりと彼に背を向けて駆け足で家へ戻る。女たちは愉快そうに私の姿を目で追う、胴まわりのボタンがどうしても嵌らなくなったカーディガンの裾がひらひらするのがおかしいのだろうか？　息子が私を呼ぶのが聞こえる。私は振り返らずに大声で応える。

「ちょっと待ってて、すぐ戻るから！」

ふたたび家へ入る。心臓を締めつけられる思いで、**もはやそれほど年老いてもいないわが心、あらたな若さを刻みつけられ、人間のものならぬ心臓と愚かにも調子を揃えて鼓動する私の古びた心**、私は玄関ホールで猪の頭部の剝製が並んでいる向かい側に、仮面がふたつあるのを見つけて近づいていく。両方とも、きめの細かい、艶やかな薄茶色の革でできている。ひとつは若い女性の顔、もうひとつはうんと小さな女の子の顔。ひとつめは深刻で憂いに満ちた表情をしている——口は歪み、ガラスの目は漠とした悲しみをいっぱいに湛えている。ふたつめの、子どものほうは、顔のつくりや輪郭はひとつめの仮面と似ているけれど、明るく微笑んでいる。

ここにいたんだ、と私は思う——でも、ここにしかいないの？

かすかな物音がして、私は階段の方角へ目を向ける。ウィルマが、階段の下のほうに不動の姿勢でたたずみ、産科医の白衣姿で腕を組んで、私を見据えている。こんなに体が細いのにふくらはぎだけ、ほんとうに奇妙に貫禄がある、と私はとっさに思う。彼女は見るからに怒って、緊張している。私の存在を追い払い、現実から消し去ろうとするように、こぶしをさっと振りあげる。

「ラルフを遅刻させるつもりですか」と彼女は言う。「彼と一緒にいてくれなくては困ります！」

「あの子は一人じゃいられないの？」と私は言う。

「普段は私が附いていくんです」とウィルマは言う。

そこで、彼女が腹を立てているのはそのせいなのだ、仮面を検分したからではなく、息子を一人きりで外に放ったらかしたからだと納得する。

私はあらためて家を出る。**昨日、ウィルマが私を部屋に案内してそのあと診察していたあいだ、ラルフは一人ではなかったのかしら？　いや、犬がいた、アルノーが目を光らせていた。**

私は気弱にも、ほっとする——息子はそこにいた、エンジンが唸る車の中で待っていた。むしろウィルマによる監視からこの子が逃れられるよう手助けするべきなのだろうか、私が戻ってくるのをおとなしく待っていなければいいと願うべきなのか？　ああ、と私は思う、わからない、息子がその点についてどうしたいと思っているのか、まったくわからない。

彼の隣に乗りこみ、深々とシートに身を預けると、ほのかに野獣の臭いがする。息子はすぐに発進する。こめかみの細静脈が、苛立たしげにぴくぴくと脈打っている。

「ウィルマはお肉が大好きなのね」と私は言う。

間髪入れずラルフが怒鳴る。

「ウィルマのことは話すな、また悪口なんか言い出されるのはごめんだ。ウィルマはちゃんともてなしてくれてるじゃないか、お母さん、ここにいるかぎり口は出せないはずだろ」

「悪口なんか言ってないわ」と私は言う、「ただあの人は肉が好きねって言っただけよ、なんて言うか……肉食みたいね」

「黙れ！」と息子が叫ぶ。

彼は急に汗まみれになる。暖房を弱める。私はもぞもぞと言う。

「あなた、なんだか怖がってるみたい」

私たちはゆっくりと海のほうへ向かっていく、冷たい日陰を、凍ったように光る空を、おどおどと教会のもとに身をひそめる灰色にくすんだ小さな家々を後に残して。

少しずつ気温が上がって車の金属部品を温めていくのがわかる。暑気はどんどんきつくなり、車内に充満する。息子は道路脇でいったん車を停め、シートベルトを外し、座ったままコートを脱ぐが、一連の動作は正確で機械的で、毎日同じ順序でおこなっているのだとうかがわせる。

「知りたいことがあるの」と私は言う。「今年、ボルドーに来てアンジュに会ったってほんとう？」

「うん」と息子は言う。「アンジュに聞いたの？」

「いえ」と私。「あの人はなにも言わなかった」

屈辱と心痛に私は押し潰されそうになる。自分が馬鹿を見たような、不当に見くびられたような、苦々しい気分でいるのを感じる。**アンジュと私はお互い隠しごとなどひとつもなかったはずなのに――ああ、私は本人に向かって口にしたほど最初からあの人のことを好きだったのかしら、どうすればそうだと言い切れるようになるのだろう、もしも彼が文句なしの、立派な、いばりくさった生活をボルドーで送るチャンスを与えてくれなかったとしても彼のことを好きになったかどうか、どうすれば確実にそうだと思えるようになるのだろう？**

息子が車を入れたのは病院の駐車場で、海に面したその小さな町には白くて背の低い住宅が並び、椰子の木はどれもあまりに高くて、葉もまばらになった梢が絶えず熱風にばたばたとあおられている。ドアを開けた途端、燃えるような一陣の風が私たちの顔面を打つ。息子の服装はバミューダパンツにアロハシャツ。私はカーディガンを脱ぐ決心がつかない。

この体には、と私は思う、名はないものの、ある汚辱を明瞭に表す刻印が押されている。迷ったすえ、車内にカーディガンを置いていくことにする。病院に入ったところで息子に追いつき、彼に附いて小児科の階まで行く、そこには、と彼は言う、毎日様子を見ることにしている子どもの患者がいるのだ。彼は病室の扉を開けて、私を先に入らせる。

するとベッドの傍らの椅子に腰かけたまま、立ちあがりはせず、ナタリーが私に微笑みかける、というより、白くひび割れた唇を開くことで、だれだかわかったという親しげな合図を送るけれどそれはほとんど現れると同時に、いつもの傷心の表情に掻き消される。

　全身に包帯を巻きつけられて輪郭すら判然としない子どもの姿が、脇のほう、視界の片隅に見える——ああ、まだちゃんと目に入れる心の準備はできていない。

　わが息子は両手でナタリーの両手をしっかりと握る。それから、

「さて、坊や、今朝の調子はどうだい？」と、ベッドの方角に向かって言う（子どものほうへかがみこむ身ぶりは、はっとするほど優しさにあふれていて、この子の父親と見紛うほどだ）。

　ナタリーは額に手をやり、淡い色の髪の毛を払う。子どもが返事をしないので、代わりに彼女が、あまりよくはありませんとつぶやく。それから私のほうへ、縁の赤くなった透明な目を向ける。深い悲しみに口がひくついて、苦笑しているように見える。私はゆっくりと、自分と椅子に座った彼女とを隔てる三歩の距離を進み、彼女が疲労のせいか苦悩のせいかそれとも危惧のせいか、立ちあがることもできないまま椅子に縛られているように見える場所まで辿り着くと（子どもから目を離さないでいれば死なせずに済むというのか？）、さらに同じくらいゆっくりと、苦心しつつ、彼女の前にひざまずき、自分の額を彼女の膝に載せる。

　何秒かそうしてから、私は立ちあがるが、そのとき今度は両手をナタリーの骨ばった膝に押しつけて、体の支えにする。私の体重がかかりすぎたのか？　彼女は苦痛に顔を歪める。

　私は扉へと後ずさる——そう、ベッドのほうを見ないよう細心の注意を払いながら。

　息子は、困惑して、私のことは気にしていないふりをする。子どもに向かって、精いっぱいの励ま

しをこめて潑溂と語りかける、けれども私がひれ伏したのを見て気詰まりな思いをしたらしく、そればかりか恥を感じて苛つくような気持ちになったかもしれない。私は舌をもつれさせながらさようならを言うと、逃げる。背後でバタンと扉が閉まった瞬間、周囲の扉が一斉にびりびりと震える。

33　金きらの袋、銀ぎらの袋

駐車場へ戻り、息子の車の傍まで来たとき、こんなに暑いところでは待っていられないと身に沁みてわかる。

病院の建物を回りこんで、日陰のある通りへ入っていくと、石灰仕上げの住宅の外壁がずらりとそびえて、見たところどの家にも庭の類はないようだ。何人かの女とすれ違うが、みんな小柄で、黒っぽい髪をしている。控えめながら感じのいい会釈をよこしてくれて、ときには挨拶の言葉もひと言送ってくるけれど、私の使っている言語と近いはずなのに聞きとれなくて、まるで暑さと、重い大気のせいで、私の知る言語の音声がふくらみ、母音がゆるみ、リズムが間延びしてしまったように聞こえる。

ある家の扉が半開きになっているところを通りすぎようとしたとき、なにかが私を引き留める——かすかなメロディ、かぼそい歌声に、私の心身の一部は聞き覚えがあると感じ、残りの一部はなんの記憶もないからそのまま歩いていくようにとせっつくので、私の両足は迷って、片方がもう片方につまずく。

私は耳を澄ます、薄く開いた扉の奥にある部屋から漂ってくる涼気は、嗅いだことのある匂いに満たされている――それとも、気のせい？
冷や汗が肌を伝って、私はぶるっと身震いする。行ってしまいたいのに、立ちすくんで、待ちかまえている。
歌は先ほどよりもはっきりと聞こえてきて、その声、とても歳をとった女の声、枯れはしたものの相変わらず気丈で頑固な声――知っている、ああ、昔から知っている、それにこの歌詞も。

金きらの袋さん、踊りにおいで
踊りにおいで
この世に神はただひとり
木琴（バラフォン）の音（ね）に合わせて踊りにおいで
白いめんどりさん、踊りにおいで！

この詞を、たどたどしく、私は繰り返したのではなかったか、いまあらためてこの耳に届いてくるあの声が歌ってくれるあとにつづけて、歳のせいで声は弱って調子も外れているけれど――我慢づよくて快活で、表向きは謙虚ながらも芯の強いあの声。

銀ぎらの袋さん、踊りにおいで！

そうだ、こんなによく、こんなに深く知っている歌はほかにない、知っていることを忘れてはいたけれど、だれの前だろうと歌わないよう細心の注意を払ってはいたけれど。歌声は突然やむ、だれかにこっそりと聞かれているのがわかっているかのように。

私は温かくやわらかな外気につつまれた通りをふたたび歩き出しながら、後ろから足音が響いてきたらどうしようと怯えている、形はいびつになってはいても力はまだある手のひらに肩をむんずと摑まれたらどうしよう、そうなれば、きつい訛りのあるあの声で、私の使う言語か、またはそれとは別の、私が忘れようと努力したものの耳にすればわかってしまう言語で、老婆は言うだろう。

「あなたなの、ナディア？　まあずいぶん太ったこと！」

そうしたらなんと答えよう？　びっくりしたふりをして、ナディアではないと言おうか、少しつんつんした、早口の、いまの私には難なく使える例の喋り方をして、そこへ凝った、気取った単語をいくつか取り入れてみせれば、あの無学な老婆はわけがわからず、胸の真ん中に銃弾を一発くらったのと同じくらいてきめんに、よろよろと後ずさるはずだ。

馬鹿らしい、と私は思う、あの人だなんてありえない、母だなんてありえない。

ひとりぼっちの女の子と踊りにおいで
かよわい娘さん、踊りに行くよ
この世に神はただひとり！

ボルドーにやってきてからというもの両親はオービエの団地を離れたことはなく、父は団地内で庭師手伝いの職に就き、二人とも臆病なところは完璧に息が合っていて、凶悪犯罪の容疑で手配されているかのごとく壁際をこそこそと歩いては、なにをするにも自分たちに非があるかのようにふるまった――それほど気が小さい、どんな大罪を引っかぶったとしても身を守ろうとは思いつかない人たち（そんなことにでもなれば二人は手錠をかけやすいようにと両手を差し出し、ご面倒をおかけして申し訳ありませんと謝るだろう）、そんな人たちがここにいるなんて考えられないではないか、家からこんなに遠い土地で、のんびりと**金きらの袋さん**を口ずさんでいるなんて、だいたいだれのために歌っているというのだろう、どこの子どもの小さな耳、小さな頭に、私が記憶から追い出しえたと早合点していたあの歌詞が永遠に刻みこまれることになるのだろう、**木琴の音に合わせて踊りにおいで黒いめんどりさん**。

馬鹿らしい、馬鹿らしいわ、と私は思う。

私のあとを急いで追ってくる足音はなく、私の肩をぐいと掴む手もなかった。それでもやはり私をとらえている不安な思いは、腸の中のものを排泄したいという差し迫った要求のかたちをとって現れる。

「でも、どこで、どこですればいいの？」私は思わずぶつぶつと口に出してしまう。

どっと溢れてしまいそうなのをこらえ、こわばった小股の足どりでじりじりと前へ進む。

金きらの袋さんの家へ引き返せ、どうかトイレを貸してくださいと頼め、もしそこにおまえの老いた母がいるなら、断りはしないはず……。

通りは突き当たりで海沿いの道に出る。灼熱の風に巻きあげられた砂が肌にぱちぱちと当たり、目に入ってちくちくする。

気が狂いそうになって、もう駄目だというところで（そして疲れきった私は、いったん始まってしまえばもう為すがままになるしかないあの温かい奔流に身を任せてしまおうかとまで思いつめていたのだが）、通りの角にあったバーに飛びこむ。ほどなくして、個室の内部に腰をおろし、報われて、面目を取り戻したとき、感謝の涙に近いものがこみあげる。

男たちののんびりした声が店内からぼそぼそと伝わってくる。時おり特定の声が浮きあがるように大きくなって、ははっと笑ったり、ほうと嘆声をあげたりする。それらの声のひとつは……。便座に腰かけたまま、私は扉のほうへ身をかがめる。だれかが冗談をかます、私には理解できないあの言語で。それを受けて何人かの、鷹揚な、和気藹々とした笑い声――ついで同じ男がふたたび話し出す。

朗々と響くあの声は、聞き覚えがある、とはいえあんなに晴ればれとしているのは聞いたことがなかったけれど……もう以前のように震えてはいない……過剰に、病的に卑下する調子もすっかりなくなっている……。おまけに、あの男は、軽口を叩いているらしい、考えられないことだけど……。

あらたな下痢の発作に襲われて、立ちあがりかけていた私は慌てて便座に座り直す。

やっぱりあの人だ、もう疑いようがない。庭師の助手をして得たわずかばかりの退職金で、あの二人はここへ移住したのだろうか?

私は扉に額をつけて、目を閉じる。全身、がたがたと震えている。ふくらんだ腹は膝の上で、時が満ちるのを待っている。

ここにひっそりとうずくまる忌まわしいものは、いったい私が犯した罪のうちのどれに対して罰を下そうとしているのか？

しばらくのち、私はまたも例の狭い通りで、先ほどとは反対方向にのろのろと歩きながら、またあの金きらの袋さんの家の前を通ることになるのを甘んじて受け容れる気持ちになっており、その家にはきっと、と私は思う、よく通る声をしたあの男が帰ってきているはずで、それは疑問の余地なく、私の父、年老いた父なのだけれど、私がとうとうトイレから出てきたときには店内にいなかった。

正午なのだろう。香辛料と玉ねぎを加えて焼いた肉の香りが通りに充満している。

どれほど急いで、どれほどわくわくして、どれほど良心になんの曇りもない朗らかな気分で、この芳香を目指して私は階段を昇っていったことだろう、子どもだった私は昼ごはんを食べに学校から帰ってくるたびにそうしていた、なのに後になって私はその同じ香りから懸命に逃げ、料理をするときは絶対にそれを思い出さずに済むものだけをつくるよう努めたし、散歩の途中で通りがかった扉や窓からその匂い、あるいはその残り香やそれに似たものが漂ってくる気がすれば、ぞっとして踵を返したのだ！

どうしようもなく腹が減って、口の中がからからに乾く。両親の家はすぐそこだ。扉が開いているのが見える。私は歩く速度を落とさない。でも眩暈がして目の前がぼやけてきて、確かに真昼の暑さはこたえるし真昼の太陽もまた強烈ではあるけれど、そのせいで目が眩むわけではないのは自分でよくわかっている。

私は立ち止まって、視界が元どおりはっきりしてくるのを待つ。それから両親の住居と向かい合った家の壁へ近づいていき、そうすることで両親宅の扉の前を通りすぎる際、なるべく遠く離れていられるようにして、そしてその瞬間が、年老いた哀れな両親の新居の開け放した扉の正面を通るときがやってくるのだが、その二人について私はアンジュに面と向かってもう死んでいると言明し、嘘だと自分でわかっていながら瞬きひとつしなければ身を震わせることもなかったし、同時に私は、自分の沈黙と、暗黙の遺棄と、いわれのない無言の憎悪のせいで、二人の本物の死期が確実に早まるだろうということも当然わかっていて、その死の報せを私は遅かれ早かれなんらかの偶然によって受けとるだろうけれど、かといってアンジュに伝えることはできない以上、それはわが心の醜い襞に隠された、恥ずべき秘密となるはずだった。

私は両親の家の中を覗きこむ。もしも父か母と少しでも目が合えば、すぐに私とその扉とを隔てる空間を乗り越えていく心づもりはできている。**そうしたら、すっと入っていって何事もなかったかのごとく挨拶しよう、きちんとふるまうのだ、感情を垂れ流して三人とも気まずくなるようなことのないように。**

細い通りの反対側にいる私の位置からだと、外光がきついので部屋は暗く見える。テーブルと、戸棚と、流し台が見分けられる。

息子がテーブルの奥のほうに座っていて、目の前には食べものを盛った皿がある。手に持ったスプーンをベビーチェアに収まったとても小さな女の子の口許へ近づける。女の子は口を開き、それから閉じ、息子は笑い出す。彼がスプーンを自分の口へ向け、そのスプーンの先に載っているものをほんの少しつまんでから、あらためて子どものほうへ差し出すと、今度はぱくっと食べる。

手前には、老人が二人腰かけており、一人は男でもう一人は女、そしてこうやって後ろ姿しか見えなくても、父と母だということが私にはわかる。二人は食卓についていて、腕と腕が触れ合っている。父の髪の毛は白く、薄い。母の髪は、黄色いスカーフに覆われて見えない。

不意に息子が目をあげて、何秒か、私たちは見つめ合う。息子を活き活きとさせていた陽気な輝きが、目の中に、半開きの唇にしばらく残り、しかし見ているうちにだんだんと消えていく、私がそこにいること、私に見られたことを意識するにつれて。

34 私はこの子をどこへ追いやってしまったのか

私は急ぎ足で病院の駐車場に戻ってくる。息子の車は相変わらずそこにあって、日射しがさんさんと降り注いでいる。

だれかがあとから走ってくる——あの子だ、息子だ。ひと言も交わさず、それぞれの座席に乗りこむ。あまりの熱気に、私は思わず、うっと声を洩らす。

当惑しているものと思っていた息子が、むしろ腹を立てているのが伝わってくる。と同時に私は、この子に対して自分がずっと前から抱いていた癒しがたい反感、それはこの子がランタンを振ったとき以来、いやもしかするとさらに前から連綿とつづいていたのかもしれないが（実際あんなこともあったではないか、抱きついてくるあの子を乱暴に突きとばし、フォンドーデージュ通りにいた当時の、ほんとうに心配性で甘えん坊だったあの子が仰向けに落ちてタイル張りの床に後頭部をぶつけたとき、そう、実際、そうしたではないか、子どもを抱き起こしたあと、その子よりも自分のことのほうを案じた私はすぐさま、いまの件についてはだれにも黙っているようにと息子に言ったのだ。そうよ、否定しようがない、自分がこんなふるまいに出ることを余儀なくされ、ここまで自制心を失った上にくだらない隠しごとに子どもを引きこむなどということまでせざるを得ないのはこの子のせいだと私は癪にさわって仕方がなかった、つまりこの子のなにもかもが私にとっては鬱憤を積もらせる種となった)、その険悪な反感が私の中から消え失せているのを感じる。

片手を彼の膝に置いてそのことを言いたいけれど、そうすればかつての自分の怒りを暴露することになるので、それはできず、私はなにも言わないまま、苛々と恨みがましく押し黙っている彼の隣でじっとしている。

ふたたび山へ向かう。心地よい日陰が私たちをつつむ。小声で私は尋ねる。

「どうしてあの人たちを来させたの？」

息子はわめく。

「だれのことだよ？」

「あなたのおじいさんとおばあさんよ」と私は言う。

「向こうで恵まれなくて死にそうになってたからだよ、あのひどい団地でさ、そういうこと」と息子は手厳しく言う。

「だけど」と私は言う、「会ったことなかったはずでしょ、小さいころ一度もあそこには連れていかなかったもの」

「だからどうした？」と息子は怒鳴る。「ぼくの祖父母じゃないか？　第一、お母さんのせいでもっと早いうちに会っておけなかったことこそ問題なんだ、知り合うのが遅すぎると楽な気分で自然に付き合える関係にはなかなかなれないから」

急に車を停めた場所は、まさに先ほど、彼が革のコートを脱いだ地点だ。そのコートを手早く着こみ、ボタンを留める彼に向かって、私はその言葉がすらすらと出るのに自分でびっくりしながら、尋ねる。

「あの女の子がスアール？」

「うん」と息子は小さく答える。

「あの二人と一緒に暮らしてるの？」

「うん」

「かわいいわね」と私は言う、「それに、きれいな髪の毛をしてるわ」

息子は車を再発進させ、私たちはあらためて、だれもいない、しんとした道を昇り、一メートルごとに、敵意うずまく冬へと突き入っていく。彼は固く顎を閉じて、唇を口の中へ丸めこむようにしている。もうなにも言ってくれない。

そう、この子に対しては、私は自分の両親が死んでいると言ったことはなかった、ただ単にあの人たちの存在を知らせないままにしていただけで、一度たりと彼らの名を口にしたこともなかったし、オービエでの私の幼少時代について話したこともなかったから、この子は物心ついたころからこの件にまつわる問いはことごとく厳重に禁止されているのだと理解し納得していて、そればかりか私は、この件に関しては、少しでも思い浮かべることすら、やはり重大な禁止事項に抵触することになるのだという考えを息子に植えつけたいと望んでいたのではなかったか？

「知らなかっただろうけど」と息子は突然、苦い口調で言う、「ぼくは二十歳の誕生日に、あの二人に会いに行ったんだ、あの汚い団地に放ったらかして死なせるつもりだったお母さんと違って」

「それじゃ住所を知ってたのね」と私は情けない声を出す。

「お父さんが教えてくれた」と息子は言う、「かわいそうなお父さん」

私は当時から、息子の父親が虫の知らせを信じる気弱な質だということを知らないわけではなかった、そう、私は知っていた——あまりに情にもろく、予言に振りまわされやすいあの男を私がいつも監視していたのは、私の両親については何があろうと息子に喋ってはならないという規則を、機会さえあれば破ろうとしているのではないかと疑っていたからで、というのも私は彼がひるみ、怯えているのを知っていた、彼がこう考えていると知っていた——いつの日かなんらかの天の許らいによって、私の両親はかくも尊敬を、孝心をまったく欠いたかたちで扱われた怨念を晴らすことになるだろう、と。

またもや息子は車を停める。両手で顔を覆い、溜息をつく。父親の、私の前夫のことを思ったのだろうか？　それともスアールについて触れたからか？

息子を愛おしく思う気持ちが急にこみあげて顔にまで達し、頬が火照って汗ばんでくる。

あなたの娘の名前が言えるようになったみたいなの、と私は彼に言いたい、スアール、スアール！

私は片手で彼のうなじをさっと撫でる。

「つい最近、あなたの父親に会ったの」と私は言う、「それなりに元気だったわ」

息子は、首を振って否定し、両目を拭い、ふたたびエンジンを始動する。

「お父さんもこっちに来てほしいんだけど」と言う、「来たがらないんだ」

「とんでもない女を私の書斎だった部屋に住まわせてるのよ」と私はうっかり口にして、言った傍から後悔する。

「知ってる」と息子は落ち着いた声で言う、「彼女を置いて来たくないんだよ、彼女にはたくさん借りがあるからって、そう言ってた」

私はつい冷笑を浮かべてしまう。そしてすぐに、冷笑した自分を恥じる。

「あなたがラントンに返事してくれればねえ！」と私は言う。

息子はハンドルを爪先でとんとんと叩く。革コートの打合せの間から、剝き出しの、黄金色をした、滑らかな細い腿がびくびく震えているのが見えて、まるで、と私は思う、不滅の若さが息子の下半身を十五歳のころの姿に保っている代償として、過剰なまでの老成がまなざしに宿り、この狂信者がほんとうに自分の息子なのかと昨日こちらが疑いかけたほどの苛烈な重々しさ、徹底したユーモアの欠如を目つきにあたえたように思える。

それにしてもどういう信条、どういう信仰がそれを支えているのだろう？　自己の道徳的完成への到達？　ああ、と私は言いたい、あなたは父親と違って生まれながらの善人ではないのよ、あなたのような魂の持ち主では、もがき苦しんだりごまかしに頼ったりするばかりで、骨折り損なんじゃないかしら？

「絶対いやだ」と息子は言う、「絶対ラントンには返事しない」

息子と私はウィルマと一緒に昼食を摂り（小鴨の蒸し煮が二羽に、キャベツとにんじんがほんの少し添えられていて、ウィルマは野菜には手をつけず、小鴨をたくさん食べてもう満腹だからと言い訳するけれど、明らかにこの女は肉だけが好き、あるいは肉しか受けつけないのだ）、そしてウィルマが、ついでのように、私が午前中ずっとラルフに同行していたかどうか尋ねてきたとき、私はさらりと嘘をついて、そうよと答える。

息子は訂正しない。ウィルマは満足し、安心して、明日の午前中もそうしてはどうかといったことを言う。

おなかが空いてはいるものの、私は自制して鴨の腿肉ひとつとにんじんだけを食べる。息子はつまむ程度しか食べないので、残りの肉はすべてウィルマが平らげるが、嬉々とした様子があまりにあからさまで、目を逸らさずにはいられない。

食後は、二人とも昼寝をすることになっている。四時になったら、と二人は私に言う、午後の診察をはじめるのだ。

私は家を出る。昼日中でさえ道は冷たく、湿っていて、しかし家並みの上に広がる空は明るい。道なりに登っていくことにして、住宅群を回りこみ、左右に樅の木を見ながら進んでいくと、はじめは背も低くひょろひょろしていた樅が、歩むにつれてだんだんと背が高く、葉も生い茂って、たくましくなっていき、やがて湿気をふくんだ涼やかな青空のもと、ざわめきひとつ聞こえない場所に出る。

くねくねと曲がった道はわけがわからなくて、同じような樅の林がどこまでもつづくなか、いったいなにをもってこの道は他でもないここで横へ逸れる必要があると判断したのかを察する術は皆無だったが、その果てに私はいきなり、林の中に広々と開けた空き地に行き当たったのだ。

子どもたちの喚声がいたるところで響き出す。木とガラスとアルミを使った現代風の建築物が、空き地の奥のほうに、なだらかな、うねうねした輪郭を描いている。その手前に、石畳のきれいな広場があって、そこにいま、子どもたちの波があふれる。

私は、早くも口惜しくて、羨ましくて、身を焼かれるような思いで近づいていく。柵に指を絡ませる。青と灰色をした大木の樅の林が遠巻きに学校を取り囲んでいる。子どもたちは、みんな鮮やかな色のアノラックを着て走ったり跳んだりしており、辺りは山の斜面に広がる永遠の凍てつく日陰に覆われて薄暗いけれど、空は高く、光に満ちている。

これはしっかりした、いい学校だと私はたちまち感じとる、ここでなら私も悪い目に遭ったりはしないはずだ。ここで働けたら、と私は思う、どんなにいいだろう！

沈んだ色合いの顔を穏やかな喜びに輝かせた子どもたちがのびのびと遊んでいる姿を見るにつけ、確かにここが自分のいるべき場所なのだと思われて、私の心は憂愁の甘い棘にちくちくと刺されて張り裂ける。

私は柵から離れ、校庭へ入っていく。輪になった教師たちは私が近寄るとすぐに場所を空けてくれる。みんな揃って優しく興味深げに、茶色い、深い色の顔だちを私に向け、そしていま私のほうへ身をかがめる、小柄な私を、親切な樅の大木たちが見おろすように。

あっ、と、まず驚愕して私は思う、私はこの人たちの仲間だ！

ついで、その驚きと戸惑いと気後れが消え、自分がこの見知らぬ人たちと似ているのは、まったくもって自然な、反駁の余地のないことなのだと痛感している私に、彼らは問いかける面もちで、ゆったりとかまえ、私が正直な気持ちときちんとした言い分をもってこの学校の校庭に入ってきたのだろうという信頼をこめて微笑みかける。

「校長先生にお目にかかりたいのですけれど」と、ひととおり挨拶を済ませたのちに私は言う。

彼らは礼儀正しく、私の使う言語で答えるけれど、話し方に訛りがあって、それは父や母と同じ、かつて私があれほど激しく軽蔑した訛りだ。

私は反射的に、内心ぎょっとする。やはり反射的に、ごくかすかな侮蔑の念が湧いて、唇に冷たい微笑がちょっと浮かぶのを自分で感じ、すぐに消して、私は懇ろに礼を述べながら、もうじきこの集まりに私も入れてもらえますようにと密かに祈り、もしかすると結局、そのうち気づきもしないうちに自分もこの訛りで喋るようになるかもしれないのだから、と思う。

教えられたとおり、屋根つきの運動場に面した扉へ向かう。コンコンと叩くやいなや、澄んだ声で、どうぞ、とフランス語で応じるのが聞こえ、扉を開きかけた途端に目に飛びこんできたのはノジェの顔だ。

慌てて私は扉をバンと閉じる。扉の向こうで、仰天したらしい声があがる。私はあらためて扉を開ける。

「入っていいんですよ」と校長先生が言う。

にこやかで物柔らかな若い女性だ。大きくてふっくらした口が絶えず小刻みに震えているのが、オービエで過ごした青春時代のコリーナ・ダウイを彷彿させて、微笑んでいるにもかかわらず、うっすらとした苦悩の靄、昔あった出来事のせいなのか漠然としたものなのかわからない心痛の気配が黒い目に宿っているところも似ている。

彼女は事務机を前にして腰かけている。その頭上、私が入ってきた扉の真向かいに、ポスターが画鋲で留めてあって、ノジェの顔が印刷されている——刈りそろえて手入れした顎鬚、後ろへ撫でつけた灰色の髪、こけた頬はおそらく目立たない程度に紅を掃いて引き立たせてある。その下の文言は——リシャール・ヴィクトール・ノジェ、八月二十九日、夜八時、市民会館。

「ノジェがここに来るんですか？」茫然として、私は言う。

校長先生はポスターのほうへ振り返る。

「ええ」と言う、「実に光栄なことでしょう？」

「でも」と私は言う、「どういった肩書きで来るんでしょうか？」

「あら、だって……」

今度は彼女のほうが呆気にとられて、愛想を絶やさぬまま怪訝そうな表情で私を見つめる。

「だって、ノジェですもの」と言う。

「ということは？」

「テレビはごらんにならないのですか？」と彼女は、突然うろたえかけたような声になって言う。

「いいえ」と私は言う、「私どもの家にテレビはありません」

彼女の視線は、相変わらず穏和ではあるけれど、慎重な、先ほどより少しだけ距離を置いた感じになって、私の顔から胸へ、そして腹へと移ったところで、しばし考えこむように留まってから再度、私の目へと戻る。鷹揚な身ぶりで壁際にある書棚を指し示す。

「確か全集があったはずです」と彼女は言う。

私は書棚へ近づいて、一冊の本を取り出す。

「その本は」と校長先生は言う、「あの方が教育について書かれた最初の概説書です、サインをいただこうと思っているんですけれど」

私はぱらぱらとめくって、いくつかの文を拾い読みする。するとアンジュの声が聞こえてくる気がする――「教室は断じて癒しの母胎であってはならず、適度に加減した厳格さと仮借なき正義の場であらねばなりません。同志たちよ、我々は子どもたちをどこへ追いやってしまったのでしょうか？／我々が与えるべきものは乳ではありません、乳ならば生まれて最初の数年間に浴びるほど摂っておけば事足ります。与えるべきは甘美な乳ではなく、言わばそれとは逆のもの、金属にも似て、不快、かつ崇高な、血なのです。」

そうだ、これこそまさにアンジュが好んだ言い方で、私はいやでたまらなかったから彼がまくし立てるたびに聞き流す習慣を身につけ、曇った目つきで彼を見つめながら胸のうちで歌を口ずさむことで（踊りにおいで銀ぎらの袋さん！）、頭をぼんやりさせて、なにも耳に入らないようにしたのだった。

ページを繰るにしたがって、紛れもない事実を突きつけられ、私は信じがたくてははっと笑ってしまう――この主題はまさしくアンジュが論文で扱っていたもので、彼は苦労の末いくつかの雑誌にそれらを掲載するところまでこぎつけては大いに得意がり、そのたびに私は読まなければ彼の誇りを甚だしく傷つけることになるので仕方なく読んだ。文の切れ端や、表現や、息づかいのようなものまで確認できる気がする、アンジュが息をしているのが聞こえる気がする！

私は本を元の棚へ戻して、校長先生のほうへ振り向く。一縷の望みにすがる思いで、私は尋ねる。

「アンジュ・ラコルデールはご存じですか？」

「いいえ」と彼女は言う。

「こうした題材で論文を書いている人なんですけれど、彼は……」

「リシャール・ヴィクトール・ノジェの真似をする人はたくさんいます」と口を挟む校長先生の微笑にはほんのちょっと尊大なところがある、「ただ、あの方には独自の文体がありますから、読めばすぐにわかります。とはいえ、非常にできのいい剽窃をする人もいるのは確かですね」

「最初の本が出たのはいつごろですか？」

「もう二十年くらい前です」と校長先生が言う。

そんなに昔ならアンジュが書きはじめたのはそのあとだ、でももし彼がノジェの文章を盗用したのだとしたら、だれかが見つけたはずではないのか？　ふたつの異なる頭脳が、いくらか時を隔てて、同じ言葉で同じことを考えたというのはありえないことなのだろうか？

休み時間が終わって、鐘の音が耳に届く。校長先生は感じよく、一瞬だけ腕時計に目をやる。そして一言二言、口にするけれど、それは私の知らない言語、あるいはもしかすると知っていたのに忌まわしく思うあまり忘れてしまったのかもしれない言語で、私が理解できずにいるのを見てとると相手はやや動揺する、まるでここまで同胞として接してきたのが急に心配になったように、まるで表向きは味方の顔をした私が実は敵なのかもしれないというように。

「私、仕事に戻らなくては」と彼女は謝るように微笑んで言う。

「ええ」と私は言う、「お邪魔しました」

私は両手を胸の前で合わせる。

「あの」と、自分の意にそぐわないほど懇願めいた必死な口調になって私は言う、「この学校で私になにか仕事させていただくことはできないでしょうか？　私、教師なんです、キャリアは長いんです！」

相手は身をこわばらせ、ものも言えず、困っている。思わずもう一度、素早く私の体を上から下まで見渡す。

そしてゆっくりと答える。

「申し訳ありませんけれど、空きがないので」

こちらが食いさがるのを予測して先手を打つように、首を横に振る。それでも私は切々とつづける。

「休み時間とか、食堂での給食時間に監督するだけの係でもかまいません」

「でも、フランス語しか話せないご様子ですから」と、とても丁寧に、気を遣いながら、校長先生は言う。「それではうまくいきません、うちの子どもたちとは」

「あなた方の言葉を覚えるのは充分可能だと思います」と私は言う。

彼女は溜息をついて、肩をすくめる。立ちあがると、お引き取りくださいというしぐさをする。ああ、私はちっとも出ていく気にはならない。

ほんとうは知っているんです、あなた方の言葉を、と私は叫びたい、知らないふりをしているだけで、ほんとうは私の体にいちばん染みついた言語なんです——ここにいさせてください、お願いです！

全然、出ていく気にはならない。ここにいると私はほんとうに楽な、安全な場所にいる気分になれる、じっと見守るようにたたずむ青い樅の木に囲まれたこの空き地で、思いやりに満ちた樅の大木のような教師たちの、親愛のこもったまなざしと、庇護のもとで。この腹の中でのたうちまわっては陰謀を企てている何ものかも、有害な夢想とは無縁のこんな雰囲気につつまれていれば、いずれ降伏するのではないだろうか？

校長先生は私の背骨の辺りに手を当てる。そっと押して、私を校長室の外へ出す。いまや校庭にはだれもおらず、しんとしている。扉を閉ざした教室からごくかすかに響いてくる人声だけが、清らかなあまりかちんと固まったかのごとく澄みきった大気に、少しだけ動きをあたえているように感じられる。

さて、この学校から出なくてはいけない、空き地から去らなくてはいけない。道へ足を踏み入れる前に、私は最後にもう一度だけ振り返る。校長先生が校門のところにいて私を目で追っている。彼女は手をあげて、ゆっくりと振る。

36　エスプリ＝デ＝ロワ通りで、飲んで、笑って

息子の家へ戻ると、私は大胆にも、食堂に置かれた電話をとる。ボルドーの、わが家の電話番号を

押す。

息子の住まいには淀んだ空気が立ちこめているけれど、ここでは、空気が凝固しているのは、死、束縛、恐怖のせい、それに、と私はある予感に襲われながら思う、あまりにも大量の肉を一緒くたに解体し、切り分け、切り刻んでいるせいだ。アルノーが診察室の扉の向こうで荒い息をついているのが聞こえる気がする。

電話は長いこと鳴りつづける。つながったとき、私は押し寄せる感情に喉を締めつけられて、なにも言えない。

「あなたですね、ナディア」とノジェの声がする。

「アンジュはどうですか?」と私はささやく。「ああ、どうか……。彼に替わってもらうことはできますか?」

相手は答えない。なんの音もしなくなる、まるで彼が電話口を手でふさいだかのように。私は声を張りあげる。

「ノジェさん?」

「はい」と彼が言う。「それは無理ではないかと思います、ナディア。ええ、アンジュに替わることはできません」

そのとき、瓶の口にグラスがぶつかるような音や、笑い声らしきものが聞こえてくる。

「それでアンジュの容態は?」昂ぶった声で私は言う。

「あまりよくありません」とノジェは言う。

身が入らないような、煩わしそうな話し方で、私のことを非常に迷惑だと思っている感じがする。

「私の家でパーティーを開いているんですか、ノジェさん?」

「あなたの家、ね……。では、ナディア、こうしましょう、いまお客さんの一人と替わります、こちらはキッシュとミートパイがオーブンに入っているのでね、あと特製のチーズクロワッサンも……」

彼は乱暴に受話器を置き（私の大理石のサイドテーブルの上に?）、だれかを呼ぶ。

「もしもし」と私の前夫、息子の父親の声がする。「どなた?」

明らかに酔っぱらっていて、その陽気な調子に私の心は凍りつく。

「私よ、ナディアよ」と、消え入るような声で言う。

「おお、そうか。ハロー、ハロー!」

彼は笑う。その向こうに、ざらざらとごわついたコリーナ・ダウイの声がはっきりと聞きとれる。

私はへりくだって、すがるように訊く。

「アンジュがどうしてるか教えて!」

「だれ?」

「アンジュよ、アンジュ! 私の夫」

「夫はここだよ! いま話してるじゃないか、愛してるよ!」

彼はまた笑うけれど、残酷な感じではなくて、優しいと言っていいくらいだ。そして電話は切れる

――切ったのは彼? それともノジェ?

アルノーが吠え出す。私は急いで部屋を出て、避難しようと家の裏手にある庭へ走っていく。庭は

打ち棄てられたままで、ほぼ栗の木ばかり植わっている。暗すぎて、木々も、土も、野生に返ったようないくつかの灌木の茂みも、なにもかも黒く見える。傾斜のきつい、山腹に引っかかったような土地だ。私は何歩か、転ばないよう足を横向きにして降りる。ひっきりなしに足にぶつかるものがあって、はじめは石ころだろうと思いながら、爪先で押しのけ、白っぽいかたちを見せて転がっていくのを眺める。私はへなへなとくずおれて、尻もちをつく。

しばし座ったきりでいる。無意識に指が地面を探る。積もった小石の一片を手にとる——違う、骨だ。もう一個、さらにもう一個——全部、骨だ、大小さまざまな無数の白骨。動顚し震えあがって私は呻き声を洩らす。慌てて起きあがると、服の埃を払う。あの人たちはこんなに殺したんだ、と私は思う、獣をこんなに、こんなにたくさん……。

坂をよじのぼって、家のほうへ引き返す。足下や、支えがほしくて地面についた手の下から、骨がガラガラと崩れる——谷間へ、焼きつくされて炭化した針葉樹の林へ、眠りに沈んだ暗い川へと転げ落ちていく。

息子の家での二日目の夜、私はまたも起きあがる。耐えられないくらい腹が張って、眠るどころではない。とうとう我慢できなくなり、私は息子とウィルマの寝室へ向かう。扉を叩こうとした瞬間、手が止まる。ある音に気づいたのだ、地の底から響いてくるような、人間のものではない呼吸の音。アルノーがこんなふうに、扉がカタカタ震えるほど轟々と息を吐くものかしら？　アルノーは、と私は思う、そこまで大きな犬では……。この呼吸には、粗暴な安らぎ、野蛮で粘りづよい自負、そして打ち負かした相手の胸元にどっしりと足を置いた獣の、油断はしないながらも落ち着き払った傲慢さがある。

私はできるかぎり足を忍ばせてその場を離れつつ、こうとなっては扉がギイッと開いたらどうしようとそればかりを怖れている。自分の寝室に戻るや、後ろ手に錠をかける。それから、外の空気がどうしても吸いたくて窓を開ける。白い月が冷えびえと庭を照らしている。私は空き地の小さな学校のことを思い浮かべ、あの子どもたちはあのままあそこで眠るのだろうか、子どもの日々をまるごとあの場所で過ごすのだろうかと考える。あの子たちが、と私は思う、村へ帰ってくるようなことがありませんように！　自分がいま、あの山の上、乳を流したような空き地、親しく迎えてくれる樅の木陰にいないことが辛くて悔しくて、身を切られる思いがする。ちゃんとあの子たちの面倒を見てあげられるのに、どこから来た子たちだろうと！


自分が教えていた地区にはごく稀だったとはいえ、受け持ちの児童の中にオービエを思い出させる子が入っていたとき、その子たちに対して私はいつも正しく温かくふるまってきただろうか、多少なりとも昔の自分と似たところのある女の子たちに対して分け隔てなく接してきただろうか？　実を言えば、私はその子たちと向き合うとき、公正でも、献身的でも、良心的でもなかった、私は厳しい、よそよそしい、さらにはあざ笑うような態度まで見せて、心の底では駆逐したいと、わが愛する学校から遠くへ飛んでいってほしいと望み、ときにはあの子たちのことを、多すぎて不潔で不要だから撃っても罪には問われない鳩のようなものだと考えたりもしたのではなかったか？

いまなら、と私は思う、あの子たちの面倒をちゃんと見てあげられるのに！

朝になると息子の家では昨日と同じように事が運ぶ。

「ラルフの回診に付き添ってください、お義母さん」とウィルマは言う。

「ええ」と私は言う、「もちろんけっこうですとも」

そして息子が、いくぶん嬉しそうに同意を示す一方、ウィルマは鵞鳥のパテを分厚く切って自分の皿にいくつもよそうと、じかに指でつまんで口へもっていき、その指が少し震えているのは、苦痛なまでに凄まじい欲望、凶暴な食欲のせいなのだということを私はもはや知っている。

私は息子の車に同乗して、また山腹を下っていく。ほとんど話はしないけれど、彼が私の存在にもう慣れてきたこと、あれほど激怒と怨恨の種になっていた母親が隣にいるのを、ある意味で忘れかけていることが伝わってくる。私のほうは、息子が隣にいるのを忘れてはいない。

一緒にドライブできてとても嬉しいわ、と私は言いたいところだが、相手の反応がまだ怖くて思い切れない。昨日の夜、ずいぶん大きな音を立てて息をしていたのはあなたなの、と尋ねてみたい。あるいは、こう言ってみたい、シーツにくるまっていたあなたは、びくびくしながら、あの女が早く眠ってくれないものかとひたすら待っていたの？

彼は車を病院の駐車場に入れる。ナタリーの子どもを診察しに行くのだ。

「ここで待ち合わせましょう」と私は言う、「あそこまで行く気になれないの」

彼は私をじっと見つめると、ひと言も言わず顔をそむけて病院の入り口へ大股で歩き出し、大きな医者鞄がふくらはぎにぶつかるのもかまわずにいるところは、通学鞄を持った昔の彼と変わらない。息子に見られていないかどうかわざわざ確かめることもせず（なぜなら息子は私がこれからどこへ向かうかよく知っている、知っている上にもしかしたら喜んでいるのかもしれないから）、私はすぐにあの細い通りへと再度向かう。

両親の家の前をもう一度通ろう、と私は思う、といっても中へ入りはしない、まだそれはしない。頬が、額が、赤らむのを感じる。実に心地よく風が吹きぬける通りに一歩足を入れた途端、別の歌の歌詞と旋律が、肌をくすぐる甘美な空気の中に立ちのぼる。

お産の床で
お産の床で
坊やが泣く
泣きやむのはいつのことやら？

今度もやはり、高齢のせいで少し甲高くなってはいるものの母親の声だとわかる。この古い小さな鐘のような声はしぶとくて、通りじゅうをひらひらと舞い、ほかの家々から上空へ吐き出されるテレビや話し声のざわめきを掻き消してしまう。

お産の床でわたしは辛い

ああ母さん、わたしは辛い
坊やの泣きやむ日は来るのやら?

この歌は、聴いたことがない。それにしたって、と、腹立たしい気分にまでなって私は思う、幼い女の子に聴かせるのにふさわしい歌と言えるのかしら?

母の声、すり減った、けなげな鈴のような声が、意に反して私を惹きつける。家へ近寄る。扉は大きく開け放してある。いま、母は精いっぱい声を張りあげて歌っているように思える。ふらつく足で、私は両親の家へ入る。

母は歌を止める。流し台の傍に立って、ひんやりした台所の中で、うんと小さく、痩せて見える。白髪を引っつめて襟首のところで貧相なまるい束にまとめている。アラベスク模様の、丈の長いベージュの木綿のワンピースを着ている。

子どものほう、スアールは、ベビーサークルの柵をぎゅっと握りしめて、ちょっと冷めたような、横柄な目つきで私を眺める。それから私の母のほうへ目を向けて、反応を待つが、たぶん、結果が出たら自分もそれに合わせるつもりなのだ。母は戸惑って、期待しているように見える——いったい、なにを?

「はい?」と、ようやく母は、彼女自身の母語で尋ねてくる。

私はごくりと唾を呑みこむ。そっとつぶやくように言う。

「私よ、娘よ」

「どの娘？」と母は、しばらく間を置いてから、フランス語で訊く。

「ナディアよ」と私は言う。

「ナディア？」と母は繰り返す。

そして髪の毛を両手で覆う、髪を隠そうとするように、見捨てられた老母は娘に髪を見られてはいけないことになっているとでも言うように。おろおろと、スアールを一瞥する。子どものほうは相手が狼狽しているのを感じとって不安になり、顎をぷるぷると震わせる。そこで母は子どもを安心させようと無理に微笑みかけるけれど、スアールは、怪しんで、この偽の微笑はいまにも崩れるだろうと待ちかまえているものと見え、しかし母は、臆せず、微笑みつづける。

「私だってことがわからないの？」と私は言う。

「わかりますよ、ええ」と母は言う。

「いいえ」と私は言う、「明らかにわかってないわ」

三十五年ものあいだ私は、万が一、自分の家族が街なかで私とすれ違ったとしても、顔や身のこなしから私だと見分けられないようにしよう、少なくとも迷って声をかけそびれる程度にはなってみせようと奮闘し、自分の生まれ育ちの形跡をすべからく消し去って話し方にも立ち居ふるまいにも現れないようにするため格闘してきたのだから、私にとって、そうした努力が実ったというもっとも輝かしい、なににも増して喜ばしい証はと言えば、まさにこの老女に出会ったとき、私の姿が相手の側に母親としての記憶をなにひとつ呼び覚まさないことであるはずなのに、いま私はなんとなくがっかりして、憤慨に近いものすら感じている。

「まあ座って、ナディア」と母は言う。

忘れてしまわないように私の名前を口に出しておくといった言い方だ。私はテーブルの手前にある椅子に腰をおろす。母はスアールを抱きあげ、しっかりと抱きしめてから、膝に子どもを載せて腰かける。ほんとうに知りたいというよりは話の種として、私は尋ねる。

「この子の母親がどこにいるか知ってる？　ヤスミンのことだけど」

母は全身がたがたと震え出し、頭から爪先まで震えているらしく、履いているビーチサンダルがタイル張りの床の上でタタタタと鳴るのが突然耳に入る。その目はたちまち涙でいっぱいになる。立ちあがると、別の部屋へ入っていく。戻ってきたとき、腕の中に子どもはおらず、寝かせてきたわと母は小声で言う。そしてあらためて椅子に座る。

「山の上の、あの女に会った？」と彼女はささやく。

「ウィルマ？　ええ」

「ヤスミンはあの女に捕まったのよ」と母は、辛そうに、溜息混じりに小さな声で言う。

私は聞き返す。

「捕まった？」

けれども母は唇をきゅっと結んで話すまいとする。素早い動作で、口にものを投げこむ真似をする。

「あそこの肉を食べては駄目よ」と、一気にこそこそと言う。「もし出されても、断りなさい。食べてないでしょうね？」

「ええ」と大慌てで私は言う、もし真実を述べれば、ただちに両親宅から出て行かざるをえなくなる気がして。

母は手を伸ばし、私の手を撫でる。

「あんただってことがちゃんとわかってきたみたい」と彼女は言う、「ただ、ずいぶん太ったのね、どういうわけがあってそこまで太ったの？」

「更年期なのよ」と私は言う。

「そう」と母は言う、「ま、そういうこともあるものよ」

扉のほうで父の足音がする。私たちの声を聞いて、入っていいのかどうか躊躇しているらしい。

「ナディアが来たの」と母は自らの母語で、朗らかに言う、「娘のナディアよ、帰ってきたのよ」

父は大きな叫び声をあげる。

しばらくしてから、本来の静けさを取り戻した台所で、スアールがまだ眠っている間に、母は私に打ち明ける。

「ラルフがあの子をここに連れてきたの、子どもまであの女に捕まるといけないからって、危ないと思って」

父は大きく顎を動かしてうんうんとうなずく。私をちらりと見る目つきはまだ気後れしてはいるものの、喜びにあふれている。

「そうさ」と口を出す、「赤ん坊が危ないと思ってね」

「あの女は」と母は言う、「ラルフに取り憑いたのね」

その口ぶりには憎しみも憤りもなく、ただ運命を受け容れ、だれにも解きほぐすことのできない人と人との縁を事実として認める姿勢がある。そのときふと、私のこめかみに注がれる父の視線に気づく——熱のこもった、幸せそうなまなざし。この人は、と私は思う、こんなに見苦しい女になってしまった私を愛してくれる、いまでも愛してくれる……。

「山へ戻るのはやめておきなさい」と母が言葉を継ぐ、「今度はあんたが、あの女に捕まるわよ」

「そうだとも」と父が切なげに訴える、「あそこには戻らないでくれ!」

「ここにいればいいわ、部屋もあるから」と母が言う。

私はぽつりとつぶやく。

「それじゃ、恨んでないの?」

理解できずに、二人は私を見つめながら、おぼろげに微笑む、この人たちは恨むという言葉の意味も知らないのだ。

「かわいそうなラルフ、私の息子」と私はさらに言う、「あの家に置いていくことになるのね、あの女と一緒に……」

「そういうことは、どうにもならないのよ」と母は言う。

38　みんな治った

ノジェは、市民会館に集った大勢の聴衆の中から瞬時に私の姿を認め、小さな目で人々の頭上を飛び越えるようにあちこちへ素早く視線を移しながらも、実は私一人を相手に、歯に衣着せぬ衝撃的な言葉を連ねて講演する。

小ぎれいな身なりで、きちんとスーツを着てネクタイを締めているけれど、あの矛盾を抱えたあやふやな体つきのせいで、洒落ているようには見えないどころかほんとうに礼儀に適っているのかどうかさえ疑わしい。終了後、私はサインをもらうために並んでいる愛読者たちの列に紛れこむ。机の向こうに座った彼は、冷やかすような微笑で私を迎える。私は彼のほうへかがみこみ、耳許までぐっと近寄る。

「ノジェさん、心の準備はできています……教えてください……アンジュは亡くなったのでしょうか?」

「亡くなった?」と彼は、憤慨を装って叫ぶ。

そして、小馬鹿にしたように笑い出す。

「ナディア、あなたと来たら！　私の見たところ、アンジュはいままでになく元気ですよ」

「ほんとに?」

肩の力が抜けて、ふらつきそうになる。ノジェは足下の頭陀袋をごそごそと探る。財布を引きぬくと、そこから一枚の写真を取り出す。

「ごらんなさい」と彼は言う、「アンジュと、隣にいるのが新しい彼女です、撮ったのは二週間ほど前になりますか、このときはみんなで外食しましてね」

写真の男はちっともアンジュに似ていない。一方、女のほうはすぐわかる、コリーナ・ダウイだ。二人はぴったりくっついて、にこにこと楽しげに笑っている。

「全然アンジュじゃないわ」どうにも信じられなくて私は言う。

「アンジュですよ」とノジェは言う、「よく見てください」

私は写真をうんと目に近づける。額、まっすぐ通った鼻筋、ふっくらした口——そう、アンジュかもしれない、痩せて、若返ればこうなるだろうか、でもやっぱり別人のような気もする。

「ほんとによかったです、彼が助かって」と、写真をノジェに返しながら私は言う。

「あなたさえいなくなれば済んだわけです」とノジェは冷たく言う。

後ろで読者たちがじりじりしている。行こうとすると、ノジェが腕をつかんで無理やり引き寄せる。

「ところで、ナディア」と彼はささやいてくる、「おなかがすっかりへこんだようですが、私の子どもでも産みましたか？」

「違います」と私は言う、「更年期だったんです」

この件について彼と話すのがいやで、私は苛々した薄笑いを浮かべる。

「運がよかったですね」と彼は言う。

つかんでいた手を離すと、後ろで待っている人たちの番だから場所を譲ってくださいと身ぶりで合図する。

私は市民会館を出て、歩道を何歩か進む。背の高い男が肩にぶつかってくる。

「すみません」と男は言う。

彼は野球帽を目深にかぶっている。帽子の庇が投げかける薄紫の影に覆われた彼の視線が、一瞬、私の目の奥深くへ沈み入る。それから相手は足早に消える、まるで私が引き留めようという気を起こすのではないかと怖れるように。

両親の家に戻ると、息子が今日もまたスアールに会いに来ている。子どもは彼に会えて嬉しくて仕方なくて彼の頰にキスを散らし、彼のほうは子どもをあやしたり、耳許に甘い言葉を口ずさんだりしている。父と母もいて、少し衰えた、疲れた様子で、並んで座っている。

息子がスアールの肩の辺りにうずめていた顔をあげたとき、その顔が涙に濡れて光っているのに気づく。

「お父さんが死んだ」と彼は言う。

気が転倒して、私は無意味に尋ねる。

「お父さん？」

私は息子を車のところまで送っていく。乗りこむ段になって、彼は言う。

「ラントンだよ、お母さんの大事なラントンが知らせてきたんだ、電話で」

「ほら、いい人じゃない」と私は言う。

「どういう方法かはともかく、あいつがお父さんを殺したのは間違いない」とラルフは言う、「相当勝ち誇った口ぶりだったから」

彼はドアをバタンと閉める。いつものように、私に向かって挨拶代わりに軽く手をあげる。彼が涙を拭うのを眺めているうちに、車は向きを変え、遠ざかり、それでもまだウィンドウの向こうに後頭部が、華奢な首筋が見分けられて、こうして距離を隔てて見ていると、大きすぎる車に乗ったあの子は大人の男などではなく頼もしげにふるまおうとあがいているだけの血迷った少年なのだという、私がいつも抱く印象がいっそう強められ、今日も私は哀れを覚えて心臓を締めつけられる――優しく和らいだわが心、鎮まったわが老いたる心。のろのろと両親宅へ帰っていく。サンダルの底を通して、敷石の濃い熱を感じる。すると早くも、甲高い、かすかに震える声、スアールのために歌っている母の声が聞こえてくる。

厄介ごとは出ていった、この体から出ていった
これでやっと踊れるよ
厄介ごとはすたこら逃げた
やっと踊れるよ！

この母、この一徹な老女は、毎日、バター入りのクスクスに、鶏のグリルか揚げ魚、つけ合わせは茄子かトマトという料理をつくる。この食物を、私はなんの下心も持たず、いかなる怯えも感じずに、ありがたく口に入れる。そして私は、台所へ入って、熱々のクスクスに入れたバターが溶ける匂いを嗅ぐたびに、これなのだ、正直な指が毎朝ほぐすこのクスクスが、私の腹に住みついたものを追い払うのに一役買ったのだと思わずにいられない。

というのも、と私は思う、あの黒くぬらぬらと光りつつ逃げていったもの、ある晩、床に就こうと服を脱いでいる最中に部屋の床をつるりと滑っていったもの、あれは私の体から飛び出してきたとしか考えようがないではないか？　黒い、つやつやした、逃げ足の速いものは、床に血の痕を薄く描きながら扉のほうへ去った。

もしも、と私は思う、できるだけ正確にそれについて述べよと強要されたなら、もしもそれについて語り、描写するしかない状況に置かれたなら、あの黒い、つやつやした、逃げ足の速いものを、既知のなにかにたとえようとして頭に思い浮かぶのは一匹のうなぎだろう――寸詰まりの肥えたうなぎ、ただしあれは毛が生えていたような気もしなくはない、湿気と、血と、粘液で、ぺったりと貼りついた毛が。

その捉えがたいものは、扉のほうへ薄い痕を残していった。

私はすぐに床をスポンジでこすった。これで、この時間はまだお気に入りのテレビ番組を観ている両親が――絶望感を漂わせた人たちが謎めいた経緯で蒸発した身内のだれかれを探し出そうとする話――、ふとあの黒い逃げゆくものに目を留めでもしないかぎり、というのもきっとあれは台所を通っていったに違いないからだが、そういうことでも起きないかぎりは、だれもあれを見なかったことになるし、後からだれかが、あれと私との間に繋がりがあるなどと言い出して、たとえば私のところにあれを持ってこようとするようなことも決してないはずだ。

両親はテレビを観ながら、子どものように、心から喜んで笑う。心の底から感動することもある。あの番組を私と一緒に観たいらしい――でも、それだけは、どうしてもできない。

「私たち夫婦の家にはテレビがなかったので」と私はもう少しで二人に向かって、やや傲慢に挑みかかる調子で言ってしまうところだった。

幸いにも、その言葉は口から出かかっただけで済んだ。

昼食後、みんなが昼寝しているうちに、私はラントンに電話をかける。彼の声音を耳にするや錯乱状態に陥って、最初は、話しかけることもできない。

「もしもし、もしもし！」と彼は苛立つ。

私はようやく、そっとつぶやく。

「ラントン……」

「あなたですね、ナディア」と彼は不意に動揺した小さな声になって言う。

そう言ったきり黙っている。苦しげに呼吸を速めているのが聞こえる。それから、

「あなたがいなくてとても寂しいです」と彼は言う、「寂しくてたまらない。ぼくは、たぶん……ないんだと思う」と言う。「あなたなしでは、うまく生きられない」

（彼は困惑を隠すため、ははっと無理に笑う）たぶん、ある意味で、ぼくはあなたなしには生きられ
「ラントン」と私はどうにか言葉を絞り出す、「あなたはラルフの父親、私の前の夫に、なにかよくないことをしたの？ラルフはそのはずだと言うんだけど。ねえラントン、ほんとうなの？」

「あのろくでなし」とラントンは言う、「身分証がどうこうって性懲りもなくまたここへ来たから、蹴飛ばしてやった、それだけです」

「蹴飛ばすって」と私は言う、「ラントン、それはどういうこと？」

「あんな奴のことは話したくない、その話題は勘弁してください、お願いです」ラントンは、ほとんど喘ぎながら言う。「ナディア？」

「さようなら、元気でね、私の大事なラントンさん」と私は言う。

受話器を置いてから、私はしばらく動くこともできず、憔悴して、電話の傍で、両親の使う小さなスツールに座ったままでいる。

昼寝から覚めたスアールをベビーカーに乗せて、浜辺沿いにつづくデッキへ散歩に連れて行く。歩きながら私はこの子の名前に節をつけて歌う、スアール、スアールちゃんは、金きらの袋さんになりたい？　それとも銀ぎらの袋さん？　熱心に体を前へ乗り出して私に背を向けてはいるものの、子どもはふんふんとうなずいたり、肩胛骨の辺りをふるふると震わせたりして、内容はまだ完全にはわからなくても、この詞を楽しんでいるのだと知らせてくれる。

ふと子どもは手を伸ばして、おもしろいものを見つけたらしく指し示す。男と女が手をつないで、若い山羊のようにぴょんぴょん跳ねながら砂浜を駆けている。とはいえそれなりの年齢ではあるはずで、男の髪は灰色だし、女は痩せて節くれだっているのが遠目にも見てとれる。二人は砂に倒れこみ、転がり、起きあがり、あまりに幸せそうで、気がふれたのかと思うくらいだ。こちらへやってくるのを、スアールと私は、じっと止まって、見つめている。

私は二人がだれだか知っている。ああ、と私は思う、とてもよく知っている。

男はアンジュで、ターコイズブルーの短いワンピースを着た女は、コリーナ・ダウイだ。アンジュは白いTシャツに麻のスーツを身に着けている。顔はさっぱりして健康そうで、バカンス客みたいに日灼けしている。ダウイもまた、何十年にも及ぶ煙草の吸いすぎと逼迫した生活のせいで青黒い顔色になっていたのが跡形もなく消えている。

私と出会ったことに驚くでも感極まるでもなく、二人は順繰りに私に挨拶のキスをする、二人とも同じように頰にチュッと音を立てて、家族同士のようなキスだ。私はべビーカーの把手を握りしめ、片足からもう片足へ重心を移す具合でふらふら揺れる。二人は一斉に私にこう尋ね、言い終えた瞬間、同時に喋ってしまったというので笑い出す。

「その後どうしてる？」

私は返答を避けるため、曖昧な身ぶりでかわし、ぎこちなく微笑む。アンジュのまなざしの奥に目を凝らす——けれども彼の瞳は、なにかを密かにこちらへ伝えるような気配をまったく欠いていて、返ってくるのは幸福感と、疚しさのいっさいない安らかな心持ちばかりだ。

「どこかで一杯飲もうよ」とダウイは言う。

「そうだよ」とアンジュ、「コーヒーでもいいし」

「駄目なの」と私は言う、「孫を連れて帰らないといけないから」

するとダウイは、この子は美人だ、ちりちりの黒髪もすごく素敵だと有頂天になる。声を落として私はアンジュにそっと尋ねる。

「治ったの？」

彼は、なんのことだったかと記憶を探るように、やや戸惑った目でぼんやりと私を見つめる。

「ああ、そうそう」と、ようやく彼は言う、「もちろんだよ、うん」

Tシャツをたくしあげると、横腹にあるピンク色の傷痕を指さす。

「コリーナはね、どんなことでも恥と思ったりはしないんだ」と、Tシャツを元に戻しながら彼が言うのは、それで私の問いに答えたつもりらしい。

ダウイは彼を抱き寄せ、首にキスをする。

「それで……仕事は？」胸苦しい気持ちで、私はさらに尋ねる。

「授業は再開したよ」とアンジュは言う、「それにコリーナも学校で働くことになったんだ、勉強についていけない子どもたちを手助けする役で」

「明後日には帰るの」とダウイは言う、「これから一緒にどこかでひと休みするのって、ほんとに無理？」

私は、力なく首を横に振る。ダウイは私の手をつかむと、自分の心臓の位置にぎゅっと押しつける。

アンジュは私の口の端に挨拶以上のものではないキスをする。にこやかに、親愛のこもった身ぶりをこちらへ示しながら、二人は互いの腰に腕をまわして遠ざかっていく。

私はスアールのベビーカーを押して、帰途につく。

通りに入ると、たちまち母の声が私たちを迎える、鈴のように鳴るあの声が、温かいそよ風に乗って運ばれてくる。

母さん、悩みは尽きません
ひとはいろいろ知っている
こちらはなにも知らぬまま
悩みは尽きません、母さん！

ンディアイの作品を読んだときの微妙な感触については、堀江敏幸氏が「薄い靄」に譬えて、ぴたりと言い当てている。

登場人物の顔かたちはある程度まで見分けられるし、舞台の雰囲気もおおよそ把握できるのだが、読み終わったあとに残されるのは、情報の少なさからくる抽象の匂いどころか、それとは正反対の、身体的な、粘ついた体液に触れたときの感覚、もっといえば、その透明な粘液に澄んだ光が乱反射しているような感覚なのだ。ねばねばとさらさらが混在している、ちょっとほかに類の見あたらない世界がここにはある。

（『エスクァイア』二〇〇六年九月号）

*

本書『心ふさがれて』（*Mon cœur à l'étroit*, Gallimard, 2007）は、現時点でマリー・ンディアイの長篇最新作。現代フランス文学のなかでも際だった個性と筆力をもつ重要な作家が、二十年以上にわたって深めてきた特異な世界をさらに一歩、新たな境地へ導いた意欲的な作品だ。おとぎ話を思わせる奇想と現代社会のリアリティが絡み合い、読む者の体にまとわりつくような感覚描写が駆使される物語には、これまでのンディアイの小説を超える切迫感と、謎めいた解放感がある。

マリー・ンディアイは一九六七年、フランス中部ピティヴィエに生まれた。父親はセネガル人、母親はフランス人。両親は間もなく離婚し、子どもたちは教師をしていた母親とともにパリ郊外で育った。マリーは幼いころから作家になる夢をあたため、弱冠十七歳でデビューを果たした。以来、長篇小説を中心に、十数冊の小説や戯曲を刊行。童話も三作発表している。二〇〇一年には長篇『ロジー・カルプ』でフェミナ賞を受賞。〇三年には『パパも食べなきゃ』が、現役作家の戯曲としては数少ない、フランス演劇の殿堂コメディー・フランセーズの定期上演作品となった。

彼女の小説は複数の言語に翻訳され、戯曲はイギリスやアメリカでも上演されている。日本では〇六年に短篇集『みんな友だち』が刊行された（拙訳、インスクリプト）。また、『すばる』〇七年十二月号で、小野正嗣氏がンディアイへのインタビューを発表するとともに、短篇「大統領の日」を訳出している。長篇小説の邦訳は本書が初めてとなる。童話『ねがいごと』（拙訳、駿河台出版社）も本書と同時期に出版される。『ロジー・カルプ』（小野正嗣訳、早川書房）の邦訳刊行も間近に予定されており、〇八年十月には作家の初来日が実現する。

NDiayeという父方の苗字は、セネガルに多い名前で、元来は「ンジャーイ」のように発音される。だが、作家自身はフランスに生まれ育ち、父親側の文化とはほとんど接触していない。この苗字のアルファベット綴りをフランス語式に発音した「ンディアイ」のほうが、彼女自身の耳には馴染み深いだろう。

綴り上は、普通はN'Diayeとアポストロフィが入る。アポストロフィを抜くのであればNdiayeと二文字目を小文字に変えるのがフランス語の常識に適う。事実、実兄である歴史家パップ・ンディアイは苗字をNdiayeと表記する。ところがマリーは、アポストロフィを抜いておきながらDを大文字のまま残して作家名とすることを選んだ。

大文字のNとDの並びは、字面からして、フランス語話者にとっては相当に奇妙な印象をもたらすものだ。そのため新聞記事等ではしばしばN'DiayeあるいはNdiayeと誤記される。NDiayeという作家名には、アフリカ起源の名前だがその起源は自分のものではない、またフランスの生まれ育ちだが完全にフランスの者とも言いがたい、というずれの意識が、実に彼女らしい、大胆とも控えめとも決定しづらい独特な方法で表現されていると言えよう。

ンディアイの人と作品については『みんな友だち』の解説に詳しく記したので、その後の活動に関して述べておこう。長らくミニュイ社から作品を刊行していたンディアイだが、二〇〇七年初頭、夫である作家ジャン＝イヴ・サンドレーと共著の戯曲集『パズル』(Marie NDiaye et Jean-Yves Cendrey, *Puzzle*, Gallimard, 2007)、そして本書『心ふさがれて』を立てつづけにガリマール社から発表した。あらゆるレッテルをするりと逃れていく感覚は、作品と実生活とを問わず、彼女の最大の特徴とも言えるもので、カラーのはっきりした「ミニュイ作家」の枠に世間が彼女を嵌めこんで安心しかけたときに、さりげなく移籍する辺りにも、そうした身ぶりが感じられる。

出版社だけではない。『すばる』での会見後記で小野氏も報告しているとおり、ボルドー近郊の小村に暮らしていたンディアイは、〇七年、サンドレーと三人の子どもたちの一家五人で、ベルリンに居を移した。

〇八年には、先に触れた、実兄であり気鋭の歴史家でもあるパップ・ンディアイの著書『黒人という条件』に、序文代わりの短篇を発表した (Marie NDiaye, « Les Sœurs », *in* Pap Ndiaye, *La condition noire*, Calmann-Lévy, 2008, p. 9-15)。この本は、フランス国内のアフリカ系住民をめぐる初の総合的な研究書。マリーの短篇は、ンディアイ兄妹のように「黒人」と「白人」の両親をもつ二人姉妹を主人公に据え、彼女たちの対照的な人生を通じて、黒い肌をもつ子どもたちがさらされる複雑な環境を描いている。また、ンディアイがクレール・ドゥニ監督と脚本を共同執筆した映画「ホワイト・マテリアル」(主演イザベル・ユペール) がフランス国内で公開された。

最近のンディアイは、稀ではあるもののラジオやテレビにも以前よりは出演するようになって、全体に落ち着いた余裕を感じさせる。異才から大作家へ、国内外で評価が定着しつつあるようだ。ひとつの証左と言うべきか、つい先ごろ、ンディアイのみを扱った初の単行本『マリー・ンディアイ』が刊行された (Dominique Rabaté, *Marie NDiaye*, Textuel/INA/Culturesfrance, 2008)。これは主要現代作家を取りあげたＣＤブックシリーズの一点で、『二十世紀フランス小説』（白水社）の著者ドミニク・ラバテによるンディアイ論のほか、作品の抜粋、関連写真、書誌などで構成された書物に、作家へのインタビューを収めたＣＤが付く。

『心ふさがれて』は、ンディアイの八作目の長篇小説となる（手記形式で小説とは銘打たれていない『緑の自画像』も含めるなら九作目）。

三作目の『薪になった女』（一九八九）から『魔女』（一九九六）にかけて、ンディアイは悪魔や魔女、正体の知れない呪いらしきもの、といったおとぎ話の結構を用いて小説を書いてきた。しかし『ロジー・カルプ』（二〇〇一）で、表立った奇想を自らに禁じ、現実にありうるぎりぎりの線を探ることで、むしろ現実世界をそのまま闇に転じさせるような方法を採った。短篇集『みんな友だち』（二〇〇四）、（偽の）自伝小説『緑の自画像』（二〇〇五）も、その延長線上に位置づけられる。

だが本書で、ンディアイは『ロジー・カルプ』以降の書法に、『魔女』までの幻想性をあらためてそっと滑りこませた。現実と幻の境はいっそう混沌としている。彼女の文学は、またも新たな局面に入ったのだ。

全体は三十八の章から成る。見出しのついた短い章に区切る形式は、四作目にあたる重要な大作『水入らず』（一九九一）以来使っていなかったものだ。ただし『水入らず』の場合、見出しつきの短い「章」を束ねる上位区分（一部、二部……）があった。そして小説のちょうど真ん中辺りのページに大きな転換点が来ていた。これは『水入らず』にかぎったことではない。全篇がたった一文で書かれた『古典喜劇』（一九八七）を除き、ンディアイの長篇小説にはいつも「部」にあたる大きな区切りがあって、全体の半分まできたところで「折り返す」ような構成になっていた。

本書にはそうした明確な区切りがなく、一章から三十八章までがひとつづきになっている。これは本書をンディアイ文学の流れに位置づける上で注目すべき点だ。物語作品としては本書の前作となる『緑の自画像』で、ンディアイは「折り返し地点」を設けずに日付入りの手記という形で書くことを試みた。この経験が、彼女にとって、『ロジー・カルプ』までとは異なる構成で長篇小説を執筆するひとつの契機となったのかもしれない。『心ふさがれて』の三十八の章は、長さが一定しない。章は伸び縮みし、転換は先延ばしにされるようでいて、実は徐々に訪れている。不安定な存在を描くンディアイの小説がそれでも保っていたある種の形式的な安定感が揺らぎ、変化はより有機的に現れる。いままでよりもさらに一歩、ンディアイの本は生きものに近づいたようだ。

マリー・ンディアイのこの小説は、どの部分に照明を当てるか、どの角度から見るかによって、さまざまな語り方ができる。ただ、それらをすべて足したところで、この本を汲みつくせるかどうか、その豊穣で不可思議な中身の真価を評しうるかどうかは定かではない。作者は、その独自の文体と、群を抜いた語りの技術によって、本人の手の内を完全に見せることは決してないままに、この本を織りなす数知れぬ急展開とそれらの奇妙な魅力を一行一行追うよう私たちを誘う。読み終わったとき、私たちは当惑し、動揺し、心を奪われ、感嘆して、しかもなお不確かな思いで目の前の本を見つめる――閉じられた本は、体から切り離されながらも生きている内臓のように、傲然と息づいているのだ。

(Patrick Kéchichian, *Le Monde*, 1 février 2007)

突然、理由なく周りの人々から虐げられるようになった小学校教師のナディア。夫と自分とに加えられる攻撃に怯え、手助けを申し出る怪しげな隣人に疑いを抱きながら暮らす彼女の心に、彼女自身が意識から遠ざけていた過去、出自、家族との関係が、薄皮を一枚一枚剝ぐようにして甦る。霧に閉じこめられたボルドーから、光と闇の激しいコントラストに支配された見知らぬ土地へ。ナディアは何に出会うのか。

奇怪な事件、予想のつかない展開、謎につつまれていながら不気味な現実感を漂わせる人物たち、幻覚のように迫ってくる匂いと音、ホラーとユーモアと、不意に訪れる叙情。息もつかせぬ、物語の力にあふれた作品だ。と同時に、語り手である主人公ナディアの、饒舌の裏に潜む沈黙が、読み手を圧迫する。彼女には自分の姿が見えていない。不可解な暴力をきっかけに、彼女が見ようとしなかったもの、捨ててきたものを、彼女とともに、読者はゆっくりと見出していく。

以下、日本の読者に馴染みが薄いと思われる要素を中心に補足していこう。内容に関わることなので、小説の先の見えない彷徨を存分に味わいたい未読の読者は、ここで切りあげて本文に進んでほしい。

舞台となるボルドーは、フランス西部の古都。ワインで有名だが、二〇〇七年に旧市街がユネスコの世界遺産に登録されたこともあって、十八世紀建築を中心とした壮麗な街並みも広く知られるようになってきた。大西洋へとつづくガロンヌ河のほとりに位置するボルドーは、かつて港町として栄えた。河に面したブルス広場の夢のような光景は、本書でも印象深い場面のひとつだ。ンディアイは六年ほどボルドー近郊の村に住み、『緑の自画像』では、氾濫の危険を孕むガロンヌ河に脅かされながら暮らす村の住人たちの姿を描いている。この時期、彼女は当然ながらボルドーの旧市街に親しむ機会もあり、「息苦しくて、あやふやな感じがする」この街を歩きまわったことが本書の出発点のひとつとなったと語っている（*ARPEL*, 13 septembre 2007, http://arpel.aquitaine.fr/spip.php?article100001250）。ナディアが住む通りの名「エスプリ＝デ＝ロワ」は「法の精神」の意。当地に生まれたモンテスキューの著作名だ。世間の掟を遵守しようとするナディア——こうした実在の地名が物語とぴったり嚙み合うところも（しかしすべてがそうなのかと勢いこむと肩すかしを食うところもまた）ンディアイらしい。とはいえ、小説内の怪物のような歪んだ街は、無論、ボルドーであると同時にボルドーではない。「むしろ架空の街」ともンディアイは言う（*AMINA*, octobre 2007）。

「アンジュ」はフランスの男性名だが、普通名詞なら「天使」の意味だ。このようにンディアイはしばしば、ふと考えこませるような奇妙な力のある固有名のつけ方をする。また本書では、主要人物の一人であるはずの前夫に名前がない、という驚きも加わる。作中人物に関して付言すると、ンディアイは、ノジェとラントンについて、ほかの人物たちのことをその人自身よりもよく知っている「守護悪魔」のような存在、と述べている（*l'Humanité*, 1 février 2007）。善悪入り乱れるこの小説のなかでも特に謎の深い二人の人物を解読する手がかりとなりそうだ。

さらに名前について。「スアール」という女性名は、マグレブ系（北アフリカ、イスラーム圏）の名前。フランスでは滅多に聞かれない。あえて異国的な響きを重視したような命名と映る。「ヤスミン」もマグレブ系の名前で、こちらはフランスでもよく聞く。マグレブ系移民の女性名と言えば最初に挙がる名のひとつだろう。コリーナの苗字「ダウイ」も、イスラーム系の名前。さて「ナディア」はと言えば、マグレブ系とロシア系の両方に起源があるようで、「純粋なフランス人」であってもこの名を子どもにつけることはありうる。

こうした名前や、後半で徐々に明らかになるナディア一家の黒っぽい目と髪の色、料理の内容などから、ナディアはマグレブ出身の両親をもつと推定できる。その出自を隠蔽したいナディアは、「スアール」の名前に拒否反応を示す。彼女自身は、他人の目には出身が明らかな名前ではないために、血縁を隠していられる（少なくともそのつもりでいられる）。

ただし、これは私たちの現実に照らした場合の読解だ。ありうることとありえないこと、現代社会とおとぎ話の世界とが、層を成す、というより、魔法のごとく同時に、同じ場所に立ち現れるンディアイのフィクションは、一瞬たりと、右のような「現実的」読解のもたらす安心感に読者を浸らせてはおかない。

なにより、移動後の土地がそのことを表している。南仏トゥーロンからフェリーで一晩の距離にあって、砂浜と灌木林（マキ）と切りたつ山々が隣り合う地形と言えば、普通はコルシカ島を連想する。しかし、作品内では船の到着地は秘められており（「à C」とあるが、前置詞から見てこれは市町村名であって、コルシカ島のCではない）、イタリア語風の村の名も、訳者が調べたかぎり、架空のもののようだ。名づけられないその土地の風景と、ナディアの幼いころの心の風景が、しだいに溶け合い、見分けがつかなくなる。

むしろ、こう言ったほうがいいのだろう――作者は言わば、とある島の地勢を借りつつ、その中身をくり抜き、ひとつの歌声を響かせることで、ナディアの、どことも知れない「（仮の）故郷」をそこに出現させたのだ、と。その故郷に名前はない。完全な安堵も、解決もない。だからこそ読者は、ただ純粋に、なにかが過ぎ去ったと知ったときの、茫然とするような、皮膚が痺れるような感覚に満たされる。

原書では、時おり文中にイタリック体の断片が挿入される。対象箇所は太字の明朝体として訳出した。書評によっては、この部分をナディアの内的発話と断じているものもあるが、そうだろうか。もう少し繊細な意味が託されているように思う。原書全体を通じた別書体の効果をありのままに邦訳の読者に伝える目的で、通常は書体を変えずに訳す用法（歌の歌詞や題名）も含め、イタリックの箇所はすべて太字を用いたことをお断りしておく。

＊

翻訳にあたっては、たくさんの友人の助けを得た。とりわけ、早稲田大学のオディール・デュスュッド先生に、大きな感謝を捧げたい。

装幀に使用した写真は、港千尋氏が本書のためにボルドーで撮り下ろしてくださった。港氏にはボルドーの街の様子についてもご教示をいただいた。ありがとうございます。

自分にとってもっとも大切な現代作家の、短篇に次いで、長篇が、こうして本のかたちになった。意表を衝くと同時に正確な言葉の組み合わせで、独自のうねりを生み出していくンディアイの文体を、少しでも日本語に再現できていればと願う。支えてくださったインスクリプトの丸山哲郎氏に、あらためてお礼を申しあげたい。

笠間直穂子

【著者】

マリー・ンディアイ（Marie NDiaye）

1967年、フランス中部ピティヴィエ（オルレアン近郊）で、セネガル人の父とフランス人の母の間に生まれる。1985年17歳で第一作*Quant au riche avenir*（『豊かな将来はと言えば』）をミニュイ社から刊行。以降、小説、戯曲、童話などを発表する。フランス現代文学の最重要作家の一人。2001年、*Rosie Carpe*（『ロジー・カルプ』）でフェミナ賞を受賞。

小説／戯曲

Quant au riche avenir, 1985（『豊かな将来はと言えば』）
Comédie classique, 1987（『古典喜劇』）
La femme changée en bûche, 1989（『薪になった女』）
En famille, 1991（『水入らず』）
Un temps de saison, 1994（『秋模様』）
La sorcière, 1996（『魔女』）
Hilda, 1999（『ヒルダ』、戯曲）
Rosie Carpe, 2001
（『ロジー・カルプ』、小野正嗣訳、早川書房、近刊）
Papa doit manger, 2003（『パパも食べなきゃ』、戯曲）
Les serpents, 2004（『蛇たち』、戯曲）
Tous mes amis, 2004
（『みんな友だち』、笠間直穂子訳、インスクリプト）
Autoportrait en vert, 2005（『緑の自画像』）
Puzzle (avec Jean-Yves Cendrey), 2007
（『パズル』、戯曲集、ジャン=イヴ・サンドレーと共著）
Mon cœur à l'étroit, 2007（『心ふさがれて』、本書）

童話

La diablesse et son enfant, 2000（『あくまと子ども』）
Les paradis de Prunelle, 2003（『プリュネルの天国』）
Le souhait, 2005
（『ねがいごと』、笠間直穂子訳、駿河台出版社）

【訳者】

笠間直穂子（Kasama, Naoko）

1972年宮崎県串間市生まれ。上智大学卒、東京大学大学院博士課程単位取得退学。現在、上智大学等非常勤講師。フランス文学、地域文化研究。訳書にンディアイ『みんな友だち』（インスクリプト）、『ねがいごと』（駿河台出版社）。ミハイル・セバスティアン『事故』の翻訳をインスクリプトより刊行予定。

心ふさがれて

著者　マリー・ンディアイ
訳者　笠間直穂子

2008年10月18日　初版第1刷発行

発行者　丸山哲郎
装幀　間村俊一
写真　港千尋
発行所　株式会社インスクリプト
〒101-0051 東京都千代田区神田神保町1-18-1-201
TEL 03-5217-4686　FAX 03-5217-4715
info@inscript.co.jp
http://www.inscript.co.jp/
印刷・製本　株式会社厚徳社

ISBN978-4-900997-20-2
Printed in Japan

みんな友だち

マリー・ンディアイ著
笠間直穂子訳
四六判上製256頁　ISBN4-900997-13-7
現代フランス文学を代表する作家マリー・ンディアイ、各誌紙絶賛の本邦初訳。鍛えぬいた技巧と圧倒的な完成度で、リアルでサスペンスフルな眩暈の世界に家族の風景を描きだし、激しく心を揺さぶる短篇集。　2,520円

四十日

ジム・クレイス著
渡辺佐智江訳
四六判上製312頁　ISBN4-900997-07-2
イエスと断食者たちの荒れ野の四十日。「新約」を題材に、炎熱と酷寒の荒野に無垢の情熱の行方を追い、神なき地平に超越性の感触を甦らせる奇蹟の名作。1997年度ウィットブレッド文学賞、E・M・フォースター賞受賞。　2,730円

灰と土

アティーク・ラヒーミー著
関口涼子訳
四六判上製136頁　ISBN4-900997-08-0
ソ連軍の侵攻を背景に、村と家族を奪われた父の苦悩をとおして、破壊と混乱のなかに崩れゆくアフガン社会を浮き彫りにする、映像感覚あふれる現代小説。アフガン社会の生の内面とイスラームの倫理を描きだす話題作。　1,890円